U0794315

番茄
FANQIE

丽江，今夜你将谁遗忘 2

续写春秋 / 著

天津出版传媒集团
天津人民出版社

图书在版编目(CIP)数据

丽江,今夜你将谁遗忘. 2 / 续写春秋著. -- 天津 :
天津人民出版社, 2023.10
ISBN 978-7-201-19796-8

Ⅰ. ①丽… Ⅱ. ①续… Ⅲ. ①长篇小说—中国—当代
Ⅳ. ①I247.5

中国国家版本馆CIP数据核字(2023)第181413号

丽江,今夜你将谁遗忘2
LIJIANG, JINYE NI JIANG SHUI YIWANG 2

出　　版　天津人民出版社
出 版 人　刘　庆
地　　址　天津市和平区西康路35号康岳大厦
邮政编码　300051
邮购电话　(022)23332469
电子信箱　reader@tjrmcbs.com

责任编辑　玮丽斯
美术编辑　汤　磊

印　　刷　天津新华印务有限公司
经　　销　新华书店
开　　本　710毫米×1000毫米　1/16
印　　张　16.75
字　　数　260千字
版次印次　2023年10月第1版　　2023年10月第1次印刷
定　　价　90.00元

版权所有　侵权必究
图书如出现印装质量问题,请致电联系调换(022—23332469)

目录

chapter 1
仓皇而逃

三个月不到的胎儿，是不可能有任何胎动的，但我心里却莫名地有些许感动，多年的期待似乎终于圆了美梦，但这个梦又是那么的不可触及。

沉浸在自己的幻想中，却恍然清醒，我像触电一般本能地抽回了自己的手，仿佛此刻又很惧怕杨曼肚里的孩子是我的。

矛盾心理让我自己都看不清楚自己的内心。

杨曼被我突然抽回手这个动作吓到了，她不知所措地看着我，眼神里充满了陌生。

我道歉说："对不起，给我点时间适应，我……我……我不知道自己现在是怎么想的，我……我不骗你……我真的很难接受你跟薛磊去泰国的事实……对不起……我……给我点时间。"

杨曼低声说："我没有编造谎言去骗你，当时跟你离婚我就是害怕这个家被你折腾得一无所有，你能原谅我，我感激你对我的包容；你要是不能原谅我，我对你也没有任何的抱怨，是我有错在先。另外，我还想谢谢你在同学面前维护我的尊严，宁愿说自己有外遇也不愿意揭穿我的所作所为，我真的感谢你。"

我后退两步对杨曼说："我要抽烟，我出去抽烟……"

仓皇地离开卧室并且直接出了门，我站在小区里，狠狠地将尼古丁吸入肺中，贪婪地呼吸、贪婪地逃避我不愿意面对的一切。

慢慢的，我逐渐从逃避中清醒过来，即便是我瞒着父母不去告诉他们离婚这件事，迟早有一天他们也会知道，而且现在的我还有了顾瑶，想到顾瑶，我就情不自禁想到了她为我开业的事在四处找关系，这样的一个女孩，我舍得让她为我难受吗？

为了避免更深的误会，我决定把这件事跟顾瑶说。

中午，我提前来到了假日酒店附近找吃的，因为心情很差，我便把禾丰叫出来，陪我一起吃个午饭。毕竟能够聊心里话，并且不在乎我的感受而直言不讳攻击我的也只有禾丰一个人。

禾丰接到电话之后有点为难，毕竟在外企上班，公司管理还是很严格的。

我拿着电话对禾丰说："我爸妈明天到昆明，他们还不知道我和杨曼离婚的事。我刚刚去找过杨曼了，确定她是真的怀孕了，她还说孩子是我的。我现在很迷茫，想找个人说说话。"

禾丰听后没有任何犹豫，直接对外说："微信发定位，我马上过来，就算这个月的全勤奖被扣，我都不能缺席你这顿午饭，我陪你好好聊聊。"

我给禾丰发了个定位，没过多久他就到了。

我们俩就近找了一家火锅店，却误打误撞地进了海底捞，点完菜之后，我特意要了几瓶啤酒。

禾丰问我怎么回事，我就把自己纠结的一切都说了一遍，包括杨曼出轨，说完这些，刚好服务员送锅底和菜上来，禾丰也就没着急跟我闲聊。在服务员离开之后，禾丰开了啤酒，直接把瓶子递给我说："这事吧……虽然杨曼做得不对，但你想没想过薛磊那小子是干什么的？他那张嘴忽悠人的本事你不清楚？杨曼就是一时糊涂，被薛磊给忽悠了。"

我皱着眉头看着禾丰问道："你说啥呢？我找你来是让你帮杨曼说话的？"

禾丰拿着酒瓶给自己的杯里倒酒，一边倒一边说："我不是帮杨曼说话，我就事论事。你想啊，哪个夫妻之间没有点儿小矛盾？出现点小裂痕就非得离婚？有摩擦的婚姻遇见了另外一个花言巧语的混蛋再搅合，这才是最可怕的，所以我把你们离婚的罪魁祸首归在了薛磊身上。"

我拿起酒杯一口闷了，然后把杯子重重地放在桌子上，郁闷地对禾丰说："你就是杨曼的托儿，你过来就是帮杨曼说话的。"

禾丰夹起一片毛肚放在锅里，一边涮一边说："我是亲眼看着你和杨曼这么多年的，你们离婚我是真的不愿意看到，现在杨曼怀孕了，她还说这是你的孩子，你要是能凑合就跟杨曼凑合过吧，她总不至于在孩子的身份上跟你撒谎吧？这种事等孩子出生就一目了然了，她也没必要骗你，毕竟事实就是事实，谁都改变不了的。"

我盯着禾丰的眼睛说："我有点后悔让你过来陪我吃饭了，听你说这些，我心里更乱了。"

禾丰拿起酒瓶给我的杯子倒满了啤酒，继续对我说："兄弟，你知道我这人直，不会顺着你的心意说那些恭维你的话哄你开心。何况杨曼还只是跟薛磊去了泰国，两个人又没发生什么，你就不能原谅她？"

我低声道："心理出轨比身体出轨更可怕。"

禾丰一点面子都不留地问道："那你的意思是，你宁愿杨曼身体出轨也不愿意她心理背叛？"

"我……"我突然就不知道怎么往下接了，又一次被禾丰说得哑口无言，我郁闷地端起杯子再一次喝光了杯中酒。

禾丰劝我说："好好想想吧，杨曼已经在努力地讨好你，希望你能原谅她，我要是跟你说，写字楼就是杨曼帮你租下来的，你又会怎么想呢？"

我当时就震惊了，拿着筷子准备夹肉的手都僵在了那，看着禾丰半天没回过神来。禾丰端起面前的酒杯喝了一口啤酒，我发现我已经不能淡定了，盯着禾丰问道："你说什么？你再给我说一遍，写字楼是怎么回事？"

禾丰道："写字楼是杨曼帮你找的，合同也是她签的，租金和押金都是她帮你交的，她担心自己拿给你你不接受，就让我代她转交了。"

我突然回忆起陆涛在看到合同的时候随口说了一句："丰哥的签字什么时候这么清秀了。"

只怪我愚钝，我应该早就意识到这里面有问题的。

我看着禾丰的双眼，一字一顿地说："告诉我，你给我的那三十万也是杨曼拿的吗？"

chapter 2
很爱很爱

禾丰自顾自地吃着毛肚说："那三十万倒不是杨曼给你的，是我从家里拿出来的，其实也是你自己的钱，当初你给我的那八十多万中拿回来后，我自己留了五十多万，足够我应付开支，等我有钱了，这些我都要慢慢还给你。"

我不在乎禾丰是否把这些钱都还给我，我在乎的是我竟然用了杨曼给我租来的写字楼，这是我很难接受的，我已经决定跟杨曼划清界限，要不是父母这边没提前打招呼，我根本不会想着让他们过来杨曼这里住。

我越想越不对劲，从钱包里面拿出一张银行卡放在桌面对禾丰说："一年二十五万的租金对不对？这卡里有钱，帮我还给杨曼。"

禾丰根本不理我，低着头说："你要去干吗不自己去？我可不给你当跑腿的。"

"你就知道给我添乱，当初你要是说清楚，我能要吗？"

禾丰放下筷子意味深长地说："兄弟，我是真的希望你能跟杨曼好好过……"

我打断禾丰的话说："你都不知道我经历了什么，你少劝我！"

禾丰反驳道："我现在说什么你都听不进去，你等再过半年，半年以后你就不这么想了。当杨曼肚里的孩子一点点长大，等到他（她）出生，你看到孩子的那一瞬间，你的心都会融化，你会认为一切都不值得，只有孩子才是最重要的。我之所以这么肯定地跟你说，是因为我是个父亲，我知道这种感觉。"

我拿起酒瓶给自己杯里倒满酒，看着禾丰的眼睛问道：“什么感觉?”

“一个当父亲的感觉，可以为孩子放弃生命、放弃一切的感觉。你会只想给宝宝一个家，一个完整的童年，乃至完整的一生，宝宝生病的时候，你会想自己替他去难受，哪怕是绝症都无所谓，这就是一个父亲的心态。”

我脑海中不禁浮现出一幅画面，胖嘟嘟的小孩子吃着自己的小脚丫，眼里都是对这个世界的好奇，我无力反驳禾丰的话，严格意义上来说，我还不是一个父亲。

我不想跟禾丰继续聊这个话题了，他是一门心思地劝我跟杨曼复合。当然，我也理解他思考问题的角度，想到这，我又脑洞大开地问道：“如果杨曼没有怀孕，你是不是也支持我彻底和她断干净?”

禾丰一针见血地说：“你这是逃避现实的臆想。杨曼的错再多，都跟孩子无关，你别把对杨曼的不满发泄在孩子身上!”说到这，禾丰来了一个大转折，“你要是一个不负责任遇事逃避的男人，你就当杨曼没怀孕、你就当没这个孩子，你随心所欲地去过你的下半生，前提是能让自己变成一个不负责的男人，我拭目以待。”

我忍不住低声骂了一句，说罢，起身道：“我去放水。”

禾丰自言自语道：“一个对朋友、兄弟都如此仗义的人能对自己的骨肉冷血?”

我没搭理禾丰，自己走向洗手间的方向，禾丰的话的确给了我很大的触动，我可以做到跟杨曼没有任何关系，不去关心、不去想念，甚至可以努力当她从未在我的生命中出现过。但是我做不到对孩子一点念想都没有，正如禾丰说的那样，孩子是无辜的。

在走向洗手间时，我突然听到一个熟悉的声音，“噢噢，那没关系……那我明天上午来拜访您吧。”

“……”

我循着声音走上前几步，看到顾瑶正拿着手机打电话，她的表情有些失落，但还是强颜欢笑道：“好的，好的，谢谢表哥，那我明天来公司找你，出席剪裁活动这个事我当面跟你说。”

“……”

“好的，再见！”挂断电话之后，顾瑶脸上那一抹失落的神情更重了，甚至有些委屈。

桌面上放着很多点好的食物，却一口都没吃，顾瑶深深地吸了口气，准备起身离开的时候，看到了站在一边的我，惊讶地问道：“方旭？你怎么在这？”

我坐在顾瑶对面解释道：“你不是下午三点有空，让我来公司找你，我中午也没什么事，就提前过来附近等着，顺便叫着禾丰一起吃午饭。”

“噢！”顾瑶应了一声说：“你们吃完了？”

“还没有，我是准备去洗手间的时候意外发现了你在这里，你是在等人吗？被朋友放鸽子了？”

顾瑶委屈地说：“我一个表哥，约好了一起吃午饭的，结果他临时有事过不来了，所以……”

我心疼地看着顾瑶，隔着桌子伸出手去摸她的脸颊，哄着她说：“亲爱的，谢谢你那么努力地帮我，让服务员把这一桌子的食物都抬那边去吧，咱们一起吃个午饭。”

顾瑶叹息道：“本来我都没有吃东西的欲望了，但是看到你，我觉得自己食欲又来了。”

我上了趟洗手间，回来的时候直接把顾瑶带到了禾丰面前，禾丰先是愣了一下，然后马上回过神，招呼我和顾瑶坐下一起吃东西。

自从顾瑶出现之后，我跟禾丰就没有再提杨曼的事，桌面的那张银行卡也被我重新收了起来，午饭吃得差不多时，禾丰就提前离开了，借口是要回公司继续上班，午休时间只有两个小时。

因为顾瑶的表哥失约，顾瑶中午十二点至下午三点的时间就完全空出来了。

吃过午饭我跟着她来到了假日酒店的办公室，进门之后顾瑶就把办公室的门关上了，门口那个“请勿打扰”的牌子也被翻了过来。

办公室内，我把顾瑶紧紧地抱在怀里，想到她为我的事东奔西跑，各种忙碌，就连吃饭都被放鸽子，我是真的心疼她受的这些委屈，而这一刻我也看到了自己的内心，我是真的爱上了这个比我小一岁的女孩子，很爱，很爱！

顾瑶在我怀里腻着，轻声问道：“你一大早就给我打电话，又要来和我见面说，到底是什么事？你是不是有什么惊喜要告诉我？”

chapter 3
暂时别联系

我真的不忍心让顾瑶难过，但是有些事一定要我们一起面对，我抱着顾瑶在她耳边轻声说：“等我几分钟，我给我妈打个电话，你听完就知道是怎么回事了。”

顾瑶略带紧张地问道：“难道这么快就要见家长？”

我没回答，拿出手机打开了免提，直接拨通了我妈的电话，开口第一句就是“我爸在你身边吗？我有事要单独跟你说。”

我妈妈十分警觉地说：“我和你爸已经到北京了，刚刚找了个酒店办理完入住，这会儿他去酒店前台找刮胡刀去了，你是不是又想劝我跟你爸别来昆明？你是不是有什么事瞒着我们啊？”

“是！”我特别果断地说：“你做好心理准备，我先跟你说，我爸性子急，转告他的时候委婉一点，我怕他受不了。”

“什么事啊？你就不怕我也受不了？”

“你受不了我也得给你说，至少你没心脏病，你听好了——我跟杨曼离婚了。”

“什么？”我妈以为自己听错了，“你再说一遍，你跟杨曼怎么了？”

我重复道：“我跟杨曼离婚了！”

安静！电话那头突然就安静下来，这种安静让我十分地不安，仿佛是暴风雨来临之前的宁静。终于，我的预感还是挺准的。

我妈的咆哮声在电话那边传来，“你个兔崽子到底想干啥？好好的日子不过，你是不是在外面瞎搞了？你给我说清楚，你为什么要跟杨曼离婚？她招你惹你了？你不给我一个合理的理由，你等我见面打断你的腿。”

顾瑶在听到我妈质问我是不是在外面瞎搞的时候，她在我怀里的身体本能地颤抖了一下。我把顾瑶抱紧，拿着电话对我妈说：“是杨曼有了外遇，骗我跟她离了婚，离婚的时候我是净身出户的，不瞒你说，我现在的确是有新的女朋友。昨天你们坚持要来，我本打算把离婚这件事隐瞒的，继续找杨曼演戏，等你们走了之后我们再分开。但是这样做对我现在的女朋友太不公平了，反正离婚的事你们早晚都要知道，索性现在就说了吧。”

“方旭！这么大的事你竟然不跟我和你爸提前通个气，你真是有出息了啊！”

“不是我不提前跟你们通个气，是我在离婚这件事上都很被动，你也就别骂我了，除了这件事还有另外一件事我要跟你说。”

“说！”我妈此时已经处于暴怒的状态了，“还有什么事你一口气给我说完。”

“杨曼怀孕有两个多月了，今天早上她还跟我说孩子是我的，在她发现怀孕之后要跟我复婚，我接受不了她背叛婚姻的事实，拒绝了。我要说的就是这些，你也都知道了吧，现在跟我爸买一张去别的地方游玩的机票，别来昆明捣乱了行吗？”

“不行！”我妈这次更坚决果断了，“我和你爸必须去昆明看一眼，当面把这些事给说清楚。”

“麻烦你考虑考虑我爸的身体状况。”

“我会想办法跟他说明的，等我到昆明见面再跟你说。还有，我要见你现在的女朋友！你别给我找借口说她忙或不在昆明，这个人我一定要见。”

就这样，我妈直接把电话给挂了，我能感觉得到她的愤怒，这还是我妈……如果被我爸知道了，后果可能更严重。

我紧紧地把顾瑶抱在怀里，在她耳边轻声说：“就是这么个事，原本我还想隐瞒几天，但这样对你不公平。我爸妈来之后我都不知道自己要面临的是什么，你能多给我一点耐心和时间吗？让我把这些事处理好。”

在我怀里的顾瑶沉默了很久之后问了一句，“你要跟你前妻杨曼重新住在一起吗?”

我摇头,“原本我是打算当着我爸妈的面继续演戏,但是我现在已经跟我爸妈坦白了,也就没必要重新一起生活了,但是带着我爸妈见杨曼、杨曼的家人是肯定免不了的,而且杨曼现在肚子里有个孩子,我不确定是不是我的,给我点时间吧,我一定能处理好这些事的。”

顾瑶再次陷入了沉默,这一次的沉默远比上一次还要久。我抱着她,闻着她的发香,感受着她的心跳,时间仿佛静止一般。

过了很久很久,顾瑶轻轻地离开了我的怀抱,她低着头用手把散落在面前的长发别在了耳后,眼眶红红的对我说:“我知道在这件事上我也不能任性地去闹你,这些都是发生在我们相识以前,要怪就怪我们相识得太晚了。我不骗你,想到你和杨曼还要有那么多的接触,我心里挺难受的。这段时间咱们就别联系了,你忙你的事,我忙我的!刚刚听阿姨说她一定要见我,那我也尊重她,你安排好时间,我请叔叔阿姨吃顿饭,第一次见面我也会准备好礼物。”

说到这,顾瑶又问了一句,“你看还需要我做什么?我都尽量配合你。”

近在咫尺,我感受到了顾瑶的悲哀,我还能有什么额外的要求呢?我只求顾瑶能体谅我的同时,自己调整好心态就行了。

我上前一步想要再次把她抱在怀里,却被顾瑶后退一步躲开了,她低着头对我说:“让我冷静冷静好吗?你去忙吧!我还没有那么快学会让自己不去介意你的过去,因为在乎,所以我做不到,但是我可以学,虽然学得很慢,至少我不会放弃。”

我不知道自己是怎么走出顾瑶办公室的,真的是太难受了,同时又太心疼顾瑶为我承受这种心理上的折磨。

换位思考,我也能理解顾瑶这一刻的感受,她说出“这段时间咱们就别联系了”这句话的时候,心都碎了吧!

而我,现在能做的也只有尽快把这些烂事处理完。

一个人开着车漫无目的地在城市中流浪,不知不觉地来到了海埂大坝,这里似乎成了我心灵的避难所。

午后的风吹在脸上,我幻想着也能吹散心中的阴霾,却也只能是幻想。

chapter 4
和谐的家庭

在我为自己这摊烂事烦闷的时候,陆涛的电话打了过来,听声音也不是很开心,在电话那边问道:“你在哪呢？我刚刚到工作室发现你没在。”

“海埂大坝吹风呢。你昨天把车的手续办完了不是跟何静回地州了吗？怎么今天就回来了？”

陆涛郁闷地说:“别提了,我过来找你一起吹风吧,真的是烦死了,见面再说。”

我在海埂大坝等着陆涛,差不多四十分钟他才到,这四十分钟我一直在想我爸妈来了之后如何跟杨曼交流。这些年他们都希望我和杨曼有个孩子,毕竟到了他们这个年龄,隔壁同龄人都开始抱孙子了,他们俩只有羡慕的份。

这些年他们也没少催我们要孩子,但是我们俩都不争气,医院没少跑,中药西药也没少吃,就是没能如愿。现在突然有了个孩子,我爸妈又会怎么看待这个孩子的存在呢？

我越想越头疼,好在这时陆涛到了,他把新买的车停在了海埂大坝下面,踩着台阶三步并两步地爬了上来。

见面之后,陆涛愤恨地说:“没见过这样的人！”

“怎么了？”我看着气成这样的陆涛问道:“谁惹你了？这昨天才买的新车落户,现在不是应该处于兴奋的状态吗？”

“别提了！”陆涛对我说:“昨天我跟何静去她们家了,开车两个多小时就到了,原本以为买了新车回家秀一下,另外何静也想跟她爸要一笔钱。当初她爸答应我们的，炸鸡店给她弟弟，她弟弟拿营业额给我们补偿，如果我跟何静要买车用的钱多了，她爸会替她弟弟先拿出一笔钱来给我们周转。何静想的也很简单，就是回家要这笔钱，然后拿回来还给你，你猜猜发生了什么事？”

我看着陆涛问道：“怎么回事？是不是她爸说没钱，以后再给？”

陆涛冷笑道：“要是这么说，我也就忍了，你知道她爸是怎么说的吗？她爸的原话是‘你们都买得起这么好的车了，也就不差你弟那点钱了，炸鸡店就送给你弟了，让他有个在昆明谋生的档口’。当时我听何静她爸这么说差点暴怒，要不是何静当时在我身边拉着我的手，我真怕我忍不住。”

我笑着说：“比我猜测的还要过分啊！那何静是什么态度？”

“何静肯定也是不高兴，但是你也知道，越是偏僻落后的地方，重男轻女的思想就越严重，她象征性反驳了几句就被她爸骂起了不孝顺，在我看来，何静这几句象征性的反驳都是在做给我看呢，她根本不敢反抗。我生气一部分是因为何静父亲的态度，另外一半是气何静，她根本就是在当一个‘扶弟魔’。”

我抽着烟安慰陆涛说：“家家有本难念的经，两个人结婚也不完全是两个人的事，你既然选择了何静，就得接受她的家庭及她的一切，这是对她的尊重，也是对你们爱情与婚姻的尊重。这个世界上根本就没有相安无事的家庭关系，大度一点吧。”

陆涛趴在护栏边望着滇池，深深地叹息道：“我知道抱怨也没用，我不能因为这点小事就跟何静吵架，毕竟这也不是她的错。我就是憋在心里不吐不快，现在跟你说出来就舒服多了。”

“算了，别想了，这几天你让何静联系一下以前的客户，做一个简单的回访，然后去找个图文店印一批请柬，我们挂以前公司的牌子，过段时间做一个简单的开业揭牌仪式，你顺便招聘两三个业务员，底薪和提成可以给高一点，我们先把这个工作室运作起来。”

“成！”陆涛对我说：“这些事让何静去做更适合，我最近正在琢磨，每一家用的监控识别程序都不同，所以有的时候你自己都知道压线违章了，却没有罚单，那就是程序漏洞没有识别出来，我们重新改写程序，提高精度，我觉得这事靠谱。”

我说：“你去琢磨一下吧，我不反对扩展公司业务。我爸妈明天到昆明，接下来几天有我忙的了，公司这边你跟何静辛苦一下啦。”

“没事，你忙你的吧，有需要我会给你打电话……”

那天下午我跟陆涛在海埂大坝聊了两个多小时，从家长里短到公司发展方向，彼此都提出了很多想法，事后我觉得在海埂大坝吹着风聊这些，比在会议室里面舒服得多，至少想法没有那么局限，灵感更多了。

晚上，我回到家给自己煮了一碗方便面，荷包蛋都懒得加，躺在床上想着明天爸妈就到了，我的世纪末日是不是也就来临了呢？

我越想越害怕，决定再打个电话探探我妈的口风，看看她们是什么态度。电话拨通这一刻，我感觉好像是要跟我妈打一场心理仗！

这一次，接电话的竟然是我爸，他在电话那边对我说：“你妈正在洗澡呢，你有啥事啊？”

“没事了！一会儿等我妈洗完澡，你让她给我回个电话吧。”

“咋地啊？”我爸质问道：“妈是亲妈，爹就不是亲爹了？有啥事能跟你妈说就不能跟我说？咱家一共就三个人，你还要跟你妈妈联合起来孤立我啊？”

“爸，你说啥呢？我和我妈孤立你干什么？别乱想，我担心你的身体。”

“我身体怎么了？你不就是要跟我说，你和杨曼离婚的事吗？我有啥受不了的？你也太小看你爹了吧？我能把你养大，就足以证明我的心里承受能力无人能及！”

“你知道了啊……我发现你今天有点幽默，那这件事你是怎么看的？”

chapter 5
替父母害臊

我爸在电话那边特别开明地说:“这件事你不需要考虑我怎么看,你只要自己不后悔就行了。今天下午你妈跟我谈这件事的时候,我们俩的观点出奇地一致,既然你说杨曼出轨,那我们俩也没什么好说的,但是另外一件事,我们俩的看法也是出奇地一致。”

“什么？还有另外一件事？是什么事？我怎么都不知道?”

我爸提醒我道:“杨曼肚子里的孩子啊,这件事我和你妈也商量过了,并且在这件事上对你是有一定要求的。”

难得我爸思路如此清晰,我之前的担心好像有些多余,“说说,你们俩对于孩子是如何看待的？有什么自己的想法?”

“首先,我和你妈尊重杨曼,暂且相信她说的话,既然她说肚子里的孩子是我们老方家的骨肉,那我们全家人对这个孩子都有照顾的义务,在孩子没有出生之前,我们有义务照顾杨曼……包括你！你也有义务照顾杨曼,无论是从生活上还是从心理上,你都没有推卸的借口,作为孩子的父亲,这是你应尽的义务,至于你们是否复婚,这是另外一码事。”

我拿着电话问道:“这也是我妈的意思?”

“是的!”我爸特别认真地说:“这是我跟你妈商量好的,你可以对杨曼冷淡,你可以跟杨曼终止婚姻,但是你不能放弃这个孩子,他是你的骨肉,你要对他负责,我这么说你没意见吧?”

我说:“这件事我没意见,杨曼有错是杨曼的错,跟孩子是无关的,我不会把对杨曼的敌意加在孩子身上,毕竟孩子没做错什么。”

“很好，很好！”我爸继续说，“我和你妈都退休了，在家里闲着也是闲着，我们俩商量过了，要常住昆明一直到孩子出生。我们的目的很简单，就是好好照顾杨曼，等她把孩子生下来，等这个孩子出生之后是归你抚养还是归杨曼，那就再说吧。”

我惊叫道：“原来你和我妈是在打这个孩子的主意啊？我劝你趁早死了这条心，就算孩子是我的，杨曼也不会把孩子交出来的。”

“打住！”老方很不满地纠正我的语言漏洞，“这不是我们方家的后代吗？”

“如果你是为了争夺孩子的抚养权才打算去照顾杨曼，那么我劝你还是放弃吧。杨曼把这个孩子看得比什么都重要，就算是我的孩子，她也不可能让出来抚养权的。”

我爸悻悻地说：“我又没说一定要孩子的抚养权，如果孩子是你的，我们隔三岔五地过来看上一眼，用退休金多给我孙子买点衣物、买点奶粉不行吗？你管得怎么那么宽呢？反正我和你妈就这态度。”

这时，我听到我妈在电话那边对我爸说：“你和他说那么多干什么？明天咱俩就到昆明了，杨曼肚里的孩子是无辜的，他不愿意跟杨曼继续过日子，我们也尊重他的选择，但是在孩子这件事上，他没发言权。只要孩子还在杨曼肚子里，就必须让他去好好照顾杨曼，女人怀孕一次就是鬼门关走一趟，再说了，肚里的孩子是他的，必须让他上点心……”

电话就在他们俩的谈话中被挂断了，真的是多一句“拜拜”都不带说的。

我也总结了一下刚刚我爸老方所表达的意思，他们在乎这个孩子，他们想要孩子在杨曼的身体内健康发育一直到出生，还有点要跟杨曼争夺抚养权的意思。

我替我爸妈有这样的想法而感到害臊，我不知道他们的到来又会掀起一波怎样的“血雨腥风”。

这个夜晚，我又失眠了，有些事自己似乎一点选择的余地都没有。

次日清晨，我先去工作室看了一眼，何静已经开始工作了，见到我之后，她和我打了个招呼，告诉我她已经在一些招聘网站上投放了招聘广告，昨天下午就有人联系了她，约好今天过来面试。

对于何静的办事效率，我挑不出任何毛病，我也足够相信何静的能力，毕竟曾经在一起工作了差不多两年的时间。

至于面试选人这一块，我让何静自己把握就好了，我现在的心思全然不在这里，北京飞昆明的航班是下午一点起飞，预计四点半就能到昆明长水机场。

我得留足了全部精力对付我爸妈，对于我来说，他们俩现在是相当危险的！

下午两点，杨曼的电话拨了过来，她说已经到了幸福广场的停车场来接我，要跟我一起去机场接我爸妈。

我好奇她是怎么知道我爸妈搭乘的航班何时落地，结果杨曼一句话差点让我崩溃："是妈告诉我的。"

我真的搞不懂我妈是怎么想的了！

我急匆匆地下楼，远远地就看到了杨曼正站在那辆白色的奔驰旁边，她右手拿着遮阳伞正在向我的方向看过来。

我是一路小跑来到杨曼面前的，对她说："其实你没必要去机场接她们，我自己去就行了。"

杨曼反问道："你是觉得我现在没有接他们的资格？"

"我是觉得你怀孕不适合四处乱跑，来机场接我爸妈又不是什么非要你出席的大事，你何必折腾自己呢？"

杨曼解释道："那不是你爸妈嘛，我要是不来，他们会不会多想？"

这一刻，我想把自己已经坦白的事情告诉杨曼，但想想还是算了，就算坦白也不急着在这里坦白，免得造成不必要的尴尬。

在去机场的路上我们相对比较沉默，略显尴尬，而我突然想起来租写字楼的事，于是主动对杨曼说："写字楼的租金和押金我下周打给你。"

杨曼转过头看着我问道："禾丰跟你说了？"

chapter 6
接 机

“是的！”我如实说，“禾丰告诉我了，写字楼是你租给我的，我想知道你这么做是为了什么？想着做这些，我就会同意跟你复婚？”

杨曼低声说：“直到遇见了你跟顾瑶在一起，我就已经放弃了想要复婚的想法，她比我年轻、漂亮，还那么有气质，我已经是人老珠黄了，争不过这样一个女孩。”

“你别偷换概念，我不跟你复婚不是因为顾瑶的存在，你找我复婚的时候，我跟顾瑶也没有发展成现在的关系。”

杨曼心里也明白，她目视前方问道：“你心里介意的是薛磊对吗？”

“我有不介意的理由吗？我是一个男人，任何一个男人都受不了这样的背叛。”

杨曼沉默了，她把车窗按下来一半，车窗外的风灌进了车内，吹乱了杨曼的头发，可是她仍旧固执地面朝窗外，自己的手却放在了肚子上，仿佛是怕这阵风吹倒她肚里的宝宝一样。

我在主驾驶这边操控，把副驾驶的车窗关上，对杨曼说：“你那么怕风吹到你的肚子，就不要开窗子了。”

杨曼深深地吸了口气，转过头看着我小心翼翼地问道：“如果我告诉你，你所看到的一切都是被逼的，你会相信我吗？”

我嘴角扬起一丝不屑的冷笑，说：“差不多就行了，别入戏太深。昨天刚告诉我的事，今天就后悔了？决定编个故事说自己是被逼的？你这是在侮辱我的智商。”

杨曼反驳道:“那也是一种自我保护。”

我没理杨曼,刚好前面过机场高速的收费站,扫码支付了十块钱之后,我就一直沉默着继续开车。

杨曼在我身边问道:“你自己想一想,这些年我爸妈对你怎么样? 每次回家我妈又是怎么对你的? 我爸又是怎么对你的?”

讲真,从我们恋爱一直到结婚,杨开福和于凤琴对我的态度都还是挺不错的,每次回家杨开福都要跟我喝两杯,于凤琴更是在餐桌上下功夫,从来没少于六个菜。偶尔于凤琴还会从丽江快递上来一些应季水果,记得有一年我们冬天回丽江,吃到了当地的雪桃,我随口说了一句这个桃子又脆又好吃。结果从那之后,每年冬天都能收到于凤琴邮寄过来的雪桃。

不过这些都是回忆了,当杨曼背叛我的那一刻,我对杨曼说:“你爸妈对我的确不错,但是我清楚地记得从民政局出来回到家时,他们俩对我的态度就发生了一百八十度的大转变,甚至是把我在家里的衣服都丢出来,还有我妈邮寄过来给你吃的风干肠,都被她给丢出了门外。”

杨曼不动声色地解释道:“你的衣服是我提前一天就收拾好放在行李箱里面的,也是我让她们丢出来的。”

“你……”我真是无语,“你为什么这样做? 就是为了刺激我? 就算离婚了,我自己回家收拾东西的权利就不给我了?”

杨曼没解释,而是低声嘟囔了一句,“我现在所有的解释在你看来都是掩饰,不说也罢。”

不说就不说,我还真不想听这些。

来到机场之后,我和杨曼一起去国内达到的出口等着,因为时间还早,刚好在国内出口这有一个喝咖啡的地方,我们俩又像一对夫妻一样,坐在这一边喝咖啡一边等。只不过我喝的是咖啡,杨曼只要了一杯白开水。

对于肚里的这个宝宝,她的确是看得无比重要,任何有刺激性的食物她都会拒绝,哪怕是一杯咖啡。

下午四点半,飞机准时落地,我收到了老方发来的消息,告诉我有托运的行李,让我多等一会儿。

趁着这个时间，我又把所有的银行卡查了一下余额，当初装修这事弄巧成拙，竟然一分钱都没花，让郭少阳吃了个哑巴亏。这二十万是节省下来的了，但是购买办公用品、配电脑等等，花了差不多小十万。

当初禾丰给我三十万，悦享酒店集团的程序赚了小四十万，除去帮陆涛添补买车花了一笔钱之外，其余的就是零碎开销，目前能动的还有差不多五十万。

计算完之后，我决定把钱打给杨曼，登陆手机银行之后，我看了一眼坐在对面正在看杂志的杨曼，问道："你以前的卡还在用吗？我把租金和押金转给你。"

杨曼很不满地看了我一眼问道："你就那么急于跟我撇清关系？"

"我们都离婚了，在金钱上还是弄清楚比较好，亲兄弟还要明算账呢，何况咱俩连亲兄弟都不算。"说完之后我就有点对自己的话无语了，哪有我这么比喻的呢？

杨曼狠狠地瞪了我一眼，冷着脸说："写字楼是我租的，你要用就用，不用就算了。"

我还是在手机上把钱转给了杨曼，努力让自己跟杨曼不要有太多的纠缠和那么多说不清。

杨曼在收到银行入账通知短信的那一瞬间，狠狠地瞪了我一眼。

而我则像是没事人一样，端起咖啡说："算清楚点好。"

于是，我就在杨曼愤恨的眼神中继续喝着我的咖啡，其实我是有点想不明白的，竟然都放弃了想要跟我复婚的想法，为什么还对我这么好，给我花几十万租写字楼呢？着实让人费解！

又过了二十分钟左右，我终于再次收到了老方发来的微信，他告诉我从国内到达B出口出来。

于是我把咖啡杯放下，对杨曼说："出来了，在B出口。"

杨曼急忙起来，戴了两层口罩之后跟着我去了B出口，机场巡逻的武警经过杨曼身边的时候都忍不住看了几眼，那时候人群中戴口罩的少之又少，我严重怀疑巡逻的武警有那么一丢丢的怀疑杨曼是恐怖分子！

在国内达到的出口，终于等到了我妈和我爸，两个人分别推着两个车，每个车上全都是满满的，他们这不是托运普通的行李啊……我怀疑托运费都额外出了不少钱。

见到我爸妈之后，杨曼竟然比我还积极地走上前，我反而落后了！

chapter 7
亲家见面

看着杨曼走向我父母的背影，让我有一丝恍惚，她是在我父母面前装我们还没有离婚，看她走路的姿态如此自然，丝毫没有心虚，我不得不佩服杨曼的演技。

杨曼来到我母亲面前，亲切地叫道："妈，你们来啦，这一路辛苦啦，我来帮你推车。"

"没事没事！"我妈像供着小祖宗一样供着杨曼说："我自己来就行，你怀孕了可千万不能劳累，推车这点小事哪还用你呢？你快别乱动。"

我爸也在一边说："曼曼没事，让你妈来就行，她要是累了，还有方旭在呢。"

我走上前接过我妈手里的推车问道："你们怎么托运了这么多东西呢？这都是什么啊？"

我妈特别自豪地说："鹿茸、鹿心血、燕窝、花胶……总之这些全都是补品，我和你爸昨天下午'扫荡'了北京最大的中药市场，好不容易才给曼曼买到这些补品，怀孕了一定要好好补身子。"

"你这也太夸张了吧？至于吗？"

我妈一脸不悦地问道："怎么不至于了？你不知道女人怀孕是多么辛苦的一件事？补一补身子怎么了？又没花你的钱，你少给我发表意见。"

我真是不知道说什么好了，推着车不太想理他们俩，自己走在了前面，杨曼挽着我妈的胳膊跟在身后，老方一个人走在最后面，我们俩间隔十几米我都还听到了他的叹息声。

来到停车场，我把各种东西放在后备箱里面，最后一个行李箱说什么都塞不进去了，只能放在后排了。

我随后也上了车，开着车回曾经的家。在车上，我妈一直在问杨曼身体有没有不舒服？妊娠反应是否过大？对杨曼的关心无微不至！

杨曼听了还挺感动。

相对于我妈，老方就安静多了，这一路他也没怎么开口说话。

开车回到地下停车场，杨曼又要帮着拿后备箱的东西，被我妈制止了，在我妈眼里，此时的杨曼就是她的重点保护对象……具体地说，她肚里的孩子才是！

如果杨曼知道其中的原委，估计也会觉得委屈吧。

我们四个人提着各种东西回到楼上，于凤琴已经在客厅等候了，见面之后我爸妈倒是很热情地跟于凤琴打招呼，一口一个"亲家"的叫着。

于凤琴应该是已经听杨曼说过了，虽然表现得没有那么热情，但也没揭穿我们离婚的事实，简单地迎接了我爸妈之后就冷着脸回次卧了。

杨曼见状对我爸妈说："我妈这几天不舒服，你们别介意，我进去看看她。"

老方安慰杨曼道："孩子没事！你去吧，都是一家人，没那么多讲究。"

杨曼这才去了次卧找于凤琴去了。

当初我和杨曼买的这套商品房是四室两厅的，实际上也只能算三室，因为有一个房间特别小，充当杂物间还可以，住人的确有点勉强了。

我准备把另外一个房间收拾出来让我爸妈住的时候，发现杨曼已经打理好了，床单被套什么都是新换的，床头柜上还放了一盒全新的抽纸，在细节上做得十分好。如果不是我跟我爸妈坦白，他们是不可能知道我和杨曼已经离婚了。

我从这个卧室出来的时候，于凤琴已经被杨曼重新叫回了客厅，而我妈则是把买来的燕窝、花胶等补品一样样从箱子里面拿出来。

于凤琴也看出来我妈是真的关心杨曼，否则怎么会出手买上万元的补品给杨曼呢？

这种暂时的和谐迟早会被打破，而我已经做好了准备，有些事拖延下去是没有意义的。

晚饭是我妈下的厨房，简单地做了六个菜，还煮了一锅乌鸡汤给杨曼。

五个人坐在餐桌边貌似和谐地吃着晚餐，我妈一个劲地提醒杨曼多吃点，养好身体。

而杨曼也很配合，一口一个"妈"地叫着。

我放下碗筷对一桌子的人说："杨曼、妈，这件事还是拿到台面上来说吧，我和杨曼离婚了，这已经是事实，没什么好争辩的了。至于为什么离婚，你们也没必要深究了，谁对谁错没那么重要，好聚好散就行了。当初离婚的时候，这套房子也是留给杨曼的……"说到这，我看着老方和我妈说："话都说到这份上了，你们俩还要留在这里吗？"

此时，杨曼一脸尴尬，拿着筷子的手都放在桌边不动了。

于凤琴的眼神在逃避，好像做了什么亏心事一样，不敢去看老方和我妈。老方没说话，在我们家老方说的也不算，都是我妈做主。

我妈放下筷子环视了一周，然后说："我和你爸去留这件事，轮不到你来命令我们，当初我也说过了，你和曼曼离婚是你们的自由，至于为什么离婚、离婚后财产怎么分配，也是你们夫妻俩的事，我和你爸不干涉。我们这次来昆明之前就跟你说，曼曼肚子里怀了你的孩子，那你就得为这个孩子负责，做到一个父亲应尽的义务，这一点你没有任何逃避的借口，别告诉我们，你这么大还没学会承担自己应负的责任。我们俩是想要留下来的，留下来的目的也是为了照顾曼曼，即便是要赶我们走，也是曼曼说了算。"

我真心感觉我妈在这件事上特别固执，我自己都不知道该如何评价了，关于我妈和老方的去留，全看杨曼一句话了。

而此时，所有人的目光都集中在了杨曼的脸上。

chapter 8
于凤琴口中的作孽

杨曼沉默了片刻后抬起头看着我妈说:“妈,我跟方旭离婚主要责任在我,是我做得不对,是我对不起方旭,对不起这个家。但是我向您保证,我肚子里的孩子,绝对是我和方旭的,时间会证明这一切……”

在杨曼说到这的时候,于凤琴突然就受不了了,从桌面抽了两张纸巾,转过头用右手开始抹眼泪。

杨曼伸出一只手抓住了于凤琴的手,然后看着我妈继续说:“你和爸来昆明照顾我,我很感激。但是你看我现在挺好的,我妈妈也在这陪着我,如果你们只是为了照顾我才留下来,那真的就不用啦。如果你们是想在云南玩一玩,我倒是很欢迎。当然,你们随时想要回这个家,我都不会拒绝。”

这番话和我猜想得不太一样,在我的潜意识里,杨曼那么希望我们复婚,她肯定会利用我爸妈来给我施加压力,或者是利用我爸妈和她在一个屋檐下生活,继而增加我们之间的接触频率。

但杨曼却主动说不用我爸妈照顾,还劝我爸妈去玩,这真的是出乎了我的预料。

我妈听后想了想说:“曼曼,你虽然和方旭离婚了,但你肚里的孩子,还是我们方家的后代,于情于理我们都应该给你和孩子更多的照顾。”

杨曼再次婉拒道:“妈,你的心情我能理解,你看我现在不是挺好的吗,你放心,我一定会照顾好自己的身体,把这个孩子生下来。”

我妈深深地叹了口气,然后对老方说:“曼曼既然有自己的选择,我们也应该尊重她的想法。”

我爸表示尊重杨曼的选择。

说到这，我妈从兜里拿出一张银行卡，递给杨曼说：“曼曼啊，这里面有三万块钱，是我和老方的一点心意，你无论如何都要收下。原本我们还想着过来照顾你一直到孩子生下来，你考虑得可能更多，毕竟我们两代人的生活方式不一样，在一起生活也难免会有些摩擦，那我和老方也不勉强，你好好养身体，我们过几天就回去。”

杨曼抿着嘴，眼泪都在眼眶里打转，哽咽着说：“妈、爸，谢谢你们，这钱我收下了。”

聊到这，一边的于凤琴突然就放声大哭了起来，道：“这都是做的什么孽啊……”

杨曼转过身抱着于凤琴也哭了，她安慰道：“妈，没事的，一切都会过去的。”

不安慰还好，一安慰于凤琴哭得更大声了。

老方和我妈的目光投向了我，眼里写满了不解，其实我也不理解于凤琴为什么要哭。这是演戏给谁看呢？

餐厅内的气氛相当尴尬，这顿晚饭也算是不欢而散。

我妈又开始收拾厨房，老方和我在客厅坐了一会儿，杨曼从于凤琴的卧室出来之后，老方就回房间去休息了。

杨曼站在我身边问道：“今晚你要留下来吗？”

我没有任何犹豫地回绝道：“不了，我要回去了，爸妈在这就麻烦你多包容一下吧。他们挺想留下来照顾你的，既然你回绝了，那就尊重你的选择。”

杨曼轻声道：“谢谢。”

我还想多说点什么，却发现自己词穷了，我越来越看不懂杨曼，搞不清楚她想的是什么。

离开这里，开着车回到桃子住的小区，把车停在路边又看到了那个烧烤摊，只不过今天的烧烤摊边却没有了那几个少年的身影。我坐在车内按下车窗。

于凤琴的哭泣还在我脑海中回荡，我不明白她到底是什么意思？

我准备上楼的时候，我妈的电话打了过来，我坐在车内接听，电话里传来我妈的声音，“你不是新交了一个女朋友？什么时候方便带我和你爸去见上一面？”

我很烦闷地问道：“这才相处没多久，你们就要兴师动众地见人家，你让人家怎么想？心里压力得多大啊？”

我妈很不满地说：“怎么听你这意思，好像我很不讲道理？是这个意思吗？”

我马上语塞了，要说我妈这个人，真的是深明大义，做事特别有条理，通过杨曼这件事就能看得出来，明知道我们都离婚了，她还要过来照顾杨曼，在杨曼回绝之后，她又拿出三万块钱来。这事做得任何人都挑不出毛病来，包括我都很佩服我妈。换做别的妈，可能早就跟杨曼吵起来了，质问杨曼为什么不忠，可是她却能压制住自己的愤怒，理性地把事做得有里有面！

见我不说话，我妈继续说：“你放心，我不会让你难堪的，我和你爸就想见一见这姑娘，我们也不会追问她的家庭状况，也不会问她的收入，更不会问其他的隐私，就一起吃顿饭，让我看一看这姑娘的言谈举止就行，这你都不满足我？”

我真的是没办法拒绝，硬着头皮说：“我先联系一下顾瑶，看看她的时间，我确定了时间再告诉你吧。”

“行，那我和你爸等你的消息，你别有太大的心理负担。”

挂断电话之后，我拖着疲惫的身躯向小区里面走去，回想起这两天发生的事，我一点都不后悔，尤其是我向老方和我妈坦白离婚这件事，至少不用背负着谎言，然后用更多的谎言来填补。

而我父母的态度，也让我颇为欣慰，尤其是老方，他这一次真是让我刮目相看，当然，这里面肯定少不了我妈做的心理辅导工作。

回到楼上，我又想起了杨曼肚子里的孩子，她口口声声说是我的，还要用时间来验证，此时我已经没有任何理由怀疑她在撒谎了。

想到自己要当爸爸了，我竟然有几分欣喜。

chapter 9
宝宝日记 2

回到楼上，我又打开了自己的博客，在上面记录了第二篇《宝宝日记》：从未想过你会以这样的方式出现在我的生命中，也没有想过我不能给你一个完整的家，一切都像做梦一样，期待你茁壮成长，期待与你见面的那一天，亲吻你的小脚丫，捏捏你的小屁股，带着你愉快地享受童年，可你要是个小公主，我还能这么散养吗？

写完之后保存成私密，自己又重新看了一遍，情不自禁地微笑起来，这是一种发自内心的微笑，不掺杂任何的掩饰。

而我也期待宝宝的出生，似乎在听到杨曼说“时间可以证明一切”的那一刻起，我就已经相信她肚里的孩子就是我的，否则她哪来的自信呢？这样的谎言也没有任何意义！

在我准备关掉电脑去睡觉的时候，意外发现某视频网站弹出一条广告，最新网剧《丽江，今夜你将谁遗忘》上映，主演马晓爽、桃子，这不正是以我和杨曼为故事原型拍的那部网络大电影吗？没想到这么快就上映了。

点开之后才发现这只是预告片，短短的三分钟而已，还真别说，这三分钟的预告片我反复看了好几遍，最后竟然还有些期待。

于是这夜我又睡不着了，我给桃子发信息，告诉她我已经看到了预告片，并且很期待这部网络大电影，当然，忍不住问了结局。

桃子却故意卖关子不告诉我，让我等三天后上映自己看，总之，结局还是挺反转的。

我不明白桃子口中的“反转”是什么意思，但是我真的开始期待了。

闲聊了一会，桃子告诉我她已经新签约了一个剧组，同样是一部都市情感的戏，只不过这次是一部二十集的电视剧，桃子在里面饰演女4号，基本上就是比龙套好那么一点点，仅此而已。

片酬也仅仅够维持在北京的开销而已，根本剩不下什么，在聊这些的时候，桃子又抱怨这个剧组不如马导演那边的好，虽然马导演那边给的钱少，但至少马导演不骂人，对每一个人都很好，这边就不同了，导演看到不顺眼的张口就开骂。

我只能当一个听众，给不了桃子实在的帮助，就这样聊了一个多小时，最后桃子还很感谢我当这个倾听者。

她总是这么容易满足。

第二天早上，我醒来就看到了顾瑶给我发的一条信息：今晚我约了中天安防公司的高峰一起吃晚饭，商量由他当代表在剪彩揭牌仪式上发言的嘉宾，中天安防是云南省做的比较大的安防公司，高峰是我大学同学，他已经逐步接管中天安防了，今晚一起吃个饭，希望能促成你们的合作。

我看了信息后，给顾瑶回复道：好，今晚我一定到。

顾瑶发来了新亚洲酒楼的定位：阿联酋包间，今天高峰是主角，另外一些被邀请的嘉宾也会到场。

我知道这个晚饭的重要性，告诉自己一定不能迟到。

上午去公司，何静已经到了，正在打扫卫生。

我向何静打招呼道："辛苦啦，等公司步入正轨，一定要招聘保洁。"

何静微笑说："不用，咱们写字楼面积又不算大，我每天早来十分钟就可以打扫干净了。"

我认真地对何静说："那也得把保洁这一份的钱发给你。"

何静腼腆地笑了笑，突然想起来了什么，对我说："师兄，我昨天面试的时候发现很多新人对于我给出的底薪都不满意，认为太低了。"

"多少？"

"六千的底薪加双休，还有全勤奖二百，交通补贴三百，餐补八百，还有业绩提成，这个是我们以前对程序员的薪资待遇，感觉这两年新人都不满足这个待遇了。”

我想了想说：“这样吧，底薪再提两千，你也知道干我们这行的底薪不高根本招不到人，毕竟大家都是脑力劳动。”

何静想了想说：“师兄，我是这么认为的，目前公司的业务也不多，我们就不盲目地招聘程序员了，毕竟有你和陆涛在。不如我们前期把重点放在销售上，我们现在缺少的是业务，老客户的日常维护我就可以完成了，咱们前期还是以节省开支为主吧，你觉得呢？”

我想了想说：“这样吧，程序员我们暂时招聘一个，来辅助你的工作，当你的助理，负责维护老客户，不能什么事都让你辛苦，销售招聘多少你自己看着办。”

何静提醒我道：“我们的流动资金不是只有四十万左右吗？”

其实已经没有这么多了，我把房租和押金给杨曼之后，流动资金只有十多万了，但是我没告诉何静，我怕她徒增烦恼，于是故作自信地说：“放心吧，资金的事不用担心，我会想办法搞定的，你放手去做就是了。”

何静见我如此有自信，也就没再多问什么。

我回到自己的办公室，一个不足二十平方米的地方，坐在椅子上开始琢磨我要去哪弄点钱当流动资金呢？这十多万肯定是不够折腾多久的。

中午，陆涛兴奋地冲进我的办公室，进门就坐在我写字台前的椅子上，竖起五根手指说：“五条街！五条街！师兄，我搞定了五条街。”

“什么意思？”我疑惑地看着陆涛问道：“什么五条街？”

陆涛解释道：“我跟交警大队的负责人谈妥了，在他们的管辖区内，拿出五条街授权给我们安装监控。今晚六点，交警大队的负责人主动约你一起吃晚饭，把这件事敲定。”

chapter 10
无法放弃的项目

我瞬间进入了进退两难的地步，一边是顾瑶邀请了上市发布会的嘉宾，我也没有理由缺席，另外这边是陆涛联系到了交警队的负责人，我如何取舍？

见我犹豫不定之际，陆涛再次开口说："师兄，这件事可不是儿戏，新螺蛳湾附近的几条街目前都没安装监控呢，这里有两个菜市场，就在路口那。每天违章停车的人很多。另外新螺蛳湾也是昆明最大的批发市场，每天的客流量都是惊人的，商博路、商胜街、商启街都是螺蛳湾批发市场在周边的交通要道，你可想清楚啊！"

我看着陆涛问："没有改期的可能了？"

陆涛摇头，对我说："不瞒你说，我找的这个中间人是部门的一个领导，之所以今天要私下约着谈一下，实际上谈的什么你也知道，我们真的不要错过这个机会。在互联网业务惨淡的今天，我们必须得先有一个能赚钱维持公司开下去的业务，否则我担心……"

"好！"我对陆涛说，"你先安排吧，今晚我不会失约的。"

顾瑶这边，我得先打电话告诉她一声，拿着手机找到顾瑶的名字，半天都没敢拨通。因为我觉得自己打的这个电话有些过分了，明明是我的事，却是顾瑶在尽心尽力地帮我筹办，一切都筹办得差不多了，需要我出个面的时候，我又要失约。

换位思考，如果我是顾瑶，我也会觉得自己过分到不可理喻的地步。

但是我真的别无选择，我不能放弃这个项目也有两个原因。第一，这个项目可以赚钱,维持公司开下去;第二,陆涛那么努力,我却不配合他跟客户吃顿饭。这在陆涛看来,他未必能理解。

权衡之后,我只能委屈顾瑶了。

该打的电话终究是要打的。

电话响了几声才被顾瑶接听,电话里传来顾瑶极其温柔的声音,“喂?”

听到这一声,我刚刚鼓起的勇气差一点又消失殆尽,防止我临阵退缩,我赶紧说:“瑶瑶,我有件事想跟你说。”

“嗯……”顾瑶应了一声,然后又问道,“是什么事?你说吧,我听着呢。”

“……你先答应我,听了之后你不要生气好吗?求求你,一定要答应我。”

顾瑶猜测道:“这件事是不是跟你前妻有关?你父母逼着你跟你前妻复合?”

“不是!”我否决道:“跟杨曼、我爸妈没有任何关系。”

顾瑶听我这么说后,明显轻松了一些,说话的声音都愉悦了不少,“那你说吧,我听着!”

“是这样的,陆涛刚刚跟交警大队的负责人谈了一个项目,对方领导要见我,约着今晚一起吃个饭,具体聊一聊这个项目,我没办法失约,所以……今晚你那边我可能过不去了,你别生气好吗?我知道自己这么做一定会让你伤心的,你所做的都是为了我,我却这么不靠谱,我……我……”我不知道怎么说自己了,这一刻的心情真的是太难受了。

顾瑶却在电话那边安慰我道:“方旭你别这样,隔着电话我都能感觉得到你的懊悔和无奈,我理解你现在的处境,所以你去忙你的,这边我会想办法应付的。”

我听顾瑶的声音很平静,然后小心翼翼地问道:“你真的没有生我的气?要知道我这么做,真的很不厚道。”

电话内传来顾瑶的浅笑声,她温柔地说:“虽然你这件事做得欠妥,但是我理解你现在的处境,知道你的选择也没有错。既然我答应做了你的女朋友,我就愿意随时替你着想。”

我拿着电话的手都开始颤抖了,不停地说着:“谢谢,谢谢你的理解。”

“方旭……”顾瑶轻声说:“我爱你,所以你不用一直说谢谢,为你做任何事我都是自愿的,今晚你放心去忙你的,我这边的事我也会想办法处理的。我把你的开业剪彩揭牌仪式放在了本周六,你也提前准备一下,最迟周四晚上你要告诉我一共邀请了多少嘉宾到场,我提前安排酒店的餐饮部备餐。”

这一刻,我觉得顾瑶就是一个拯救我的仙女,我们之间不应该隐瞒什么,“我周四晚上会给你确切消息的,今晚如果我这边结束得早,我过来找你,有些事我要当面跟你说,是关于悦享酒店集团内部的一些事。”

“好,那我等你电话。”

chapter 11 悦享酒店集团

挂断了电话，我又坐在椅子上发了会儿呆，回忆跟丁文杰见面的那一次，当时丁文杰跟我说得很明白，悦享酒店集团的网络安全就是他在负责维护。在我看来，丁文杰无疑是一个IT界的精英，和我比都是有过之而无不及的。

我们见面之后聊得也算比较坦诚，他也承认自己知道那个程序里面有一串“病毒代码”，可以窃取信息并且能自行删掉浏览记录。

其实在那一刻我就意识到这件事最终的受害者是顾瑶，因为程序是顾瑶找我写的，交到悦享酒店集团之后，是顾明发找人验证的，然而他找来的人却是“网上找的”，事后这个人植入病毒代码之后，人就消失不见了。

这件事有很多疑点。

第一，既然是网上找来的人，之前没有任何合作，也没有利益关系，他为什么要植入这串代码？

第二，植入病毒代码之后，丁文杰在第一时间就发现了，他发现了为什么不上报？

在这，我又大胆地做了一个分析，不管丁文杰是顾明发的人，还是徐凡凯的人，他都会把这个漏洞上报。假设丁文杰是徐凡凯的人，徐凡凯明显是跟顾瑶、顾明发对立的，他会让这件事悄无声息地平息？由此分析，丁文杰上面的人还是顾明发！

丁文杰把这个消息告诉顾明发，顾明发为什么却装作不知道？还要让客户资料泄露？

因为只有这件事产生了把柄，被别人抓到之后，才能引起自己想要的效果。这个时候顾明发隐藏在暗处，让顾瑶跟我商量，主动把这个责任承担下来，让我赔钱……当然，这个钱不是我赔的，是顾明发自己赔的。

乍一看损失的是顾明发，但在这件事上，顾明发损失的是钱，而顾瑶因为联系了我这个“不靠谱”的程序员写了程序，导致公司资料泄露，虽然最后得到赔偿，那也是在客户资料泄露之后才得到的，而整件事最大的过失就是顾瑶。

她在集团内部留下了一笔无法涂抹的败笔，以后悦享酒店集团内部讨论起这件事的时候，所有人都只会记得顾瑶的错，没有人会提起我赔偿了七十万。

现在我跟顾瑶在一起了，甚至有人会说顾瑶假公济私吧，总之，这件事对顾瑶的影响是不可逆的。

而躲在暗处的顾明发只损失了七十万，却彻底地把一个黑锅扣在了顾瑶的身上。

想到这，我甚至怀疑顾明发在网上找的那个“野生程序员”就是丁文杰，毕竟这种小事对丁文杰而言，太简单不过了。

我越想越觉得自己分析得到位，这件事我一定要找个机会跟顾瑶聊一聊。

回忆至此被打断，何静提着一份红烧茄子的外卖送到我的办公室，放在桌子上对我说道：“师兄吃饭吧，知道你喜欢吃红烧茄子，就帮你叫了这个。”

我微笑说道：“谢谢，辛苦啦。”

何静笑了笑正要离开，我又把何静叫住说道：“周六我们在假日酒店的宴会厅举办公司的剪彩揭牌仪式，要邀请一些老客户参加，你负责邀约一下客户，然后统计人数给我，最好把客户姓名都记录下来，最迟周四晚上给我。”

何静对我说道：“好的，我下午就去办这件事。”

下午三点半，老方给我打电话，让我晚上回去跟他们一起吃饭，我在电话里就回绝了老方，告诉他我很忙，根本没空回去吃饭。

老方的情绪有点失落，但是也没多说什么，默默地把电话给挂了。

挂断电话我才意识到，在父母这里我才是最放肆、最没心理负担的，在回绝老方之前我根本没想到他的感受。他和我妈跟杨曼还有于凤琴住在一起，应该也不太好受吧！

毕竟现在杨曼不是他们的儿媳妇，那个房子的房产证上也没有他们儿子的名字，不知道他们会不会有一种陌生感。

我发誓，等我忙完这段时间，我一定好好陪一陪老方，陪他下几盘棋，喝几杯酒，再陪我妈逛一逛超市，当一个合格的儿子似乎也不需要做什么多伟大的事，我能想到的也只有这些吧。

chapter 12
初见高峰

我上了出租车之后就坐在了后排，靠在椅背上琢磨了一下，这五条路的监控项目至少要拿出五十万的资金投进去，至于什么时候能收回来，我还不敢乐观地估算，等陆涛跟进的时候具体看签合同是几年的吧。

对于这个项目，我已经努力让前期投入做到最低了，之所以要拉着老王和胡队长一起拿后期的收益，是为了建立一个长久的关系，他们品尝到甜头，以后再有类似的项目我还可以继续做。如果他们尝不到甜头，我的投资损失已经降到最低了。

新亚洲酒楼门口，我从出租车上下来，陆涛也跟着下来了，他是发自内心的担心我，扶着我的胳膊问道："师兄你没事吧？"

我掏出烟叼在唇边，陆涛马上又帮我点烟，我看着烟头被火焰点燃后，轻轻用手指拍了拍陆涛的手背说："你知道我的，吐完之后就会清醒，你看我现在站在这能跟你好好聊天，哪像有事的样呢？你回去吧，记得把这个项目跟进一下，钱的事我来准备，一定给你准备充足。"

"师兄那你照顾好自己啊，我先回去了。你有什么事随时给我打电话，今晚我睡觉都不关机。"

看到陆涛这么紧张我的安危，我发自内心的笑了，拍了拍陆涛的肩膀，让他先走。

我也是抱着试试看的目的去新亚洲酒楼的阿联酋包间看一眼，这个时间了，顾瑶这边应该也散场了吧。

当我走到阿联酋包间门口，发现这个包间的门竟然开了一条缝，我也没着急推开房门，站在门口顺着门缝往里面看。

发现服务员正在打扫卫生，当服务员发现我的时候，误以为我是刚刚在这里的客人，微笑问："先生您好，您是有什么东西落下了吗？"

我东西怎么可能落在这里？但是人家这么问了，我就借坡下驴装作自己假装有东西落在了这里，随处看了看，然后"失望"地离开。

重新走出新亚洲酒楼，刚好看到顾瑶的保时捷停在门口，而顾瑶就站在保时捷车头的位置，在她的身边还有一个穿着西装的男人，高高瘦瘦长得挺帅的，他的双手插在裤兜里面正在和顾瑶聊着什么。

顾瑶两只手在面前交叉，低着头正在跟这个男的闲聊着什么，看样两个人应该是挺熟的。我正要上前过去打招呼呢，男子却突然把双手从裤兜里面抽了出来，上前半步把顾瑶抱在了怀里。

这个举动打消了我上前的冲动，我也不知道自己为什么要选择站在原地看着这一幕。

被拥抱的顾瑶没有任何的反抗，也没有主动迎合，就让这个男子抱了十几秒。这十几秒对于我来说好像一个世纪那么长！

一个穿着绿色马甲的代驾司机骑着折叠自行车来到了车边，男子这才放开了顾瑶。

司机跟顾瑶确认了一下信息之后，打开了保时捷的后备箱，将自己的折叠单车放了进去，然后坐上了主驾驶的位置。

顾瑶伸出手和男子握手道别，一切看似都很正常。

当顾瑶拉开后排车门准备坐上去的时候，男子突然走向了顾瑶，再一次把顾瑶抱在了怀里。而这个角度，顾瑶刚好看到了站在酒楼门口的我，对视的时候顾瑶完全处于愣住的状态，当她回过神的时候，马上推开了男子。

男子很不理解顾瑶为什么变得如此激动，有点茫然地看着顾瑶。

顾瑶在挣脱开男子的怀抱之后就跑向了我，我们之间只隔着一条路而已，顾瑶来到我面前解释道："方旭，我……"

我没有让顾瑶给我解释什么，看着她微微摇头，因为我都看在眼里了，即便是第一次她被拥抱的时候，她也只是站在原地没有迎合对方。

男子也向我走了过来，站在顾瑶身边问道："瑶瑶，这位是……"

顾瑶恢复了平静，介绍说："高峰，给你介绍一下，这位就是我男朋友方旭，方旭这是我大学同学，高峰。中天安防的执行总裁，年少有为。"

高峰听说我就是方旭的时候，明显吃了一惊，然后主动伸出手带着微笑挑衅道："男人的事让女人出来张罗，这可有点欠妥。"

我同样微笑回应道："在中国，未经女性的同意，随便拥抱对方，也是有些失礼。"

这一轮，我们似乎是旗鼓相当，谁都没占到便宜。握手之后，我和高峰同时尴尬地笑了起来。

顾瑶在一边挽着我的胳膊对高峰说："周六还得麻烦你。"

高峰自信地说："放心吧，绝对不会让你失望的。"说到这，高峰把目光投向了我，对我说："也祝你公司开业大吉，万事如意。"

这个时候的我只能轻声道谢了。

高峰离开之后，顾瑶在我身边挽着我的胳膊问道："你刚刚看到高峰抱我，真的不生气?"

我反问道："你觉得我能开心吗?"

顾瑶摇晃着我的胳膊撒娇说："对不起，我不是故意的，我和高峰认识十年了，真的就是彼此关系特别好的那种朋友，他的拥抱最多也就是纯友谊的那种，你别往心里去啊。"

我指着她车上的代驾说："人家等半天了，该回去了。"

顾瑶拉着我的手说："你喝酒了，没开车吧? 上车，我跟你一起回去。"

上车之前我还没理解顾瑶的"我跟你一起回去"是什么意思，上了车之后才发现，顾瑶的意思是跟我一起回桃子这里。

事实上顾瑶也的确这么做了，当代驾司机把车开到桃子住的小区门口之后，顾瑶也跟着我下车了。

站在路边，我对顾瑶说："你别送我啦，你看我这状态挺好的，我能找到住的地方。"

顾瑶挽着我的胳膊说："我不是要送你上去，我是要今晚住在这里不走了。”

代驾司机从车内伸出个头问:“小姐车就停在这里了? 和你下单时候的地址不相符啊。”

顾瑶转过头对司机说:“师傅谢谢您,车停在这里就好了。”

代驾司机确定顾瑶不走之后,他也下了车,开始去后备箱拿自己的折叠单车。

我看着顾瑶问:“你确定今晚要跟我住在这里不走了?”

顾瑶点头说:“今晚我有好多话要对你说。”

chapter 13
顾瑶和高峰

既然顾瑶都说要跟我上楼了，我也不能硬是把她赶走，主要是也没这个必要，带着顾瑶走进小区，这一路她都挽着我的胳膊，高跟鞋踩在地上发出有节奏的响声。

回到楼上，顾瑶进门就换了一双桃子的拖鞋，把自己的包丢在沙发桌上，自己坐在沙发上一脸疲惫地叹息道："好累啊。"

我在饮水机内给顾瑶接了一杯温水，送到她面前说："先喝点温水吧，今晚是不是喝了很多酒？"

顾瑶伸出右手，用拇指按着自己的小手指，露出一个指尖对我说："就这么一点点。"

虽然她说喝一点，但是我已经感觉到顾瑶和往日不同，应该是在酒精的刺激下，有点异常的兴奋吧，我把水杯拿到她手里，命令她说："喝下去。"

顾瑶嘟着小嘴偷瞄了我一眼，然后她只是象征性地喝了一小口，就把杯子放在了面前的茶几上，拉着我的胳膊说："你坐嘛，我有好多话要跟你说呢。"

我坐在顾瑶身边后把她搂在了怀里，顾瑶就像一只温顺的小猫一样，腻在我怀里问："你看到高峰抱我是不是不高兴了？"

"嗯！"我如实说，"的确有些不高兴，为什么他第一次抱你你没反抗，第二次却又反抗了呢？"

顾瑶解释道："第一次我有心理准备，也没有那么多复杂的情愫在里面，他说追了我这么多年都没成功，现在看到我有男朋友了，他觉得自己没机会了，于是他就问我能不能让他抱一下，就当是跟自己的青春道个别。”

我低声问：“他这么说你就让他抱你了？”

顾瑶偷偷地看了我一眼，然后小声说：“我觉得……这个也没什么吧？大庭广众之下，一个简单的拥抱而已。就像你跟桃子关系那么好，你们拥抱就一定要有什么特殊的情感在里面吗？或者是说，桃子被你抱一下，桃子的男朋友就应该觉得你们关系不正常吗？”

这话说的我，我竟然无力反驳了，我的确和桃子拥抱过，彼此也都是很坦然的那种心理，没有任何的杂念。

顾瑶说这些的时候是很坦诚的，我相信她也没想那么多。

顾瑶又给我解释第二次拥抱，她开口说：“我要上车的时候，他突然从背后抱住我，我当时就紧张了，努力地想要推开他，正好那一瞬间我看到了你，喊出了你的名字。以至于在那之后的几秒钟我都以为自己出现了幻觉，直到跑到你面前，我才知道这是真的。”

我回忆当时的画面，的确是顾瑶先挣扎着要推开高峰，后看到的我。这就说明不是顾瑶先看到了我，然后才要推开高峰的。

想到这，我也就没那么难受了。

顾瑶见我没说话，误以为我还在生气，她主动给我道歉说：“对不起，我知道今晚的误会让你难受了，我给你道歉好吗？你别往心里去，我和高峰……”

顾瑶的话没说完，我就低头吻上了她的唇，第一次绵延漫长的拥吻竟然是在这种状态下完成的。

顾瑶笨拙地应和着我，因为经验不足，她的吻略显生涩。

舌吻之后，顾瑶缩在我的怀里，小声说：“今晚我不回去了，就住在这里了好不好？”说完这句话，顾瑶又担心我觉得她不够矜持吧，又补充说：“我睡桃子的房间……嗯……就这么愉快地决定了。”

说完，顾瑶挣脱开我的怀抱，自己红着脸去了桃子的房间，我坐在沙发上给自己点了一根烟。几分钟之后，顾瑶拿着桃子的浴巾和桃子的睡衣去了洗手间。

这时陆涛的电话打了过来，这小子没什么重要的事，就是问我到没到家，他有点担心我。

我谢过陆涛之后，自己继续发呆，现在公司的流动资金不足十万块钱，眼下又有一个要投资超过五十万的项目，我必须得尽快弄到一笔钱。

曾经对于我来说一百万根本不算什么，但是现在这就是压倒我的稻草。

大概过了半个小时，顾瑶穿着桃子的睡衣从洗手间走了出来，头发湿漉漉地披在背上，我关上窗子转身……看到顾瑶这性感的一幕，真的是被惊艳到了。

顾瑶赤裸着脚丫走到我面前含羞问："你干吗这么看我？"

我没回答顾瑶的问题，上前双手环抱着顾瑶的腰，低头亲吻她的唇，顾瑶仰起头配合着我，享受着两个人的快乐。

过了差不多一分钟吧，我感觉到顾瑶的脚踩在了我的脚背上，我这才想起来她还光着脚丫呢。四片唇分开后，我把顾瑶抱到了沙发上，顾瑶赖在我怀里说："今天跟高峰沟通好了，周六的开业剪彩上，他会代表中天安防下一个单，听他的意思是要研发一款门禁卡，现在小区大多数门禁卡的程序都是可以被复制的，他的要求是自己的卡不能被人复制。"

我深深地吸了口气，对顾瑶说："刚刚我反复思考了很久，周六开业剪彩揭牌仪式上，能不能不邀请高峰了？"

顾瑶看了看我问："你还是在为他抱我那件事生气呢？"

"没有！"我向顾瑶解释道，"我不是在这较真，而是理性地思考之后，我觉得还是别让他当客户代表发言了，我不需要。"

顾瑶感觉出我的不悦了，坚持说："你就是在为刚刚那件事生气，我都跟你说了，我和高峰真的没有什么，而且我都道歉了，你就别计较了好不好？"

我坚持说："这件事不是我计较不计较的事，而是我觉得他出现真的不合适。"

顾瑶很委屈地说："高峰是真的要找你合作的，我都帮你谈好了，你现在突然就要让我把之前谈好的事情推翻重来，这样做真的好吗？至少你得替我考虑一下啊，我会很尴尬的。"

方旭作为一个爷们，是不是打死都要拒绝高峰出席活动？

chapter 14
顾瑶走了

我看着顾瑶很认真地说："这件事我思考了很久，真的认为高峰出现不合适，我知道让你回绝高峰是一件挺尴尬的事，但是你也应该替我考虑一下，如果高峰出现在这，我又算什么呢？"

顾瑶很不理解地看着我说："我没觉得这对于你而言有什么不合适的地方啊，他不仅仅是当个大客户代表发言，并且要下单的，他说些这套程序的预算是三十万呢。"

我苦笑道："傻瓜，你知道门禁卡那个程序有多简单吗？三十万？那玩意儿三万块钱都不值，淘宝上复制卡五十块钱就能做出来，里面就是一个芯片带个程序，经过门禁的时候读取一下，现在智能手机都直接能复制门禁卡，他要是想彻底改变这种现状，那就是行业的又一次重大改革。高峰说要用三十万来找我写一套门禁卡的程序，这还不是完全看你的面子？"

听我说到这，顾瑶沉默了，因为她不可否认高峰就是看在她的面子才做这些的。

我继续跟顾瑶解释说："我知道你是想帮我、是为了我好。但是这一次我真的要拒绝了，也是为了保护自己那点可怜的自尊。"

顾瑶眨巴着大眼睛看着我说："我对你都没有分彼此，可你却要和我分得这么清，难道我的朋友你就不能当成是你的朋友吗？"

"如果是普通朋友我能做得到，但是一个喜欢你的，你让我怎么接受呢？你也要考虑一下我的自尊心，对不对？"

顾瑶很不高兴，抱着浴巾起身光着脚丫走进了桃子的卧室，还把门给关上了。我知道顾瑶现在是带着气呢,而我也有些烦躁。这种情况下绝对不是交流的最好时机,于是我决定去洗个澡,让自己冷静冷静,也让顾瑶调整一下自己的情绪。

来到洗手间,看到顾瑶刚刚洗过的内裤还挂在一边,我站在花洒下把水开到了最大,位置也调整到了冷水位。

冰冷的水顺着头顶一直到脚边,这种感觉很畅快,也让自己的头脑格外地清醒。我知道自己的要求有些过分,正如顾瑶说的那样,她去跟高峰说这些,她也会觉得尴尬。但是我没办法,作为一个男人,我不可能让高峰出现在我的剪彩揭牌仪式上,更不可能让他当个发言嘉宾。

至于高峰跟顾瑶说的什么三十万写个门禁卡的程序,就是在忽悠顾瑶什么都不懂。

冲了个冷水澡后,我从洗手间出来,准备去敲门和顾瑶重新解释一遍,结果在我走出洗手间的时候,我就看到了桃子卧室门是开着的,里面的灯也关掉了。

我又看向门口,顾瑶的高跟鞋已经不见了。

她走了!

她生着气走了!

我刚刚调整好的心态在这一刻又崩了,转身握着拳头打在了洗手间的门上,门上的玻璃应声破碎,自己的右拳上划了数条伤口,红色的血顺着手背滴落在地上。

我任由血在流淌,坐在沙发上给自己点了一根烟,一根接一根,一直到手背上的血迹出现干涸的感觉,茶几上的烟灰缸内已经堆满了烟头。

桃子的电话又从北京打了过来,问我是不是跟顾瑶吵架了。

我抽着烟把事情的经过说了一遍,桃子听后忍不住叹息:“这事真难办,我都不知道怎么劝你们了,你知道顾瑶刚刚在电话里面哭的有多伤心吗?她说自己笨,不知道怎么谈恋爱,觉得两个人恋爱了就不分彼此了,她想把自己的一切都给你,包括身边的这些资源,可是你又不理解她。”

我强调道:“我不是不理解顾瑶对我的好,这件事……”

“打住！”桃子打断我的话说，“我知道你是怎么想的，站在你的角度思考，你也没做错什么。身为男人，这种事肯定是要拒绝的，但是顾瑶没想到这些，你们俩啊，真的是头疼。”

我很无辜地说：“我已经努力在跟顾瑶解释了，但是顾瑶根本听不进去，我知道她是为我好，我……我……我不知道怎么说了。”

桃子安慰我说：“你也别着急了，我早就提醒过你，顾瑶没谈过恋爱，在这方面傻得很！以后有你受得了，我都开始同情你了，你以后的日子可能真的不好过。”

我哭诉着求桃子说：“桃子……你帮我好好安慰安慰顾瑶吧，你最好能让她站在我的角度去看一看这件事，那个高峰……我看着就不顺眼，真的！尤其是在跟我握手的时候，还损了我一句，而顾瑶却当这只是一个玩笑，我也不好说什么。”

桃子在电话那边笑道：“我觉得我写帖子的灵感又来了，这个故事虽然有点老套，但是稍微加工一下，也是一个不错的情感帖子。女主是个商业奇才，但是在恋爱方面是个傻白甜。男主是个有离异经验的男子，被这个女主折磨得要疯掉，这个帖子绝对有看点，我仿佛已经能预示到网友在下面热火朝天的评论了。”

我毫不留情地说：“桃子你可真行，这时候你还拿我开玩笑，你知道我看到顾瑶离开后有多难受？我不知道怎么跟你形容这种心情。”

“好啦，好啦！我帮你安慰顾瑶行了吧，你能告诉我你对顾瑶到底是一种什么样的感觉吗？”

“我对顾瑶什么样的感觉？”这个问题真的难倒我了，我说：“我对顾瑶……我有点说不清楚这种感觉。”

桃子开口道：“不急不急，我给你时间组织语言，我就在这等着你，你别着急。”

我开始认真地思考这个问题，在我心里，顾瑶究竟给我留下了什么样的印象呢？

chapter 15
桃子的小迷弟

经过一段漫长而又走心的思考之后，我得出了一个结论，靠在沙发上对桃子说："顾瑶在我的印象中是一片空白，我没办法给她下一个定义。她太善变了，在不同场合完全就是不同的状态。"

桃子得意地说："顾瑶是浙大经管系的高材生，情商高着呢，她只不过是在恋爱方面是个小白而已，回头我得给顾瑶推荐几个贴吧的情感精品帖子，让顾瑶学一下如何恋爱。她现在就是一心想要对你好，根本没考虑那么多。站在旁观者的角度看，你们俩都没错，错的是缺乏沟通，说真的，我好像感觉你不太愿意让顾瑶插手你的事业呢？不知道是不是我的一种错觉。"

"没错！"我对桃子说，"你的感觉很灵敏，我的确是有这种心态，我不想有一天别人指着我的脊梁骨说我是靠女人东山再起的。"

桃子鄙视地说："偏执狂有偏执的想法，我不和你聊了。我明天还要早起去剧组呢，我把家里的钥匙快递给顾瑶一把，让她随时监视你的生活。"

"你这是在害我……"

桃子根本不理我，直接把电话给挂了，而我却发现跟桃子通了电话之后心情好了不少，虽然她并没有说什么……

我把地上的玻璃碎片清扫干净，又去洗手间把手清洗了一遍，手上有几条划痕，未伤筋动骨，仅仅是皮外伤而已。

打扫完地上的血迹已经是深夜了，临睡前我又点了一根烟，给顾瑶发了一条道歉的信息……其实也不算道歉吧，就是阐述一下自己为什么不能接受高峰出现的事实，希望顾瑶能理解。

我这边都准备睡觉了，桃子的电话又打了过来，我以为还是为了我和顾瑶这点事呢，她也的确费心了。

然而这一次是我猜错了，她告诉我明天马晓爽那个剧组要飞来昆明拍外景，让我接待一下马晓爽，毕竟在北京马晓爽一家人都很照顾桃子。

我要了马晓爽的航班信息之后特意设定了待班时间的提醒，马晓爽留给我的印象还是挺好的，记得在丽江吃剧组盒饭那次，马晓爽觉得自己面子丢大了，女主角朋友来探班，一个盒饭都不给。

马晓爽就像刚刚走出校园的我们一样，把一点小事造成的“丢脸”看得特别重，生怕别人瞧不起自己，让别人笑话。就拿剧组盒饭这件事来说，他根本没必要感到自责，毕竟这件事责任就不在他。

次日清晨，起床就看到了顾瑶给我发来的一条信息，只有一句话：我会按照你的意思去办的。

信息发过来的时间是凌晨三点，我不知道是顾瑶一直到三点没有睡还是睡梦中惊醒后给我回的信息，反正这两种猜想都不是我想看到的。

十一点半，我来到长水机场接到了马晓爽，原本他要跟剧组一起去下榻的酒店，但是见我来接他了，就暂时脱离了剧组，跟我一起吃个午饭。

马晓爽果然是对上次剧组盒饭的事耿耿于怀，吃饭的时候就给我解释道歉，我都明确表示不介意了，他还是要自己喝杯酒“谢罪”，我发现我越来越喜欢马晓爽这性格了，于是就多喝了几瓶啤酒。

开心的时候喝酒是真的容易喝过量，虽然没有喝醉吧，但是喝得挺兴奋，马晓爽酒量也就那样，喝高兴之后他就开始跟我打听桃子以前的事，我也算听出来猫腻了，看着马晓爽问道：“你是不是要追求桃子啊？”

我没想到的是马晓爽竟然脸红了，点头说：“我是有这个想法，但是桃子似乎总把我当个弟弟一样，我一点都感觉不到她喜欢我……”说到这，马晓爽又强调说，“我说的喜欢是那种男女之间的喜欢，不是姐弟之间的喜欢。”

我拿起酒杯跟他碰了一下说：“理解，我和桃子认识也有几年了，她有过几个男朋友，因为某种原因都没相处得太久，我有点不理解，你才多大？人家都说三年就有代沟了。按理来说你接触的小美女应该不少啊，怎么就喜欢上桃子了?”

马晓爽红着脸说:“我也不知道为什么,但是我真的喜欢桃子,虽然她总是用命令的口吻让我做很多事,甚至偶尔还骂我几句,可是我非但不反感,还很愿意被她命令。”

我向马晓爽竖起了大拇指,然后弱弱地问:“我可以说你贱吗?”

“哈哈……”马晓爽大笑起来,“其实我也这么说自己,但是我就喜欢,没办法。”

我突然来了灵感,对马晓爽说:“哥们,我昨天遇见了一件很纠结的事,你帮我分析分析,来个换位思考……”我把高峰、顾瑶还有我们之间的事简单地陈述了一遍,然后问:“现在换位思考,你就是我,桃子就是顾瑶,而我就是高峰,你会接受我出现在你的新片发布会上吗?还要做一个重要的代表发言?”

马晓爽想了想低声说:“你这个问题有点极端了,第一时间我本能是抗拒的,但是仔细分析也没什么,毕竟你和桃子认识这么多年了,简单的拥抱我是能接受的,甚至你对桃子的关心、照顾我也能接受。”

“对啊。”马晓爽很坦然地说,“我是真的能接受这些,你说谁还没有几个异性朋友呢?对不对?”

这我不得不点头,马晓爽继续说:“既然顾瑶都能在高峰面前承认你是她男朋友,那就说明她没有什么瞒着你的,两个人相处靠的是信任,你要是接受了她,就完全信任她吧,就像我愿意完全无条件信任桃子一样。”

我对马晓爽说:“你这是给我吃了一大碗狗粮啊!”

马晓爽不好意思地笑起来,然后神秘兮兮地问道:“旭哥,你看我追求桃子有希望吗?”

chapter 16
钱

我还真不知道桃子是否会对马晓爽这种男孩子有兴趣，但马晓爽都这么问了，我也只能鼓励他说："必须有啊，你加油，桃子最受不了的就是热情，我看好你。"

这话对于马晓爽来说就像是一针兴奋剂，顿时让他变得自信满满，端起酒杯就和我碰杯，激动地说："等我和桃子结婚的时候，一定请你喝喜酒。"

我就这么把这可怜的孩子给忽悠了！

吃过午饭回到公司，何静已经把邀约的客户名单给了我，我这才意识到今天已经是周四了，后天就要举办我们的剪彩揭牌仪式了。

回到办公室，坐在椅子上反思，我是真的不信任顾瑶吗？还是自己的自尊心在作怪？我一直在说顾瑶不体谅我，不照顾我的自尊心，可是我有照顾顾瑶的自尊心吗？让她再去和高峰说这些，那不等于是把顾瑶推向了一个十分尴尬的位置吗？

想到这些，我决定为顾瑶牺牲自己所谓的"男人自尊"，拿起电话拨给顾瑶，告诉她我错了，让她不要跟高峰说了。

但是我还是晚了一步，顾瑶告诉我已经跟高峰说清楚了。

我道歉："昨天晚上是我固执了。"

顾瑶十分冷淡地说："就这样吧，剪彩的嘉宾我邀约了八位，有我的朋友，也有我父亲在生意场上的朋友，他们都愿意出席活动给予一定的支持。"

"谢谢，谢谢……"我不停地说着谢谢，此时此刻我除了道谢也不知道要表达什么了。

顾瑶低声说:“你把客户的名单发给我吧,我明天一早安排到餐饮部,还有什么事我没想到的,你自己补充吧。”

我能感觉得到顾瑶态度的冷淡,虽然是一点点细微的变化,我仍旧察觉到了,我们之间仿佛隔了一层纱,一层逐渐变厚的纱。隔着电话我也不好说什么,随便聊了几句工作上的事,就把电话给挂断了。

我来到窗边,把百叶窗拉开看着外面的幸福广场,一楼临街商铺全都在做餐饮,这个时间刚刚过了午饭高峰期,吃饭的食客已经没有那么多了,幸福广场的人流量也变得多起来。

黄焖鸡米饭的老板坐在自家门前抽着烟,我看不清他的脸,但我感觉他是不快乐的,每天似乎有很多琐事在缠绕着他,得不到片刻的宁静。

“幸福广场”中,可能很多人过得都不幸福吧。

陆涛也知道我现在没有这笔钱,他帮我想办法,彼此沉默,最后,陆涛咬着牙说:“要不这样吧,我去把车卖了,现在还不足一千公里,卖掉也就亏个购置税。”

我瞪了他一眼说:“想点什么不好?卖车算什么好办法?”

陆涛问:“师兄你有什么其他的办法?”

我拿着他刚刚带回来的授权协议说:“就凭这个授权协议,都能去银行做贷款,四大银行不贷也能从那些小的商业银行办贷款,只不过利息有些高,我不想去搞而已。”

陆涛轻叹道:“师兄你想得太美好了,现在去银行贷款根本不像以前那么容易了,银行也怕贷出去的钱收不回来,除非你去找信贷公司。”

“打住!”我提醒陆涛,“信贷公司的利息能把咱们压死,别想那么些不正规的套路,这笔钱最迟什么时候要用?”

陆涛想了想说:“最迟下周一要拿到一部分,施工队是胡队长介绍的,各种材料我们自己去买,下周一就要去采购材料了,我们以前不是做这行的,根本赊不到材料,只能付款。”

我深吸了一口气,起身对陆涛说:“下周一之前我会把钱拿给你,你去准备其他的,记住了,别卖你的车,别碰信贷公司的贷款,钱的事不是你应该操心的，好好做你自己的事吧。”

说完，我拿着自己的手机和车钥匙离开了办公室，走到门口的时候，陆涛把车钥匙丢给了我一把说：“师兄，你要是出门谈生意就开我的车，人要衣装马靠鞍，毕竟现在这社会，大家都在乎外部配置。”

为了装，我也算是服了。

离开公司，我给我妈打了个电话，问她在什么地方，有没有出去溜达。

我妈告诉我在家陪着杨曼呢，还反过来问我有什么事。

我硬着头皮说了句：“见面聊。”

在回家的路上我一直在想一件事，那就是我要如何开口跟我妈说借钱的事呢？还有就是，我爸妈到底有多少钱呢？

这些年我的确没少给他们，没破产之前，过节我给我爸转账都是五位数起，每次我妈跟别人说起这事都特别自豪，惹得周围邻居都不是好眼神看她，她自己还满不在乎地欣赏着别人嫉妒的目光。

我有点不能理解她的这种心理，跟邻居好好相处不好吗？为啥总是要表现出高人一等的假象呢？现在我落魄了，这消息要是被老家的街坊邻里知道，我妈会不会成为他们的笑柄呢？

嗯……很有可能！

不知不自觉开车回到了家，在经过小区门口便利店的时候，我看到了门口摆放着一筐紫葡萄，看起来就特别好吃的那种。

我弯腰拿了一串最大的，让老板帮我称重后带着上了楼。

chapter 17
对孩子的态度体现在细节

进门就看到了我妈和于凤琴正坐在沙发上聊天，杨曼自己躺在贵妃沙发上，手里捧着一本书自顾自地在看。

老方可就神了，自己坐在阳台上，也不知道从哪弄了一个小玻璃桌，玻璃桌上还放了一个茶壶，他一边喝着茶一边在网上下象棋。

看到我回来，第一个和我打招呼的人竟然是于凤琴，她热情地说："方旭回来啦，晚上还有什么事吗？能在家一起吃个饭吗？你看你爸妈来两天了，我们还没一起吃过一顿饭呢，今晚就在家吃吧，我去买点菜下厨。"

我妈根本不给我否决的机会，率先开口说："有什么事都推掉吧，一家人在一起吃顿饭。"

于凤琴起身道："我去超市买点菜。"

我妈也要跟着去，但是被我叫住了，我对我妈说："我有事要跟你商量，你还是别去超市了。"

躺在沙发上的杨曼看了看我，用询问的语气问："那我要不要去超市？"言外之意就是要不要她回避。

我对杨曼说："你别乱折腾了，好好在家躺着吧，我买了葡萄给你，人家都说怀孕的时候多吃葡萄，生出来的宝宝眼睛特别大。"

杨曼翻了翻白眼。

以前我洗水果基本都是用水冲一下，绝对不会洗得特别认真，甚至有的时候杨曼让我洗水果，我就把水果表面弄湿了再拿出来，跟她说洗得很干净，反正我从小就崇尚"不干不净，吃了没病"这一套。

但是这一次，我是把每一粒葡萄摘下来，放在盆里用洗洁精清洗干净后，又冲了两道水才端出来。

杨曼是很讨厌吃葡萄的，从我们认识到现在，在逛超市买水果的时候，她从来都不会主动去拿葡萄，无论是葡萄还是提子，都被她列入了黑名单。

当我把一盘洗干净的葡萄拿到茶几上的时候，杨曼抱怨了一句："最讨厌吃葡萄了。"

但是抱怨归抱怨，抱怨之后还是坐起来开始吃葡萄，一个接一个的。

我妈也吃了两个，然后对我说："下次买葡萄先问问是不是无籽葡萄，不要买这种了，曼曼吃的时候还要吐籽，多费劲啊。"

我算是看出来了，我妈是真的把杨曼列为重点保护对象了，我应了一声，然后对我妈说："妈，我和你商量个事啊，我现在手上没什么钱了，公司又接了一个项目，垫款七十万，再加上公司也没什么流动资金……简单地说就是我现在需要一笔钱，我知道咱家里老方是不管钱的，我只能来找你求助了。"

我妈看着我问："你说吧，你要用多少钱？"

"我要用肯定是越多越好，项目的七十万是刚需，公司刚刚起步，流动资金也是需要一些的。"

我妈从钱包里面拿出了一张银行卡递给我说："这里面有四十万，存的是定期，我和你爸的工资卡每个月能有个小一万的收入，一般都是攒够了五万就拿出来存个定期，现在上面应该还有几万块钱，这些钱你先拿着，我再找亲戚借钱帮你应急，等我和你爸回家就把房子卖了拿去还债。"

"打住！"我对我妈说，"卖房子这事就算了，你们的工资卡上的钱留着自己花吧，这四十万我收下了，我再想别的办法。"

我妈安慰我说："你大姑去年退休了，她这些年的住房公积金有二十多万，去年是一次性拿出来的，我先跟你姑把这钱借过来给你应急，反正我回去就能还给她了。"

"算了吧，你不要从任何亲戚那借钱，前几年你快把你儿子吹上天了，所有人见你都是嫉妒的眼神，现在要是被这些亲戚邻居知道你儿子已经混到要让你四处借钱应急的地步，他们指不定在背后怎么议论你呢！我就你这一个妈,让你活得有点自豪感是我的责任,要是让你因为我被别人指脊梁骨议论,那我就太不孝了。”

我妈装作满不在乎的样子说:“我不在乎。”

“得了吧,你那么爱面子还不在乎这些?就算你不在乎也不行,因为我在乎。”

我妈还想试图说服我,被我严肃拒绝后,她才放弃了这个想法,虽然放弃了这个想法。但是还一直叮嘱我,如果实在搞不定,记得向她开口。

于凤琴买了很多食材回来,做了满满一桌子的晚餐,这也的确是我和杨曼离婚之后在一起吃的第一顿饭。

席间,于凤琴对我妈特别热情,总是给我妈夹菜,我也不知道这两天究竟发生了什么,于凤琴的态度让我有点匪夷所思,这和离婚那天完全是判若两人啊。

难道杨曼这一家人都是戏精出身?反正我是越来越看不懂了。

吃过晚饭,我要回去睡觉,老方竟然主动提出来要去我住的地方看看,我也没拒绝,带着老方下楼,当老方看到我的代步车时,他无比吃惊地问道:“儿子,现在你就开这个?”

我按下遥控器,看着车的转向灯一起闪了两下,然后对老方说:“实话告诉你,就这车都是一个朋友去北京了留给我开着代步的。”

老方半信半疑地问:“你真的把你的车卖掉了?钱给了别人?”

我不想跟老方说这个事,因为我预感到他会骂我,我假装没听到,我拉开车门坐了上去,老方也上了车,坐在副驾驶的位置大声说:“我问你话呢,你别装没听到。是不是她们母女俩说的都是真的?”

我深深吸了口气,说:“是,我把车卖了,钱给了我最好的朋友。”

老方愤恨地骂道:“这么大的事你怎么能不跟我说一声呢?亏得我天天在邻居面前吹牛我儿子开是的价值过百万的大宝马,真是丢人。”

chapter 18
我和老方

我郁闷地问:“有什么丢人的?你跟邻居吹牛,他们能为了揭穿你的谎言买个机票来昆明调查我一翻?多大点儿事?拿我去跟邻居吹牛,就是你的自娱自乐而已,你还真以为邻居听了会有多羡慕?你活了这么大岁数怎么没看明白呢?身边哪有几个盼着你好的人?全都盼着你过得不如他,等着看你的笑话呢。”

老方不再争辩了,他沉默地按下车窗看着外面。

我带着老方去我住的地方。

在车子开动之后,老方心里还是觉得不平衡,责备我说:“车卖了八十多万,你说送人就送人了,你怎么想的?你二叔家儿子结婚,我让你给我拿几万块钱,你都舍不得,外人比你爹还重要?”

我辩解道:“二叔的儿子结婚钱是不够用吗?他找你借钱是干啥?他是觉得车队的头车是一辆天籁不够档次,要找你借钱租一辆劳斯莱斯撑场面,小两口还没结婚呢,就开始压榨我二叔。我二叔也是没活明白,这么大岁数了还能让小两口给欺负了?这么愿意攀比,自己干吗不去努力赚钱?要是这么惯着,迟早有我二叔哭的那天。”

“得得得!”我爸不耐烦地说,“我不是在这跟你讨论你二叔,我是问你为什要把钱给你朋友,现在你要用钱了,人家管你吗?”

“我那个哥们是跟我一起创业的,在我的公司弹尽粮绝要支撑不下去的时候,他几个月没找我要薪水,还把自己家里的存款拿出来陪着我折腾,他家里两个孩子,还有一个重病瘫痪的父亲,他老婆为了养家糊口一个人打三份工，我把钱给他有错吗？我现在是用钱，但是人家也看在眼里呢，我都没提，就送了三十万过来，我不在乎他送多少钱，只要他有这份心，我就很满足了。”

老方不说话了，表情似乎也没刚刚那么臭了。

其实老方这人很仗义的，也正是因为有个这样的爹，才培养出我这样的性格吧，他跟我妈要是放在金庸武侠小说里面，那绝对是郭靖和黄蓉这对绝配。

老方憨厚、老实、没啥坏心眼，在家里又不管事，我妈是家里家外都自己操持着，整得井井有条。

来到我住的地方，老方惊讶地发现洗手间的门玻璃都碎了，然后又发现了主卧室内全都是女孩子的衣服，他的脸色当时就变了，看着我问道：“你和你女朋友同居了？就算同居也好，这洗手间的门是咋回事？你们彼此解手都不避讳对方？”

我拍着脑门说：“这个房子是我朋友的，就是借给我车开的是同一个人，她去北京发展了，房子暂时空着借给我住，洗手间的门是昨天客厅的窗户忘记关门，洗手间的窗子也没关，过堂风太大，把门上的玻璃震碎了。”

老方半信半疑地去检查，我也没阻止他，他愿意看什么就看什么吧。

片刻之后，老方也没发现什么端倪，又回到了茶几边坐在我身边，神秘兮兮地从兜里拿出一张银行卡塞在我手里说：“儿子，这卡里有十万块钱，是你老爸我的棺材本啊，攒了这么多年，就这点私房钱，你可得把这钱用在刀刃上啊。如果项目赔了，这钱就算了，当你老爸无偿捐赠了；如果你的项目要是赚钱的，你记得连本带利地给回你老爸啊。”

我看着老方的表情让我哭笑不得，接过卡后问：“你怎么能攒下这么多钱呢？你平时工资也不多啊，而且都被我妈掌控了实际数字，这钱你攒得有点蹊跷啊。”

老方拄着额头说：“说多了都是泪，我这点钱攒得太辛苦了，都是你以前逢年过节给我的，我也不舍得花，就攒下了。你可别告诉你妈啊，我就这点钱了。”

我笑着说：“放心，你儿子不会出卖你的，你跟着我跑了小半个昆明，就是为了给我这张卡?”

老方说:“那倒不是,如果只为了给你这张卡,我下楼拿给你就行了,我跟你过来是想和你聊一聊杨曼和她肚子里的孩子。关于这件事,你没有什么话要跟我说?”

我不以为然地问:“我还有什么好说的?该说的我都说过了,我的态度也很明确,就这样了呗。”

老方看着我问:“你想不想听一听我是怎么看待这件事的?”

我从未想过老方会如此认真地跟我聊这个,既然他把话题挑起来了,我也没有理由不听一下,我不但要听,而且还要认真地听。

我对老方说:“你等我一下,我烧开水泡壶茶,咱俩边喝边聊,我这有一饼陈年普洱,一直都没舍得喝。”

老方对茶也是有些偏爱的,听到有好茶,就催促我说:“快点去,快点去,今晚我不回去了,咱爷俩好多年都没有这么聊天了吧。”

我爸这句话就是随口一说,但是我听得却是心头一颤,好像这几年都没有跟老方认真地聊过天,上一次好像是我大学刚刚要毕业的时候,我想开工作室,又有些犹豫不定,我咨询老方的意见,老方同样是泡了一壶茶,跟我聊了几个小时。

平时我们都觉得自己忙、觉得自己的父亲什么都不懂,久而久之导致几年都不会有一次敞开心扉畅聊的机会。

这应该是绝大多数人的人生吧。

我泡好了茶,看着面前的老方突然有一种鼻子发酸的感觉,这些年他苍老了许多,当年的英气早已不在,然而他对我的关心却从未减少丝毫。脸上的皱纹是岁月雕刻之下的痕迹,这辈子都无法抹去了……那一条条皱纹,让我酸楚的不仅仅是鼻子,更是内心。

我总是责怪他拿我去跟邻居吹牛,换种思考方式,他这么做不就是在把我当成是他的骄傲吗?

能成为自己父亲的骄傲,那应该也算是一种成功吧!

chapter 19
品茶夜谈

老方拿着茶杯给自己和我分别倒了茶水，我坐在他对面，看着老方问：“爸，关于杨曼和肚子里的孩子，你是如何看待的？”

老方端着茶杯说：“首先，你和杨曼离婚，不管离婚的原因是什么，我都不干涉你和杨曼的自由，何况是因为杨曼有外遇，这件事就更不能忍了，但是如果你愿意原谅杨曼，重新在一起的话，爸也不反对，这辈子谁能不犯错呢？对吧！”

我苦笑着说：“你儿媳妇出轨，你都能当作什么都没发生？”

我爸强调说：“不是我能接受，而是你能接受我就能接受。婚姻是你们两个人的，日子也是你们两个人过，我是充分尊重你的选择。”

我端起茶水喝了一口，等着老方继续往下说。

老方说：“关于孩子这件事……说真的，我是有点怀疑的，这孩子到底是不是你的，我说不准。单凭杨曼一个人说是，我还真怀疑，你呢？”

我也不太确定，端着茶杯说：“以前我也是抱着怀疑的态度，但是自从杨曼说了那句‘时间会证明一切’之后我就不怎么怀疑了，毕竟孩子出生之后是可以做亲子鉴定的，杨曼也没必要在这件事上说谎，毕竟这个谎言也支撑不了几个月，撒谎也没意义。”

老方点头道：“我现在是宁愿相信杨曼说的是真的，可能是因为我心里特别希望这件事是真的吧，但希望归希望，我们还是要尊重事实，如果有必要，我觉得能尽早做个亲子鉴定更好。”

我摇头说：“怀孕期间做亲子鉴定好像只能通过羊水穿刺，这个对胎儿有影响，会有流产的可能，这件事就不要想了，我们尊重杨曼，也是尊重肚里的孩子。”

老方听后沉默了几秒钟，然后给自己的茶杯内又加了点水，继续说：“既然有流产的可能就算了，我们多等几个月也没什么。关于亲子鉴定这件事你能这么想也挺好的，说明你还没有被愤怒冲昏了头脑，至少保持了足够的理性。”

我苦笑道：“你儿子这些年经历了太多太多了，早就没有年轻时的冲动与锐气了，随着年龄增长我感觉自己也老成了不少，把很多事看得都很淡了。大学刚毕业的时候，我就像一个炮仗，看到不顺眼的事，别人一点我就着，现在嘛，就是个哑炮，有愤怒也都自我消化了。就拿当初从民政局出来杨曼上了薛磊的车这件事来说，五年前我肯定当场打得薛磊满地找牙，但是现在我却很平静地接受了事实，除了自己愤怒，我甚至都没对薛磊动手。”

老方听后向我竖起了大拇指说：“儿子，你这事做得没错，成熟的男人不是动不动就用拳头说话，靠的是度量。你能忍受多大的委屈，你就能有多大的成就，冲动往往是坏事的根源，看到你现在这样，我挺高兴的。”

我无比悲凉地说：“这就是成长吧。”

老方拿起茶壶又把我的杯子倒满，继续说：“现在杨曼怀孕呢，既然我们都愿意相信这个孩子就是你的，那你就应该负起这个责任，在这件事上我和你妈的态度是一样的，上次也跟你聊过了。你是个男人，没有逃避的借口。杨曼产检你该跟着还是要跟着，该接该送你都去做了，另外杨曼产检、买营养品等等，你都要主动承担。”

我看着面前的老方，感觉这些话怎么像我妈教他说的呢？

老方似乎也看出来了我的疑惑，解释道：“我要你这么做是不给自己留下遗憾，对杨曼你可以冷淡，对孩子你必须做到尽心尽力。你说如果杨曼要是在产检的时候发生意外什么的，导致孩子没有了，你会不会自责？你会不会遗憾？”

我不可否认地点头，这话老方说得没毛病。

老方继续教育道：“所以，该承担的责任你一点都不能逃避，我和你妈也不允许你逃避。你是个男人，你没有逃避责任的借口。”

我点头说：“爸，你放心，该承担、该面对的我一定不会逃避，在承担责任这件事上，我不会让你们失望。”

老方说：“你能这么想我就很欣慰了，接下来该怎么做你自己清楚，不管你是否有了新的女朋友，你都不能对杨曼怠慢，尤其是她怀孕期间，孩子生出来之后又是另外一回事了。但是你现在这么做，你的新女朋友会理解吗？”

我深深吸了口气，端起茶水喝了一小口说：“她……我怎么和你形容呢？挺懂事的一个女孩子，我的事她也都知道，我庆幸自己对她没有任何隐瞒，两个人相处也比较坦诚，我会如实地跟她说这些。”

老方提出了一个针对性极强，且有挑战性的问题，“如果你的女朋友不理解你所做的一切，你又要怎么办呢？会不会因为她的不理解，你就不去承担自己应该承担的责任呢？”

这可能就是今天晚上聊天的重点，我会因为顾瑶的不理解就放弃对杨曼和胎儿的照顾吗？我陷入了沉思，足足两分钟都没找到一个合适的答案。最后只能含糊地对老方说：“顾瑶是一个很懂事的女孩子，不会不理解的。”

老方追问道：“我说的是假设，如果假设她不理解呢？你又会怎么做？”

“没有这种可能！”

老方若有所思地说：“看来我儿子已经是护着这个新女朋友了。

我被老方这句话“惊醒”，原来我自己都没意识到我已经开始在潜意识里护着顾瑶，不愿意想任何关于她的不好……

这就是爱？

想到这，我竟然情不自禁地微笑起来，发自内心地微笑。

老方追问道：“你笑什么呢？我问你话呢，你就不愿意幻想一下我提出的这个问题？你会不会为了她放弃你应该承担的责任？”

chapter 20
缺钱

我看着老方特别认真地说："你现在是逼你儿子去面对不愿意面对的事，不过你既然问了，那我也不怕告诉你，你这是杞人忧天。如果你的担心成真了，那我也明明白白地告诉你一句，该我承担的责任，我一点都不会逃避，这么说你应该满意了吧？"

老方听后笑了起来，拿着茶杯就要跟我碰一下，对我说："咱们拭目以待吧，在孩子出生之前，你对杨曼好一点。如果孩子出生以后不是你的，那你也不用后悔，放平心态就行；如果是你的，那就看孩子的抚养权归谁了，我和你妈倒是希望孩子的抚养权能归你。你不用担心，我和你妈会帮你带。如果杨曼不愿意交出孩子的抚养权，那我们也会尽心尽力地做一对好的爷爷奶奶，你也必须做一个好父亲。"

老方这话说得没毛病，但我觉得让杨曼交出孩子的抚养权，难上加难，她把这个孩子看得比自己生命都重要。

这一次的"秉烛夜谈"持续了差不多三个小时，可能是茶水喝得多，到深夜了还没有困意，老方又让我开车把他送回去。

我只好照办，把老方送到小区门口，老方下车之前还不忘提醒我那十万块钱的私房钱，让我赚钱了一定要连本带利一起还给他。

看到他那么认真地和我说这些，我真的哭笑不得。

老方是个好人，但也有自私的一面，和我聊天的时候，始终抓住一点，那就是"杨曼的孩子是我的"，一切都建立在这个基础之上。

我理解老方的这种心态，人之常情嘛！他又不是活雷锋，怎么会让自己的儿子帮别人养孩子?

周五早上,我拿着我妈给的四十万和老方给的十万来到了公司,将这笔钱一次性给了陆涛,让他先把这个监控的项目启动,至于公司的流动资金,我再想办法。

何静已经招聘到了几个销售,年龄大小不等,她来到我的办公室和我商量关于周六剪裁揭牌的事,要把细节对接一下。

这些全都是顾瑶在帮我筹办,我就把顾瑶的联系方式给了何静,让她亲自去找顾瑶对接,我现在的工作重点十分明确,那就是找钱、找钱,使劲找钱。

我拿着委托授权安装交通摄像头的这份协议去银行办理贷款,接待我的经理也知道这里面的事,但却故意为难我,说什么这个项目不好贷款等等,说了一大堆!最后又总结道:"要说这个也不是不能贷款,但是我们的利息要比正常的高出一个点,要不你考虑一下?"

我来银行办贷款就是图这里的利息低,结果被接待我的经理摆了一道,这我怎么能忍?果断拒绝了非正常利率的贷款。

离开银行的时候已经是下午三点半了,午后的阳光有些刺眼,晃得我睁不开眼睛,在路边的便利店买了一瓶矿泉水,肚子饿得"咕咕叫",才想起自己没吃午饭,又给了老板四块钱,让老板帮忙泡一桶方便面。

自己就这么坐在银行门口的台阶上,左手端着泡面,右手拿着塑料叉子,身边还放着一瓶矿泉水。

成年人的世界,哪有什么"轻松"两个字啊,这一个下午又白跑了,回到公司已经是下午四点半了。我看到了几个陌生的面孔,坐在格子间办公区正在讨论着什么,他们看到我进来,眼里充满了陌生。

我只是扫视了一眼,就回到了自己的办公室,进门就看到何静正在跟顾瑶闲聊,看到我进来,何静起身恭敬地说:"方总你回来啦,顾小姐已经来很久了,我们刚刚对接明天剪裁揭牌仪式上的细节,不得不说,顾小姐安排得太周到了,我都不知道要怎么谢谢她呢。"

听何静夸顾瑶,我心里难免会有些小得意,对何静说:"你们都辛苦啦,刚刚外面那些人是新招聘来的吗?"

何静突然想起来什么，对我说："你不说我都忘记了，外面那些都等着面试的，方总只好麻烦你招呼顾小姐了……"说到这，何静对顾瑶说："对不起啊，我要去面试，暂时失陪一下。"

顾瑶点头说："去忙吧，有什么漏掉的我们想起来再沟通。"

何静又是连忙地道谢，道谢之后就去面试外面那些人了。

何静出门之后，顾瑶对我说："这个何静做事很细心，你能招聘到这样的人来跟你一起创业，说明你的眼光也不错。"

我解释道："我当初只想着让陆涛……也就是何静的未婚夫过来跟着我一起干，陆涛是我学弟，人很机灵，写程序也很牛，当时他们两个人正在开炸鸡店，得知我要重新开公司之后，两个人一拍即合，直接把炸鸡店给关了，一起过来跟着我创业。"

我把自己的外套脱掉，穿着衬衫来到顾瑶身边问："你不生我的气了？我知道不让高峰参加剪彩揭牌仪式对于你来说是挺尴尬的一件事，当时的我只考虑自己的面子，却没顾忌你的感受，我向你道歉，很诚恳的那种。"

顾瑶轻叹道："算了，跟你有什么气好生的呢，回去之后我也思考了很久，站在你的角度来看，也的确挺让你为难的，这事就这么过去吧，我们都别因为这点事相互折磨了。我和桃子打电话诉苦，桃子安慰我之后还教训了我一顿，认为我插手你的事是不对的，让我以后别这么做了。"

"嗯？"我好奇地问，"桃子教训你？她怎么说的？"

顾瑶轻声说："说教训有点严重，就是她觉得我这件事做得有点不对。"

"具体说说是怎么回事？我有点不太相信桃子性格那么好的人，还真的说你了？"

chapter 21
有点看不懂顾瑶

顾瑶略带委屈地说："桃子也没说什么过分的话。她就是觉得我不应该插手你的工作，她认为两个人要各自有各自的发展，尽可能的不去参与和干涉对方的事，因为一旦理念不合的时候，就会发生不必要的矛盾，久而久之两个人的关系就会因为这些小争吵而渐渐疏远，就拿这次来说，我没有经过你的同意就邀请了高峰，事后想想这件事也有我考虑不周到的地方，我也应该向你道歉。"

我上前抱了抱顾瑶，安慰她说："别难过，我不认同桃子的这个观点，或许她说得对，但是我不完全认同，这件事就这么过去吧，我们都别再为它纠结了，这些天你一直在为我的事奔波，辛苦啦。"

顾瑶轻声说："辛苦也没什么，至少是我心甘情愿的，明天帮你忙完这个剪彩揭牌仪式我就真的要忙自己的事了，假日酒店近期收到了太多的客户投诉，客户体验极其不好，要是再不整顿，怕是要关门大吉了。"

"别这么悲观啊，怎么能说关门大吉呢。"

"你是不了解现在集团内部明争暗斗有多么可怕。徐凡凯掌管着公司的人事调动，他父亲徐达又是公司的一个副总，正在大肆地拉拢关系。我叔叔虽然身为代理董事长，但也只是个代理的，代理期一到又要重新进行董事会选举，即便是我父亲和我叔叔两个人的股份加一起，也才是49%，根本没有决策权。"

我笑着说："放心吧，你叔叔只要拉拢一两个股东就足够占上风了，用不着担心。"

顾瑶低声说:“我想要的并不是一个董事长的位置,我想要的是悦享酒店集团能有一个好的发展前景,这才是我想看到的。”

我友善地提醒顾瑶说:“别把全部希望都放在你叔叔身上,多留个心眼儿。”

顾瑶盯着我看了好几秒钟,最后才低下头说:“我懂你什么意思,我心里也有数,只要他做得不过分,我是不会太在乎的。”

“如果可以,把你们酒店负责网络安全的这一块换成自己人吧,对你肯定有好处。”

顾瑶问道:“你的意思是,让你来?”

“不一定是我,至少是一个你认为可靠的人。”

顾瑶没有再跟我聊这个话题,毕竟这个话题有点敏感,我们心里都清楚。顾瑶在我的办公室坐了差不多一个小时,提醒我明天尽量早点到,跟那些所谓的大佬们提前有个交流,在礼数上不要被人挑毛病。

我发自内心地感谢顾瑶为我做的一切,我不傻,我看得出来顾瑶是真心实意地在为我付出,她努力将自己融入我生活中的每一个细节,她不甘心只做在身后默默支持我的那个人,更愿意与我“并肩作战”为未来奋斗。

我也想参与到顾瑶的工作中,刚刚也只是试探性地聊了几句,但是我感觉得到,顾瑶有些本能的抗拒我去干涉她的工作,我有些想不明白这到底是为什么。

傍晚,我开着十万出头的代步车回到桃子租的房子,把车停在小区路边,根本没有上去的欲望,也没有什么食欲,下午吃的那一桶泡面还挺扛饿。

这一刻我竟然有些羡慕都市小说中的那些男主角,动不动就有个异能,随便开个外挂就有几个亿,花都花不完。

如果现实中的我也有个开挂的技能,可能这辈子都没什么烦恼了。

不知不觉在车里坐了几个小时,从日暮到黄昏再到深夜,我根本不想离开这个车,仿佛这个车就是自己逃避现实生活的避风港。

晚上十点半吧,桃子的电话突然打了过来,我本以为她又是和我闲聊,我也做好了和她闲聊的准备,桃子却在电话那边很急地对我说:“方旭你现在有没有时间？马晓爽出事了，你赶快去帮我看一眼。”

“嗯？”我提高了精神问，“怎么回事？马晓爽怎么了？”

“他刚刚和剧组的几个人去酒吧玩，跟人发生了冲突，双方打了起来，现在被抓去体育城派出所了，你过去看看是怎么回事。这事能能低调处理一定要低调处理，别影响到他的事业发展。”

“明白！”我启动了车子，“我现在就过去。”

桃子疑惑地问：“你在哪呢？我好像听到了车子发动的声音？”

“我就在车里呢。”

“你是刚刚忙完回来？”

“不是，早就回来了，在车里坐了几个小时。”

“你有病吧？没事在车里坐着干什么？你……”说到这，桃子就没有继续说下去，她应该是突然想到了什么，小心翼翼说，“对不起……你最近的压力是不是很大？”

我一边开车一边说：“还好吧，压力是有的，但也不至于说很大。公司刚刚起步，处处都挺难的，再加上杨曼这边的事……总之是顺心的事不多。”

桃子安慰我说：“加油啊，一切都会好起来的，等我忙完这几天我就跟剧组请假回去看你，陪你一起吃个火锅、聊聊天，你别太难过啊！”

“嗯，我没事，你不用担心我，我先开车去派出所，不跟你聊啦，处理完事情我给你打电话。”

“那你先开车，无论多晚、无论是什么情况，你都要给我打个电话知道吗？我等你。”

“好，我知道了！”

挂断电话之后，我开着车直奔体育城派出所，体育城里面有几家酒吧我是知道的，但是我对这种地方不感冒，总觉得这种地方很乱。或许是我年纪大了吧，已经过了沉醉在酒吧的年龄，而酒吧，应该属于马晓爽这样的年轻人。

chapter 22
剧情

我在螺蛳湾的派出所见到了马晓爽，他和剧组的摄影师双双被关在派出所，一起被关起来的还有对方的四个小伙子，年龄也都是二十四五岁的样子。

派出所的民警见到我之后，先问了我是为哪一边来的，和他们是什么关系，在登记信息的时候，对方的家属也来了。警察抱着多一事不如少一事的态度，劝我们私了。毕竟也没多大事，就是年轻人在酒吧喝多了，发生了口角，然后动手打了起来。

马晓爽这边略微吃亏了一些，他的眼眶都被打肿了，脸上还有一块是紫色的，样子有点滑稽。对方也有负伤，不过不怎么明显。

我在来之前桃子就告诉我了，能低调处理就低调处理，免得对马晓爽以后造成影响。

但是我硬是要了对方两千块钱的医药费，对方也给了，毕竟这年头真的弄到看守所里面以《治安处罚条例》关个十五天也不好受。

离开派出所，我开着车准备送马晓爽回酒店。

马晓爽坐在副驾驶摸着肚子对我说："旭哥，饿……要不咱找点东西吃去吧！把刚刚这两千块全都吃了。"

我哭笑不得地说："被打成这样了你还想着吃呢？"

马晓爽委屈啊，对我说："没办法啊，早就去酒吧玩了，想着在酒吧弄点小吃，谁知道还发生这事了。"

后排的摄影师对我说："你们去吃吧，这儿民风有点彪悍，晚上还是少出门得好。"

"不至于吧？云南虽然少数民族多，但昆明大多数还是汉族人啊。"

摄影师认怂道："我怕了！"

马晓爽不屑地说："那算了，你回去休息吧，旭哥，咱俩去吃串。"

我先把摄影师送回酒店，又带着马晓爽找了个吃昭通小肉串的店，昭通小肉串算是云南撸串的"必撸"选项，虽然满大街都是这个招牌，但是做得好吃的并不多。为了招待好马晓爽，我带着他跑了小半个昆明，才到我跟禾丰经常撸串的那家店。

点了串又要了一打啤酒，我好奇地问："你在酒吧玩怎么还能跟人打起来了？"

说起这事，马晓爽现在还生气呢，愤恨地说："还不是他们骂桃子，我受不了就吵起来了，接着就打起来了呗。"

"骂桃子？"我很不理解地问："他们认识桃子？"

马晓爽解释道："这不是网剧上映了嘛，这几个人刚好看了，在酒吧玩的时候还被他们认出来了，就跟我讨论起了剧情。网剧的前半段是桃子扮演的女主出轨，出轨后发现自己怀孕了，那几个人就看到这，觉得接受不了剧情就没看后半段，在酒吧跟我闲聊的时候就骂桃子这种女人不能要，说了很多难听的话。我就问他们有没有看到最后？他们说看不下去就弃了。我又问他们就那么确定桃子出轨了？吵着吵着我就急了，受不了她们这么侮辱桃子。"

我算看出来是什么意思了，马晓爽喜欢桃子，受不了别人说桃子的一点不好，爱屋及乌，哪怕是说剧中的"杨曼"也不行。

我看着马晓爽问："我还没看这个网剧，结局是什么样的？给桃子这个角色洗白了？"

马晓爽一边撸串一边说："我个人认为，根本不存在洗白这么一说，毕竟很多事是身不由己的，我不跟你剧透，你自己去看吧，挺感人的，弹幕里面倒是一片谩骂，全都是骂编剧、导演骗人眼泪。"

"难道桃子扮演的这个女主很有泪点？"

马晓爽深深吸了口气，对我说："何止是有泪点？简直是虐到怀疑人生，你别套我的话了，这剧本本来就是根据桃子写的情感贴改编的，只不过为了利益，在剧组公示的编剧姓名不是她而已。你要是想了解剧情，我建议你问桃子，问问她为什么要这么写。”

我挺想看看在桃子的笔下，我和杨曼是什么样的结局，可一想到这些都是桃子虚构的剧情，又不免有些反感，毕竟这剧本原型的我就在这里坐着呢。

这夜，我又一次失落了，想到杨曼心底泛起很纠结的情绪，我已经在主动的疏远彼此之间的距离，可仍旧惦记着她肚里的宝宝。

撸串到凌晨一点多，因为都喝了酒，马晓爽也没让我送他，自己打了个车回去了，临走的时候他还帮我找个代驾司机，丢给司机两百块钱告诉司机不用找了，反正这钱也是别人赔的。

回到家，我给桃子打了个报平安的电话，告诉桃子马晓爽是因为看不惯别人骂她所扮演的角色，才在酒吧跟人动手。

桃子听后更是哭笑不得，对我说：“这马晓爽怎么像个孩子一样呢？”

我一点都不避讳地说：“是因为这孩子喜欢你，所以受不了别人对你任何不好的评价。”

桃子惊讶地问：“你说他喜欢我？算了吧，他怎么可能喜欢我？我比他大五岁呢，姐弟恋啊？”

“那我就不知道了，姐弟恋就姐弟恋呗。”

桃子毫不客气地骂道：“什么话到你嘴里都变味了。”

“桃子，我问你个事啊，网剧中的我和杨曼是什么样的结局？为什么马晓爽说泪点很多？”

“我不剧透，剧透是一种罪，你要是想看就去网上看，花个五块钱购买播放权也是对我的支持。”

“购买个播放权没问题，但是我不敢看，我怕代入感太强，我现在的生活已经够累了，别扔这些继续折磨我了。明天公司剪彩揭牌，如果你能在昆明和我一起分享就好了。”

桃子随口问：“明天几点剪彩揭牌啊？是在瑶瑶的假日酒店举行吗？”

chapter 23
顾 斓

“明天中午揭牌剪彩仪式，场地、餐饮、活动流程这些都是顾瑶帮我安排的，她在这件事上的确下了很多功夫，我都不知道要怎么感谢顾瑶。”

“你啊！对顾瑶好点，别让她总是伤心难过就好了，不和你聊了，我要睡觉了，明天还有大事要办呢，拜拜。”

“睡吧，我也睡了。”

临睡之前去洗手间撒尿，看到没有玻璃的门……还真是简陋啊！明天抽空找个修门的过来看看吧，能装玻璃就装玻璃，装不了玻璃只好换个门了。

次日清晨，我六点钟就醒来了，这一夜也只睡了四个多小时，本想再多睡一会儿，却怎么都睡不着了。

索性爬起来给自己煮了个粥，一个人的早餐也格外简单，一碗粥、一个鸡蛋，连咸菜都没有。

八点半来到假日酒店的宴会厅，这里已经被布置得很完美了，让我特别意外的是，这里还有十几个礼仪小姐在现场做迎宾。顾瑶正在亲自跟她们交代今天的流程，可见顾瑶对这个剪彩揭牌仪式的重视。

交代完事情，顾瑶转过身上上下下地打量着我，最后拉着我的手说：“还是差了那么一点点，跟我来。”

“什么？”我问，“哪里差了一点？我觉得挺好啊！”

顾瑶根本不解释，带着我上了电梯，来到她的办公室之后她指着办公桌上方的几个袋子说：“提前给你订制的衬衫、西装、领带、皮鞋全都有了，快点换上吧,保证合身。”

我惊讶地问:“你竟然连这些都帮我想到了?”

顾瑶略带得意地说:“我的男人,在出席这种场合的时候怎么能不光彩夺目呢?今天你必须是整个宴会厅最靓的仔。”

我上前用双手捧起顾瑶的脸,低着头深深吻了上去,漫长的湿吻之后,我发自内心地对顾瑶说:“谢谢,谢谢你为我做的一切。”

顾瑶踮起脚尖在我的脸上亲了一下,提醒我说:“快点换上吧,嘉宾陆续都到了,我安排他们在宴会厅隔壁喝茶,你要过去打个招呼。”

“好,我这就换。”

说完,我当着顾瑶的面就开始脱衣服,没想到的是顾瑶竟然脸红了,故意背过身去假装忙自己的事。

顾瑶给我准备的是一套灰色的西装,成熟而不失稳重。佩上一条淡蓝色的领带,在成熟稳重的同时又多了一丝年轻的色彩,站在穿衣镜前,我认真地审视着镜中的自己,似乎最近这两年我都没有穿得这么正式过,这主要归根到最近两年我一直走下坡路,也没有机会穿得这么正式出现在人前。

顾瑶来到我身边,镜中同时出现了我们两个人的身影,我这才发现她穿着天蓝色的长裙,在长裙上还有白色的线条做搭配,再仔细一看,原来我们俩的穿着算是“情侣装”了,我的领带颜色正是她长裙的主色,而她长裙上点缀的颜色,正是我西装的颜色。

看到这一幕,我更能感受得到顾瑶的用心良苦。

我的手环绕过顾瑶的腰,开玩笑说:“这套衣服可以拿去拍婚纱照了。”

顾瑶娇羞地翻着白眼问:“谁要当你的新娘了?我已经被你骗一次了,你都没主动说爱我,我就变成你的女朋友了,现在你又想骗我当新娘?我才没那么笨呢!”

我坏坏地笑了起来,抬起手看了看绿水鬼,然后对顾瑶说:“九点一刻了,咱们下去吧,我去主动等待那些嘉宾的到来,表示尊重。”

顾瑶的目光落在了我的手腕上,盯着我的手腕看了好几秒钟,不过她并没有说什么。

走到电梯口处，顾瑶让我等她一下，她去一趟洗手间，我在电梯口等了足足五分钟顾瑶才出来。

我们俩一起下楼到宴会厅旁边的茶室外等着，迎接一个又一个的大佬。顾明发来得很早，差不多是第一位到的，他来的时候身边还跟着一个小美女，样貌和顾瑶有几分神似，直觉告诉我，这个女孩就是顾瑶的妹妹顾斓。

见面之后我主动向顾明发问好，顾明发也客气地跟我握手，恭维道："方总年少有为，预祝公司越做越火。"

我客气地回应："谢谢叔叔赞赏，我这才刚刚起步，多亏了瑶瑶一直在帮我。"

顾斓在一边左手挽着顾明发的胳膊，主动向我伸出了右手说："你好，我叫顾斓，是顾瑶的妹妹。"

我和顾斓握手，问好："很高兴认识你。"

顾斓上下打量了我一翻，然后微笑说："我姐的眼光好像还不错，准备好做我姐夫了吗？"

我调侃道："这倒是准备好了，关键得看你姐姐给不给我这个机会。"

顾斓又把目光投向了我身边的顾瑶，说："姐啊，你得抓紧，小心被别人抢先了。"

顾瑶满不在乎地说："能抢走的都不是什么好东西。"说完这话，顾瑶还故意看了看我。

几句玩笑话，烘托了一下当时的气氛，在顾明发之后又来了一个年长的老者，当时顾明发就在茶室的门口，他主动跟这个老人问好，顾瑶更是亲切地称呼他为周伯，顾瑶把这个姓周的老人介绍给我的时候，我还真没记住他的头衔，只知道是顾瑶父亲的挚友。

chapter 24
借刀杀人

剪彩揭牌仪式全都是顾瑶策划的，她还亲自当了主持人，她拿着麦克风站在台上的身影，宛如仙女一样动人，她的气质典雅、高贵、引人注目。

这一刻我有点怀疑顾瑶的专业，她真的是经济学专业的高材生吗？学经济学的能兼职当主持人？我真是长见识了。

顾瑶妙语连珠把现场的气氛烘托起来后，邀请我上台讲话。我来到台上，礼仪小姐又送了一个麦克风过来，这一刻心中真的是感慨万千，环视着台下的上百人，轻声说："台下都是我的老朋友，这些年一直支持着我的老朋友，因为是老朋友了，大家也都知道我的公司在前段时间险些破产，其实并不是这样，我们只不过是换了一个地方重新经营而已。经过很长一段时间的装修、调整，公司于今天正式开始重新营业，感谢这些年来各位朋友的厚爱，接下来，我请大家跟我一起见证，飞宇网络科技有限公司起航。"

台下响起一阵热烈的掌声，顾瑶拿着麦克风接着说："接下来请允许我把参与剪彩仪式的嘉宾邀请上台，让我们以热烈的掌声欢迎省公安厅副厅长王勃先生上台、欢迎王厅长、悦享酒店集团董事长执行董事顾明发先生……"

在顾瑶的声音中，礼仪小姐把这些大佬挨个请上台，并且将准备好的剪刀送到了他们手里。剪彩揭牌不过是个仪式而已，走个过场。邀请这么多名人，不过是为了在客户面前装一下，很有效果，我看到很多老客户已经开始窃窃私语了。

剪彩仪式结束之后，王厅长被留在了台上，当一个嘉宾代表来发言，他拿着麦克风第一句话就是:“这种场合我是不应该来的,尤其是我不能以省公安厅副厅长的身份来参加,但是今天我站在这了,这是为什么呢?因为我今天非来不可,一个主动承担社会责任的企业,我们部门应该给予更多的支持与认可。飞宇网络科技有限公司主动承担社会义务,这件事就应该拿在台面上来大肆宣传,这没有什么可丢脸的……”

老王的话说得滴水不漏,在他口中,我变成了一个为社会做贡献的优秀企业家,成了其他人学习的榜样,对我的赞赏达到一个从未有过的高度,我自己听了都脸红。

就在老王激情满满、滔滔不绝讲话的时候,我意外看到了宴会厅门外进来了两个人……当时我还以为我看错了,揉了揉眼睛……竟然是真的。

我怎么都没想到桃子和马晓爽会突然出现在这里,这真的是太让我意外了。

老王讲话结束之后,顾瑶又做了一个剪彩揭牌仪式的收尾致辞,最后邀请这些重量级的大佬一起上台合个影。

其实我心里特别清楚,这些人能来全都是看顾瑶的面子,人得有自知之明!

仪式结束之后就是安排午宴,老王因为身份的关系,并没有留下来吃午饭,我亲自送老王到酒店门口,顾明发和另外几个人也跟了出来,一看就是想巴结老王处关系的那种。

老王走后,也没有谁愿意搭理我,一个个招呼都不打就散去了。

最可气的是高峰,他是在人群中最后一个走的,临走前特意来我的身边嘲讽我说:“作为一个男人,你很成功地让女人为你承担了一切,加油,我看好你。”说完之后,高峰走向了自己的车。

我看着高峰的背影竟然无力反驳。

这时顾斓从我身后走了过来,站在我身边看着高峰的背影小声问:“被我姐姐的追求者鄙视了?”

chapter 25
郑吉宏

我尴尬地笑了笑，不知道该怎么回应顾斓这句话，我的确是被高峰鄙视了，鄙视得我连反驳的机会都没有。

顾斓满不在乎地说：“别难过，我觉得你比高峰有出息多了，高峰追我姐那么多年都没成功，你却成功了！你是不是应该觉得很骄傲？”

我笑着说：“你还真会安慰人。”

“我这不是安慰你，我说的是事实。”

这时，高峰开车从我和顾斓面前经过，都开出去了好几米，他又一脚刹车倒车回来，按下车窗对顾斓说：“斓斓啊，劝劝你姐，找男朋友也找个像样的，这样我输得才甘心啊！”

顾斓翻着白眼问：“你甘不甘心关我啥事？”说完，顾斓拉着我的胳膊说：“回去啦，里面还有那么多客人等着你招呼呢。”

自始至终我都没有跟高峰有过一句争吵，不是我大度，而是我觉得他今天好歹也是顾瑶邀请来帮我撑场面的，我就算再不懂事，也不应该跟高峰发生冲突，即便是面对高峰的鄙夷与嘲讽，我还是忍了。

回到宴会厅，大家已经开始用餐，顾瑶正跟着另外几个没有离开的大佬们坐在一桌，有说有笑地聊着天，我和顾斓回到宴会厅后，顾斓也去了那桌坐。

我则是找到了桃子和马晓爽坐的那一桌，率先从这一桌开始敬酒。

在我喝完酒准备去下一桌的时候，桃子和马晓爽同时起身，两个人把我带到了一边远离人群的地方。

“干什么？你们俩把我弄到这是想干啥？”

马晓爽从兜里拿出一个红包，特别鄙视地对我说：“我可是拿你当我哥的，但是你也太不够意思了吧？昨天晚上我们还见面呢，你都没告诉我今天你的公司要举行剪彩揭牌典礼，你让我怎么想？要不是桃子一大早从北京飞回来，我都不知道这事，开业图个喜庆，我就当你昨天喝多了忘记告诉我这事了，现在我送上个红包，送个喜庆，送一份心意，你要是不收，就真的没把我马晓爽当朋友了。”

“这话让你说的，我不收都不行了。”

马晓爽略带得意地说：“你自己看着办，收不收随便你。”

我从他手里接过了红包说：“谢啦，这个我必须得收下。”

马晓爽开心地说：“这就对了，你要是不收，我就真的生气了。”

我尴尬地笑了笑，然后看着身边的桃子问：“你也要给我红包吗？”

桃子瞪了我一眼说：“我没准备红包，我就是回来看看你，刚刚要不是马晓爽给你送红包，我也不会拉着你过来了。”

我和桃子开玩笑说：“你看看你，从北京飞回来都不准备个红包，岂不是浪费了机票钱？你呀！还是不如人家马晓爽实在。”

桃子的那个表情啊……充满了鄙视，催促我说：“快去招呼你的客人吧，忙完再聊。”

我当时还很有自信地跟桃子说吃完午饭一起喝咖啡，事实上我真高估了自己的酒量，在一口饭菜没吃的情况下，我跟陆涛连续敬了接近二十桌，最后强忍着冲进了洗手间，趴在马桶上开始吐。

陆涛也没比我好到哪里去，他一边吐一边抱怨道：“师兄啊……咱下次挨桌敬酒的时候，能不能拿啤酒啊！这白酒受不了啊！”

从洗手间出来我坐在了顾瑶这一桌，本打算吃点东西，没成想又有一些客人主动拿着杯子过来敬我来了，以至于最后我是怎么被人送到酒店房间休息的都不清楚。

跟桃子约好的下午一起喝咖啡也没兑现。

不知道过了多久，我迷迷糊糊地睁开眼睛就看到了顾瑶的那张脸，她正趴在我的床边，观察躺在床上睡着的我，看到我醒来，她开心地微笑起来，把手放在我的额头上摸了摸，说："你醒啦，刚刚你的额头很烫，我还以为你生病了呢。"

我原本是平躺着，看到顾瑶在我身边之后，就主动翻了个身，面对着顾瑶情不自禁地微笑说："我没生病，你不要那么紧张，我挺好的。"

顾瑶向前探了探身子，在我的脸上亲了一下，对我说："没事就好，忙了这么多天，终于把这件事搞定了，接下来就看你的了，争取把公司早日做强做大，现在公司还有什么难题要解决的吗？"

我很想告诉顾瑶我缺钱，话都到嘴边了却没敢说出口，毕竟我和顾瑶前前后后加一起认识也才三个多月，我这开口就要借个几十万，不合适。

最主要的是我也不清楚顾瑶是否真的有几十万借给我，如果她没有，而我又开口了，这不是给顾瑶添麻烦吗？

想到这，我就放弃了告诉顾瑶的想法，正巧这时我的手机响了，顾瑶从床头柜上把手机拿过来递给我说："陌生号码。"

我看了一眼屏幕，虽然是个陌生号码，但是手机尾号是个四连号，看起来很牛的样子，我滑动屏幕接听道："哪位？"

电话那边传来一个老男人的声音，他讪笑着问："请问您是飞宇科技的方总吗？"

"是我，你是哪位？"

对方确定我的身份之后马上恭敬地说："方总您好，我叫郑吉宏，是吉红工程有限公司的老板。"

我皱眉问道："你好郑老板……那个……我们认识吗？实在抱歉，我有点想不起来您是哪位了，抱歉，抱歉。"

郑吉宏急忙说："您别道歉，该道歉的应该是我，交警队的胡队长和我说有个安装道路监控的项目，和我对接的一直是您的下属，这其中可能有些误会，我想我们很有必要见面聊一聊，把误会说开了。"

他这么说我才知道这个郑吉宏是谁！在这之前，他不是在陆涛面前装吗？现在主动来找我了，虽然讨厌他，但我还是得跟他见上一面。

chapter 26
略有变化

在电话里我还是对郑吉宏很客气，他约我晚上一起吃个饭聊一聊这件事，我本想拒绝的，因为中午的酒已经让我醉了一下午，现在还没缓过来，又要去继续应酬？

不过这也是没办法的事，我缺钱，我处处都需要钱，根本由不得身体不舒服就拒绝应酬。在电话里我还是答应了下来，约好晚上六点半一起吃个饭具体聊聊这件事。

挂断电话我发现已经接近五点钟了。

我本能地伸了个懒腰，一脸无奈地对顾瑶说："晚上又要应酬了。"

顾瑶还是很关心我的，摸着我的额头问："还难不难受呢？要不晚上的应酬就推掉吧，中午你已经喝了那么多酒，我担心你身体受不了。"

我从床上坐起来，在顾瑶的额头上吻了下去，说："吃饭喝酒而已，又不是去工地打水泥，身体能有什么受不了的呢？我先去洗个澡，洗完澡就过去了。"

顾瑶满眼心疼地看着我走向洗手间。

站在花洒下，那种冷水淋透全身的感觉特别爽，这也是我提神的主要方式，回想起这些年久经"酒"场，喝到抱着马桶吐都数不过来有多少次，为了一个项目、为了十几万甚至几万块的利润，该喝还不是要使劲喝。

洗过澡，穿着浴袍出来，顾瑶正在接电话，看到我出来后，她挂断电话对我说："我已经让酒店前台给你安排了车送你过去，刚刚桃子约一起吃晚饭，我告诉她你又去应酬了，所以我就先跟桃子去小聚了，你这边结束得早就过来找我们吧，如果结束得晚就不管你了，你随意啦。"

“好。”我走上前抱了抱顾瑶，再次亲吻了她的额头，“那你和桃子一起去吃晚饭吧，你还能见到桃子的小迷弟，帮桃子把把关，看看这个小迷弟靠不靠谱。”

顾瑶翻着白眼说：“我都不知道我自己找的这个男朋友靠不靠谱，还帮桃子把关？你也太看得起我了吧，我走啦，桃子在大堂等我呢。你走的时候直接把房卡丢在前台就行，我都打过招呼了。”

“谢谢亲爱的瑶瑶……”

顾瑶又赏给我一个白眼，头也不回地说：“走啦。”

顾瑶走后，我也没着急下楼，靠在沙发上点了根烟，琢磨了一下这个郑吉宏要跟我聊什么？

反复琢磨之后，我还是决定准备一个红包吧，中午马晓爽给我的红包上没有写任何的字，我索性直接把这个红包里面的钱拿出来，又往里面再添了一些。

收买人心还是很有必要的，他要是真的在安装上给我动手脚，某个螺丝拧松一些、某个线故意隔断外皮，等着日积月累地生锈……真要是搞这么多小毛病，后期麻烦的还不是我嘛！有的时候花点小钱收买人心是很有必要的，这一切还要看郑吉宏今晚怎么跟我聊。

他要是继续威胁我，那我绝对不惯着他，他要是客客气气的，我反而会主动送上个红包，做人要张弛有度。

拿着房卡去酒店前台退房，前台的领班看到我退的房卡马上就认出来了，对我客气地说：“方总您好，我们顾总监让我给您准备的车已经在门口了，请跟我来。”

顾瑶给我安排的是一辆丰田的埃尔法商务车，号称陆地头等舱。别看就是个商务车，办下来价钱过百万。

司机把我送到饭店时才六点零五分，我又在车里坐了二十分钟才下车，陆涛已经在这里了，见到我进门之后，陆涛起身给周围的几个人介绍说：“郑总给你介绍一下，这是我们飞宇科技的方总。”

郑吉宏急忙站起来，向我伸出手说：“方总，我们通过电话的，感谢您亲自过来。”

我和郑吉宏握手的时候特意观察了这个人,贼眉鼠眼的看起来特别不舒服,包间内还有另外三个人,都是郑吉宏带来的,至于是什么身份我也没太在意,反正都是他的下属。

成年人的饭局,很少有一桌子都是熟人的时候,有时候跟别人喝了几瓶酒都不知道谁是谁呢,街上见面也不可能打招呼的那种,想想是不是很可笑?

chapter 27
她不愿提及的事

郑吉宏和陆涛把我送到饭店门口，陆涛帮我叫了个车，郑吉宏则是客气地跟我说了一些无关紧要的话。

我上车之后给陆涛发了个信息：你留意一下餐桌上的女人，如果可以，查一下这个女人的资料，我总觉得这个女的不简单。

陆涛给我回了一个“好”的手势，就没有其他信息了。

我又联系了顾瑶，顾瑶告诉我，她和桃子、马晓爽还有剧组的几个人正在正义坊吃云南菜，不过已经接近尾声了。

我当即表示马上过来。

十五分钟后，我找到了他们吃云南菜的饭店，剧组的这几个人以前倒是见过，也没有那么陌生，相互打过招呼后，顾瑶又安排服务员在身边加了一个椅子，她很好奇地问：“你的应酬完事了？”

“嗯！”我应声说，“都是些生意上的事，谈得差不多就行了，桃子大老远的跑回来，我要是不请桃子吃顿饭，这也显得太不够意思了。”

桃子满不在乎地说：“你请我吃饭和瑶瑶请我吃饭性质都是一样的，我不在乎你们俩谁掏腰包。”

顾瑶反驳道：“不能这样算，我请你是因为咱们是好姐妹，方旭请你的意义就多了，比如住你的房子、开你的车，打电话闲聊，这些都要收费，他请你吃一顿饭就放过他？不行不行，至少得多请几顿。”

我撇撇嘴说：“瑶瑶啊，你怎么胳膊肘往外拐呢？请桃子吃饭要花钱的，我要是把这钱省下来给你买漂亮衣服好不好？”

顾瑶假装认真地想了想说:“说得也对,要不你请桃子吃米线吧,最多给她加个肉冒,不要超过二十块钱。”

桃子欲哭无泪道:“瑶瑶啊,你和方旭才在一起多久啊!你就被他给带坏了,我现在有点后悔介绍你们认识了。”

顾瑶嬉笑着说:“好啦,好啦!多给你加个荷包蛋,不能再多了。”

马晓爽“心疼”桃子说:“桃子不怕,就当减肥了。”

我有点感叹马晓爽的情商。

吃过晚饭,马晓爽提议去酒吧玩,顾瑶又想起来云南大学外文化巷的那个酒吧了,我们几个一拍即合直奔文化巷的酒吧。

毕竟这种清吧更适合我们这个年龄的人,随着年龄的增长,真的就不喜欢那种重金属音乐了,如果说对这种音乐还有什么感觉的话,那只能用“吵闹”两个字来形容了。

听着那些民谣,才意识到“青春”这个词已经距离我很远很远了。

顾瑶依偎在我的怀里,看着台上唱歌的兼职歌手,那应该是云南大学的在校生,她用独特的嗓音唱着朴树的那首《生如夏花》,其中有两句歌词是我特别喜欢的,当唱到这两句的时候,顾瑶也忍不住跟着轻声哼唱道:这是一个多美丽又遗憾的世界;我们就这样抱着笑着还流着泪;我从远方赶来赴你一面之约……

听到顾瑶在歌唱,我情不自禁把她抱得更紧了。

顾瑶也察觉到了我抱着她的手突然用力了许多,她仰起头看着我的侧脸问道:“为什么突然抱得这么紧?”

我在顾瑶的耳边楠楠私语道:“因为我不想失去你。”

顾瑶在我的脸颊处留下了一个淡淡的吻,安抚我说:“你不会失去我的,永远都不会。”

这一刻的幸福感让我忘记了身处这个浮躁的城市、浮躁的年龄、浮躁的人生,如果时间可以静止在这一刻也是个不错的选择。

十点半,手机上收到了陆涛发来的一个邮件,他是很少在这个时间给我发邮件的,除非有很重要的事。

我抱着顾瑶点开手机的邮箱，丝毫不介意她看我的手机。

点开邮件，屏幕上出现了一个人的资料，具体的说就是今晚吃饭时的那个女人，她叫张美玲，身份是胡队长的妻子。

当我看到这的时候我就已经明白是怎么回事了，交警队的胡队长想要安装监控提成这笔钱，但是他又不敢违背王厅长的意思，所以他选择回避，让郑吉宏自己做决定，安排自己的老婆过来，应该是想知道我们谈的实际内容。

这顿饭吃得真是暗藏玄机！

在我看资料的时候，陆涛又给我发了一条信息：今天另外一个人就是监控摄像头的供货商，刚刚我也顺带查了一下，这件事有意思了。

顾瑶也看到了我手机上的信息，她从我的怀里离开，关切地问："你要忙工作了吗？"

"还是做监控的那个项目，今天晚上跟他们谈了一下，现在是否谈拢还没确定，这事有点复杂。"想到顾瑶一直关心我的工作，我也应该对她的生活有所表示吧，于是我也主动关心顾瑶问："你接下来要忙什么呢？"

"公司现在很乱，我能做的也不多，就是尽快把用户体验做起来，争取树立一个好的口碑，我深信所有投资的股东都是为了盈利，只要我能把酒店经营好，就一定能赢得大家的支持。"

我提醒顾瑶说："上次程序的事，已经让你替整个悦享酒店集团背锅了，想必你在各个股东心里的地位一落千丈了吧。"

顾瑶无所谓地说："本来我在他们那就没什么存在感，也不在乎这一落千丈了，以后的日子好好表现吧。"

我很想提醒顾瑶提防着点顾明发，但是顾瑶很反感这个话题，每次聊到这的时候，她都会主动岔开去聊别的，今天也不例外。她甚至有些不高兴了，提议早点回去休息。

大家也都尊重了顾瑶的想法，提前离开了酒吧。

在酒吧门口，我甚至对顾瑶说送她回去，都被顾瑶拒绝了，她是一个人打车走的，把我们都留在了酒吧门口。

桃子察觉出不对劲的地方了,她站在我身边问:“怎么了? 你们俩吵架了? 刚刚不是还腻在一起吗? 怎么说翻脸就翻脸了?”

我看着桃子问:“如果我说没翻脸,你信吗?”

chapter 28
价值观

桃子摇头说:“我认识顾瑶好几年了,她是不是生气了我还能看不出来?你到底怎么惹顾瑶了?”

我很郁闷地说:“真没惹她,她这也不是生气,最多就是有点不高兴而已,算了,别在这聊了,回家我跟你慢慢说。”

桃子撇撇嘴,又帮马晓爽和剧组的另外几个人找了车,送走了其他人之后,我们俩才一起打个车回住的地方。

这一路我们也没怎么聊关于顾瑶的事,可能我们都不习惯当着外人(司机)的面聊过于隐私的情感问题吧。

到家之后,桃子进门就看到了洗手间的门玻璃不见了,她无比吃惊地问:“这……这是怎么了?”

我把骗老方的谎言重新说了一遍,“那天昆明刮大风,我出门的时候忘记关洗手间的门了,客厅的窗子也没关,过堂风太过凶狠,门玻璃被震碎了。”

桃子明显不信,对我说:“我在昆明生活了二十多年,昆明的风有多大我还不知道?”

我挠着头说:“真的是这样,我没骗你,这几天我就想着找人换个门,就是太忙了一直没空,你放心,今天你要用洗手间的时候,我绝对躲得远远的。”

桃子的目光投向了我的拳头,看到我右手的手背上有几条划痕之后,她就很委婉地提醒我说:“我知道跟瑶瑶这种女孩子谈恋爱挺累的,但凡事你都别冲动,好好沟通,瑶瑶也不是不讲道理。”说到这,桃子话锋一转问,“刚刚瑶瑶为什么不高兴了?”

我对桃子说："我就是提醒她提防着点顾明发，顾明发似乎对她没有那么友好，每次提醒顾瑶的时候，她都不是很高兴，就拿让我背锅这件事来说吧，实际上坑的是顾瑶……"

桃子听我把程序泄露客户信息这件事说完之后，她也赞同我的猜测，但是桃子更理性地提醒我说："她既然不喜欢听这些，你就别跟她说了。瑶瑶绝对不傻，顾明发是不是坑她，她自己心里肯定有数。我知道你是关心顾瑶，有时候关心则乱。"

"我懂你说的，顾瑶不希望我参与她的工作，可能是与我不希望顾瑶参与我的工作一样吧，虽然这次剪彩揭牌仪式顾瑶帮了我很多，但是说句心里话，如果不是顾瑶私下做决定帮我搞这些，我也真就没打算去做这个。这话我也就跟你说说，要是被顾瑶听到，她会难过的。"

桃子点头说："你说的这些我完全理解，我认为两个人在一起也要有各自的生活空间，在事业上能做到彼此不掺和对方的工作是最理想的状态，每个人都能独当一面，在自己擅长的领域有所成就。如果男方太依赖女方发展，就会被外人评价'吃软饭'，如果女的只靠男的赚钱养活自己，又会被人扣上'家庭妇女'的帽子，听着都不舒服。"

我倒是很欣赏桃子的这种价值观，和我的价值观不谋而合。

聊了半个小时左右，桃子要去洗澡准备休息，我很自觉地回到次卧，毕竟那个洗手间没玻璃，我要是在客厅坐着，难免让桃子产生心理负担。

前一天晚上研究代码忙到了凌晨三点才睡，还好第二天是周末，睡到自然醒。十点半我妈打电话过来，让我中午过去一起吃个饭，她和老方已经买了后天飞回哈尔滨的机票了，临走之前也没什么太多的心愿，就是想见见顾瑶，让我尽快安排一下。

我没想到老方和我妈这么快就决定回去了，想想她们也住在杨曼那好几天了，在电话里，我很关切地问："妈你和我说，是不是杨曼或于凤琴给你和我爸甩脸色看了？赶你们走了？要是这样的话你跟我说，我安排你们到别的地方住。"

我妈否认道："她们娘俩没有赶我和你爸的意思，反而对我和你爸特别客气，尤其是于凤琴每天想着法的给我和你爸做好吃的，杨曼对我们也很孝顺……”说到这，我妈很不理解地问：“你说杨曼怎么就出轨了呢？我真不敢相信这是真的。”

“如果不是她从民政局出来就跟薛磊走了，如果不是她亲口承认，我也不相信这是真的，不管怎么说，我和杨曼都走到这一步了，你别劝我什么。”

“我都说了，这件事上我和你爸都不劝你做任何决定，只要杨曼在怀孕期间你好好对她，定期陪着她去产检，一直到孩子出生都好好照顾她就行。如果孩子是你的，你照顾她也是理所应当。”

我追问道：“如果不是我的呢？我不就白忙乎了？”

我妈反问道：“如果孩子是你的，因为你的疏忽大意导致杨曼和孩子有什么意外，你会不会后悔？你会不会自责？”

我低声嘟囔道：“哪来的那么多意外，杨曼自己注意得很呢。”

我妈来了点脾气，在电话那边说：“我这是防患于未然！行了，我不跟你说了，今天风有点大，我要上楼去包饺子了，你最喜欢吃的牛肉馅，你中午过来一起吃饺子，顺便安排一下让我和你爸见你女朋友的事。”

电话就被我妈这么无情地给挂了，我有点纠结且胆怯，安排我爸妈和顾瑶见面会不会有些太早了？毕竟我和顾瑶也才相处没多久……

我决定先过去吃个午饭，然后跟我妈找个机会单独聊聊，能推掉就推掉吧，见家长这种事肯定是要板上钉钉之后才能做的。

起床后我看到桃子的卧室门是开着一条缝的，我穿戴整齐之后来到桃子的房门外，轻轻地敲了敲门，房间内并没有任何声音。

我这才小心翼翼地把门缝推得更大，看到桃子十分不雅的睡姿。

我急忙往后退，轻轻地关上门后离开了。

心里感叹，桃子这压根没把我当男人？还是对我太放心了！

一路无话，来到杨曼家，我突然意识到，我已经习惯性把这个住处称为“杨曼家”，而不是“我家”，看来在我内心深处已经彻底把自己跟杨曼分开了，我跟她再也不能用“我们”这个形容词来归类在一起了。

chapter 29
杨 曼

中午，来到杨曼家，我妈已经在厨房忙乎着准备把饺子下锅了，于凤琴也在帮忙，老方这人平时没什么爱好，就喜欢看个棋谱下几盘象棋，阳台上的那个玻璃茶几似乎成了他的专属位置。

我按门铃之后是杨曼给我开的门，当时她手里拿着一本《如何让宝宝睡个好觉》。我的目光撇过书的封面，嘴角扬起一丝情不自禁的微笑，我也不知道微笑代表了什么含义，是不屑，还是觉得她准备得太早了？

来到厨房和我妈打了个招呼，顺便问候一下于凤琴，毕竟她还是我曾经的岳母。

杨曼的小腹已经看得出微微隆起。

现在每次回到这个家的感觉都很微妙，仿佛自己不属于这里，这里的一切也都不属于我。

很快，饺子煮熟被拿到了餐厅，于凤琴招呼我和杨曼过去吃饺子。

老方很积极地去了餐厅，在经过客厅时招呼我和杨曼一起过去，当时杨曼躺在贵妃沙发上，我本打算自己直接去餐厅，老方又很多事地让我去拉杨曼一把。

当时我就有点反感了，难道我不拉她一下，她就起不来？

杨曼还真就把手伸向了我，示意我拉她一下。

来到餐厅后，五个人全都坐在了餐桌边，杨曼第一个吃了饺子，夸我妈饺子包得好吃，老方在一边憨厚地笑着说："好吃就多吃点。"

于凤琴看着我妈说："亲家母要不你们把机票退了吧，多住些日子，你们这一走啊，家里就剩下我和曼曼了，也没个人气。”

我妈很委婉地推辞说：“家里有点急事，要回去看一眼了，等过几个月曼曼要生的时候我们再来。”

于凤琴又把目光投向了我，对我说：“方旭，劝劝你爸妈，让他们留下来多住一段时间，反正都退休了，回去干吗呢？”

我回应于凤琴说：“他们俩做了决定的事，谁都改变不了，他们要回去就让他们回去吧。你放心，杨曼要产检或是要干吗的时候跟我说，我一定过来。”

我妈在一边说：“你必须过来，尤其是产检这件事，你一次都不能缺席，你还得把每次产检的结果第一时间告诉我。”

我一边吃饺子一边说：“我知道了，绝对在第一时间把第一手资料给你。”

或许在我妈看来，我这一句只是象征性的应付而已。

相对的短暂沉默，杨曼拿出了一张银行卡放在了桌面，推到了我的面前轻声说：“那天听你找爸妈借钱，是不是公司经营遇到了问题？这里有一百万你先拿去用吧。”

“一百万？”我放下筷子看着杨曼问，“你哪来的这么多钱？”问完之后我就反应过来了，杨曼以前怎么可能不给自己攒点私房钱？想到这，我也没隐瞒自己的想法，直接问：“以前攒下的私房钱？”

这话出口之后就惹来于凤琴的不满，虽然她很不高兴，但也只是用眼神看了我一眼，并没有开口给自己的女儿辩解什么。

杨曼看着我委屈地问：“你觉得我能有一百万的私房钱？咱们在一起的时候我就没出去工作过，家里的钱全都是你掌管，你偶尔给我的零花钱有多少，你比我还清楚。”

于凤琴说：“有什么话好好说，这笔钱是曼曼把房子拿到银行去抵押办了一百万的贷款，反正这房子也是之前你们一起买的，这钱拿给你去应急也没什么不对，你新开的公司刚刚起步，处处都用钱，先拿着吧。”

我尽量让自己的心情平静一些，把银行卡推回给杨曼说：“离婚的时候这房子给你了，它就是你自己的。你现在是一个人，没什么钱就不说了，要是再没有个房子，你当初跟我离婚的意义何在呢？这钱你收好。”

我妈在桌子下踢了我一脚，然后讪笑着对杨曼和于凤琴说：“方旭他不是那个意思，这孩子不太会说话，他是担心曼曼没钱又没房，就没有舒服的生活，方旭是不是啊？你倒是说句话啊。”

我没吭气，继续低着头吃着碗里的饺子。

杨曼双眼噙满了泪水，无比委屈地问：“你告诉我，你就那么急着跟我把关系撇清吗？在你眼里我是病毒还是瘟疫？让你避之不及是吗？”

我不带任何语气地说：“离婚了，关系本就应该撇清，尤其是在金钱这一块，别有太多的财产纠纷。何况你现在没有工作又怀孕了，房子抵押出去把钱拿给我去做不确定是否盈利的投资，你怎么想的？就算你不考虑自己的生活，至少也考虑一下你肚里的孩子吧？难道你让他（她）出生就居无定所？”

杨曼咬着下唇，眼泪就要从眼眶里面流出来了，她忍着悲伤对我说：“就算你不想用我的钱，也不用拿我肚子里的孩子当搪塞我的借口。我把房子抵押办贷款给你也没想着跟你纠缠不清，当着双方长辈的面我杨曼也给你一句明话，我这么做不是为了跟你纠缠不清，更不是带着跟你复婚的目的，我已经对你没有任何期望了。”

我不屑地说：“那正好，反正彼此都没什么期望了，就更别有什么经济上的瓜葛了，真的没必要，把你的卡收好。”

杨曼的眼泪终于夺眶而出，她放下筷子起身离开了餐厅，直奔自己的卧室，餐厅内留下了我和三个长辈，空气中弥漫着尴尬的味道，我不知道自己说的话是否过分了，但这些都是我的内心话，原本恩爱的两个人既然走到了这一步，断得彻底比较好。

chapter 30
有 什 么 秘 密 ？

我爸妈此时也很无奈，我从小就是被他们养大的，我是什么脾气他们再清楚不过了，如果不是杨曼伤我太深，我根本做不到这么绝情……说“绝情”可能有点过了，我不认为这是一种绝情，最多算是处事果断而已。

于凤琴拿起桌面的餐巾纸就往脸上抹，她已经掉眼泪了，一边擦着眼泪一边说：“曼曼都怀孕了，你就让着她点呗，她昨天出门一整天就去办房产抵押的事，她想帮你，就算你不想用，也别把话说得这么难听嘛，的确是我们家曼曼对不起你，可是她也不想这样啊！”

“妈——”杨曼听到于凤琴的哭泣，又折返了回来，打断于凤琴的话说：“妈你别说了，有什么好说的呢？他不用就算了，我留着给孩子买奶粉。”

我妈数落我说：“方旭你给我改一改你的臭脾气，跟你爹一个样，快点给杨曼道歉。”

我放下筷子起身说：“我吃饱了，下午还有事，我先走了。”

“站住。”老方叫住我说，“你说说今天这事你做得对吗？杨曼抵押房子把钱借给你，就事论事地说，人家做错什么了？关心你还关心错了怎么着？你不接受就算了，能不能别把话说得那么难听？还断绝联系不来往，我告诉你，杨曼肚里的孩子要是你的，这辈子你们都断不干净。”

我憋着气反驳道：“孩子是孩子，我们是我们，不要把孩子拿来说事，如果我是孩子的亲生父亲，我对孩子负责是应该的。但这并不意味着我一定要跟杨曼产生剪不断理还乱的关系，现在我们离婚了，关系干净点比较好，尤其是在金钱上，我这么做是不想让自己以后太纠结。”

说完，我拿起桌面的手机大步向门口走去。

走到门口换上自己的鞋子，开门后我又停住了脚步，折回来对杨曼说："对不起，我刚刚没控制住情绪，谢谢你把房子抵押筹钱给我，但是你的钱我不能用，更不会用。你一个女人怀孕了，以后用钱的地方多着呢，自己攒点钱。我知道你爸妈有钱你不愁，但孩子出生之后你也是个母亲了，以后花钱算计着点吧，钱这东西不经用。"

杨曼低着头说："不用你在这教训我，我自己的钱知道怎么用。"

转身离开，关门的时候我还回头看了一眼屋内的杨曼，这件事我的确做得有些过激了，说了一些刺激杨曼的话，隐隐有些后悔，但是关于原则性的东西，我仍旧还是要坚持，和杨曼划清界限也是原则之一。

如果这个时候真的让我和杨曼断了所有联系，发自内心地说，我做不到，主要是她肚里的孩子始终是个谜。

坐在小区内的长椅上，我用尼古丁麻醉自己的悲伤，回忆刚刚发生的一幕，这是我和杨曼离婚以来，第一次听到于凤琴承认这件事是杨曼做得不对，当于凤琴要说下去的时候，杨曼又出来打断于凤琴，不让她继续说，我总觉得这里面有什么我不知情的事。

没过多久，老方也下来了，他看到我在小区内的时候愣了一下，应该是他自己都没猜到我坐在这里。

他来到我身边坐下，我靠在椅背上问："爸，你觉得我这件事做得过分吗？客观点。"

老方拍了拍我的肩膀说："咱是男人，有些事你能接受，我也不愿意接受，或许这里面存在着一些误会，误会解释清楚之前，我跟你的态度一样。"说到这，老方又是一百八十度的大转变，"但是我告诉你，孩子一天没出生，你就得好好照顾杨曼一天，刚刚不是说了嘛，咱是男人，别跟怀孕的女人一般见识，何况还是怀了你孩子的女人。"

"呵呵……"我苦笑道，"等孩子出生之后发现不是我的，那就有意思了。"

老方鼓励我说："如果孩子出生后不是你的，那都不用咱爷俩找她们老杨家人讨个说法了，你妈就能闹得她们家鸡犬不宁。"

“我算是看出来了,你们现在对杨曼的好,全都是建立在这个孩子的基础上,是不是有点太虚伪了?”

老方说:“人之常情,我关心我未来的孙子或孙女,这有什么错?”

我不想和老方争辩,这个世界上每一个人都有虚伪的一面,包括老方和我妈,也包括我。

人性本善可能是个伪命题,一旦有了私欲,哪还可能一直善良下去?

我没办法跟老方继续交流,因为我已经感觉到自己有些不喜欢他现在的样子了。老方见我要走,提醒我说:“我和你妈后天早上的航班,你是今晚安排我们见你的小女友还是明天?你给我们个准确的消息行吗?”

我停住脚步转过头看着老方问:“你能和我妈商量商量吗?见顾瑶的事推迟到你们下次来昆明吧。”

老方耸肩说:“下次来还不知道什么时候呢,我和你妈又不是洪水猛兽,你怕的是什么呢?”

“我也不知道我怕的是什么,但是我真的不想让你们见顾瑶。”

老方向我招手,然后拍了拍长椅说:“再坐一会儿,跟我聊聊你这个女友是干吗的?家里条件怎么样?父母都是什么工作?你不想让我们见她,跟我说说这些总是可以的吧?”

我看着老方问:“我要是都跟你说了,你就可以打消见她的念头了?”

老方卖关子说:“那你得先跟我说了,我才知道自己是否还那么想见她。”

我觉得有戏,又重新回到了老方身边坐下,掏出烟递给老方,老方也接了,一本正经地问:“和我说说吧,这个姑娘的工作、家庭条件等等。”

chapter 31
老方

我本想如实地把顾瑶的一切都跟老方说,但突然想到老方对杨曼的关心如此虚伪之后,我决定对他还是不能太掏心,免得老方觉得顾瑶的条件太优秀,又要使劲撮合我和顾瑶在一起。

我不是不想和顾瑶在一起,也不是不想让老方支持我们,我是不想让老方对我们的支持再有功利性。

想到这些,我开始撒谎,对老方说:“我现在的这个女朋友在酒店的前台工作,负责给客人办理入住什么的,你住过酒店的,你知道的。”

老方若有所思地点头问:“工作时间很长吧?”

我满嘴跑火车地说:“还行吧,有时候要值夜班,的确是挺辛苦的,因为她就是个大学专科毕业,文凭也就那样,在酒店前台工作了两年多了。”

老方沉默了几秒钟继续说:“看来这孩子的家庭条件也一般吧,要是父母有点能耐,怎么能让自己的女儿去做这种工作呢!熬夜对人身体最不好了,你给我听好了,你以后也不能熬夜。”

我轻叹道:“顾瑶这不是没办法嘛,她只能在酒店前台帮人办理个入住什么的,她要是懂IT我还能让她到我的公司上班。”

老方的右手夹着烟面色凝重地说:“你要是找一个能在事业上帮你的女孩是最好不过的了,她父母都是干什么的?有帮到你的可能吗?”

我偷瞄了一眼老方,此时他的脸色很不好,我继续说:“顾瑶的父亲因为行贿被抓了,现在还在看守所里面呢,因为案情复杂,现在好像是还在检察院的环节呢,进去有个把月了,除了代理律师之外,家属都不能探视。”

“啊?”老方终于不淡定了,“她父亲还被抓了? 这可不得了啊,如果真的判刑,以后你们的孩子都有影响,直系血亲三代内都有影响,你们的孩子都不能考公务员,你怎么能找一个这样的女孩谈对象呢?”

我心里暗笑,对老方说:“没办法,感觉到这了,你儿子我也不是什么好人啊,再结婚都是二婚了,现在杨曼肚里的孩子还搞不清楚,要真是我的,那就轮不到我嫌弃顾瑶了,我得求她不要嫌弃我。”

老方很郁闷,继续问道:“她妈呢? 她妈是干什么的?”

“家庭主妇,什么都不做,全家就指望着她爸的工资养活着呢。

老方这回是彻底郁闷了,说:“你最好给我想清楚自己的未来,你的烂摊子已经不小了,就算你不找个能帮你的对象,至少也别给你拖后腿吧? 我现在就表态,我不同意你们在一起。”

“你看你……明明就是带着有色眼镜在看人,当初我跟杨曼在一起的时候,你也没反应这么大啊!”

“你和杨曼在一起我有什么好反对的? 杨曼她妈虽然是个家庭主妇,但是她爸是旅游局的一把手啊,你怎么不想想这些? 得! 我不和你说了,我得把这些告诉你妈,你趁早跟这姑娘散伙吧。”

我看着老方“落荒而逃”的背影问:“怎么? 你不想见顾瑶了? 那我就不安排了。”

老方头都不回,直接不搭理我。

这一刻,我对人性又有了新的认识、深刻的认识,这人性是真的经不起考验! 我直接去假日酒店找顾瑶。

我十分肯定,如果老方知道顾瑶的真实家境,他一定会支持我们在一起的。

都说父母希望自己的孩子过得好,这一点我不反对,但我反对的是他们这种毫无底线的自私,我和顾瑶相恋本来就是在没有任何经济束缚的前提下开始的。想当时我们被困在路上,一块士力架都要分开吃、一碗泡面都要把汤留给对方一半。

那晚脏兮兮的我躺在车里,是顾瑶把自己的大衣盖在我身上,丝毫不嫌弃我，她知道我一无所有却还是接受了我，单看这份情谊，我就绝对不允许老方把“经济状况”强加在我们的感情上，我希望老方能接受一无所有的顾瑶。

说真的，我觉得这对于老方和我妈来说有点难。

我直接去找顾瑶，迫不及待地想要把这件事说给顾瑶听，事实上我也这么做了，就在顾瑶的办公室里面，我把这些说出来之后，顾瑶都笑得合不拢嘴了。

顾瑶笑过之后好奇地看着我问：“你干吗这么骗叔叔阿姨？这不是给我徒增压力吗？本来我就担心他们不喜欢我，现在更害怕了。”

我解释道：“我不希望他们对你的喜欢是建立在金钱之上的喜欢，这对于你来说不公平。”

顾瑶很理解老方，对我说：“其实父母都一样，都希望自己子女的另一半条件都很好，我父母还不是这样，几年前他们就一直在提醒我，找男朋友要慎重，有点苗头就要带回去给他们看，他们同意了才允许我继续发展，导致我对找男朋友这件事特别紧张。也有主动追求我的男孩子，被我爸妈知道之后，又说这男孩子是看在我家里有钱才追我的，我真是无语得很。”

我恍然大悟道：“怪不得咱们刚认识的时候，你骗我说是酒店的前台，你是怕我追你？”

顾瑶急忙否认道：“不是，不是！不是故意骗你的，我是习惯了对所有陌生人隐瞒自己的真实身份，我觉得当我告诉他们我只是一个酒店前台接待的时候，他们还是愿意跟我走得很近、愿意关心我、照顾我……这才是真心喜欢我，而不是看着我家的钱来的。”

我上前抱住顾瑶说：“你被我骗了，桃子早就告诉我你的真实身份，我就是奔着你的钱来的，你是不是特别后悔？”

chapter 32
还是要见顾瑶

顾瑶嘟嘴生气地说:“你不要和我开这种玩笑,我会很难过的,我好不容易下定决心把自己交给你,你不要吓我。”

我察觉到顾瑶的恐惧与失落不是装出来的,而是真的很不喜欢这种玩笑,我急忙道歉说:“对不起啊,我不和你开这种玩笑了,其实见到你的第一面你就给我留下了很深的印象。”

顾瑶在我怀里娇羞地问:“我们第一面是在咖啡店吧? 你找桃子帮你出一份公证文件,把房子留给杨曼? 那时候我们好像也没怎么交流啊,我能给你留下什么印象?”

我努力回忆说:“当时我就在想,你站在任何一个男人身边,这个男人都会成为其他男人嫉妒的对象! 没错,就是这种感觉。”

顾瑶红着脸问:“那你现在是其他男人妒忌的对象吗?”

“当然! 你走在我身边的时候,我总能感觉到其他男人不友善的目光,对于我来说,这是一种享受,不用说别人,就连郭少阳都想过动你的心思。”

说起郭少阳,顾瑶略带担心地说:“上次装修的事你让他吃了个大亏,他不会报复你吧? 我总觉得这人不是什么善类。”

我抱着顾瑶安慰道:“没事,郭少阳家里有点钱,他们家以前是做生意的,因为拆迁又小富了一下,他这人上学的时候就不学无术,算是逍遥公子哥的那种类型,没什么真本事。”

顾瑶提醒我说:“你还是小心点吧,真的要是被人坑了一下,也不值得。”

“我没空理会他,有那时间还不如多关心关心你呢。桃子很快又要回北京了,我一直住在她那里,交房租她也不要,车还给我免费开……总这么下去也不是个事,我想……要不给桃子买个礼物吧,但是又不知道买什么合适,太便宜的送不出手,太贵的又怕她不收,你有什么好的建议?”

顾瑶想了想说:“这样吧,去买一套护肤品送给桃子,女孩子对这东西没有抵抗力的。桃子如果问,你就说买了两套,其中一套给我了,另外一套给她,这样她也不会多想什么。”

我皱着眉头说:“护肤品……那么小的瓶瓶罐罐,这才几个钱啊?三五百的东西,真送不出手啊。”

顾瑶张大了嘴巴惊呆状看着我问:“谁告诉你那么小的瓶瓶罐罐三五百就买得到啊?你是不是以前从来没有买过?”

我挠着头说:“还真没买过。”

顾瑶鄙夷地翻了翻白眼,从我怀里挣脱开后拉着我的手说:“走吧,我下午也没什么事,现在就带你去长长见识,让你深刻意识到什么叫‘女孩子的护肤品’。”

对于我来说,我真不认为护肤品是多么贵的东西,因为以前杨曼买这些的时候,也从来不告诉我价钱。

来到某专柜后,我彻底被刷新了认知,一个中瓶的面霜竟然要三千多块钱,一套深层修护的套装,标价就是八千多,我由衷感叹道:“你们脸上的东西竟然这么贵!”

顾瑶扬起头说:“你以为呢?女孩子的容颜都是用钱堆起来的。”

“好吧,我现在不觉得这个东西送不出手了。”

在顾瑶的帮助下,最终选了一组套装,刷卡的时候我直接告诉导购买双份的,导购倒是什么都不问,很开心地刷卡。

我拿到两套产品之后把其一套拿给顾瑶说:“这个送给你。”

顾瑶惊讶地问:“还真有我的?”

“桃子都有,你凭什么没有呢?我还担心你会吃桃子的醋呢。”

顾瑶不屑地说:“我是那么容易吃醋的女孩子?”说完之后,自己抱着那套护肤品就偷笑了起来。

果然,女孩子都一样。

离开商场后,两套护肤品都放在了帕拉梅拉的后排,顾瑶坐在车上摆弄着手机,脸上一直带着盈盈的微笑,是一种发自内心的愉快。

没过多久,我看到顾瑶发了一条朋友圈,图片就是刚刚买的礼物,搭配了一段文字:我不是打广告,我是给自己的幸福打个点。

在最后,还有两个开心的小表情。

我看着顾瑶的朋友圈,心里有一丝无以名状的喜悦,原来自己喜欢的人晒自己送的礼物,这种感觉真的很好。

老方的电话在这个时候打了过来,我滑动屏幕接听,老方在电话那边对我说:“我下午跟你妈商量了一下,我们还是决定见一见这个姑娘,你看着安排一下吧。”

“怎么着?”我问,“你想见她干什么？中午你了解到她的情况之后不是觉得不合适吗？这又是哪根神经被我妈踩着了？又不对劲了?”

老方郁闷地说:“我没什么不对劲的,不对劲的是你妈,她认为这是个大事,不管对方怎么样,我们都得见一面。”

这时,电话那边传来我妈对老方说话的声音:你就告诉他,人我们必须要见,让他尽快安排。

老方听后对我说:“得！你听到没有？你妈已经给你下了通牒,人一定要见,时间你安排。今晚还是明天？反正后天一早我和你妈就飞走了。”

我身边的顾瑶急忙摆手,我也搞不懂顾瑶是什么想法,这种事能拖一会儿是一会儿吧,于是我自己做主说:“今晚肯定不行,最快也要明天中午……算了算了,你等我消息吧,我先问问顾瑶明天是上早班还是上晚班。”

老方特别认真地说:“我和你妈等你消息,你尽快把事安排好,另外你也有个心理准备,如果这个女孩不适合,你最好做了断的准备。”

“就这样吧!”说完,我就把电话给挂了。

一脸尴尬地看着顾瑶,我讪笑着说:“对不起啊,我爸他……我都不好意思评价什么了。”

chapter 33 互相伤害

顾瑶尴尬地微笑说:“理解,父母都希望自己子女的另一半是无可挑剔的,我父母也是这么想的。你现在给我编了一个这样的人设,让我压力倍增,我得尽快入戏对不对?”

“尽快到不用,明天中午才见面呢,我们现在去找桃子,晚上一起吃饭,要不你今晚跟桃子学习一下演技?”

顾瑶幽怨地看了我一眼说:“你别得意,等你见我爸妈的时候,我也给你编个人设,到时候看你怎么办?”

我突然意识到,这事好像顾瑶真的能做出来,我只好祈求道:“作为编剧,你一定要手下留情啊!”

顾瑶催促我说:“开车走啦,给桃子送护肤品去。”

我开着车带着顾瑶回家,感慨道:“车真是有它贵的理由啊,这提速、操控性,真是没得挑。”

顾瑶提醒我说:“你现在自己开公司了,也要给自己买个差不多的车用着,毕竟你出门谈生意是代表整个公司,客户肯定会看你的衣着打扮、看你的车,这些都代表了你公司的实力。”

我感慨颇深地说:“你说的这些我都懂,以前我看客户的时候也是会观察这些。等公司再好一点,我就给自己买个差不多的车。”

顾瑶转过头看着开车的我说:“你要是喜欢这个车,就把这个车拿给你开吧。”

“不行,不行!”我拒绝道,“我现在有个代步车就行,真要见客户装一下的时候，我还能开陆涛新买的那个车。”

顾瑶想了想说：“要不我让何叔把家里的那辆陆巡拿给你用吧，虽然牌子就是个丰田，但是那车和我的这台价格差不多，总比你开桃子的那个车要有面子。当时买这台车的时候就是想自驾去一趟拉萨，拉萨也没去成，回来之后这车送去4S店修完后就一直摆在家里放着了，就这么决定了吧，让何叔给你送过来。”

“何叔是谁？”

“你还记得前两次你送我回家，我都是让你把我送到官渡古镇吧？然后接我回家的那个人就是何叔，他年轻的时候就给我爸当司机，几年前的一场车祸何叔的老婆和儿子不幸离世了，何叔从那之后也没有再结婚，一个人形单影只地生活，我爸见他可怜，就让他到家一起生活，我爸出事之后，他就闲下来了。”

我印象中是有这么一个人，第一次见面是我和顾瑶从大理双廊开车回到昆明，那天晚上顾瑶就是被这个人接走的。

在我回忆过往的时候，顾瑶又对我说：“那台车明天我让何叔一早给你送到幸福广场去吧。”

我应了一声，算是把这事答应下来了。

突然之间我意识到了一个问题，顾瑶要给我车开，我半推半就地就收下了，而杨曼给我银行卡，我都拒绝得那么彻底。我自己的这些行为足以证明自己内心的真实想法，在顾瑶和杨曼之间，我还是选择了顾瑶。

回到家，看到两个工人正在给卫生间换门，估计是桃子没办法忍受，这事我是挺心虚的，没想到自己一拳头下去，还让桃子帮我善后了。

顾瑶并不知道这件事，她看到工人在换门就很好奇地问：“这洗手间的门玻璃怎么坏了？”

不等我开口，桃子抢先说：“我今天早上洗澡出来忘记关洗手间的门了，客厅的窗子又开着，过堂风太猛了，把玻璃都震碎了。”

说完之后，桃子还意味深长地看了我一眼，这一眼看得我真是心虚。

顾瑶皱眉很是不解地喃喃自语道：“今天的风有那么大？”

我赶紧拿出来手里提的护肤套装，送到桃子面前说："在北京拍戏很辛苦，注意保养皮肤，这个送给你啊！"

桃子惊讶地叫："天啊，这是送我的？你也太舍得花钱了吧？当着自己的女朋友送我这么好的护肤品，你不怕你女朋友生气？我不敢要，你还是送给顾瑶吧。"

顾瑶上前挽着桃子的胳膊说："方旭送你你就拿着啦，这种东西他怎么可能只买一份？"说到这，顾瑶略带得意说："我也有！专柜还送了一些小样试用装，也都被我没收了。"

桃子假装生气说："原来给你买才是真，我就是个附属品啊。"

顾瑶压根就不理桃子假装生气这一套，咄咄逼人地说："你要不要？不要我两套都带走啦！"

桃子骄傲地仰起头说："必须要，绝对不放过。"

这套护肤品就这么送出去了，我不得不佩服顾瑶，如果是让我自己选礼物，我可能只会选什么包包之类的，买了之后也不知道桃子是否喜欢，送护肤品……绝了！还是女孩子更了解同类的需求。

二十分钟左右，修门的师傅收拾工具离开，顾瑶坐在沙发上向桃子抱怨道："方旭给我挖了一个特别大的坑，明天就要让我往里跳，他还说让我过来跟你探讨演技，我快委屈死了。"

桃子好奇地问："怎么回事？方旭你挖什么坑给顾瑶了？"

我把老方和我妈要见顾瑶的事说了一遍，包括我伪造了顾瑶的身份，听我说完之后，顾瑶还愤愤不平地对桃子说："等方旭见我爸妈的时候，我也要给他编造一个身份，让他使劲地去演。"

桃子都快笑喷了，捂着嘴说："你们俩这算是互相伤害，不过这个挺有创意的，想想都觉得有意思。你们俩这是在给我提供写情感贴的素材吗？"

chapter 34
表白

我和顾瑶同时闭嘴，一脸警觉地看着桃子，同时我也在心里感叹，桃子不应该是演员，她应该是个大牌编剧，她能抓住生活中的任何一个细节去加工成让人潸然泪下的文字，在这一点上，我还是挺佩服桃子的。

闲聊了一会儿，桃子开始收拾行李箱，她明天一早要飞回北京，这一趟旅程倒是不孤单，马晓爽和她一起回北京。虽然现在两个人不在一个剧组，也算是各自“单飞”，但两个人的关系还是挺好的。

晚餐我预定去吃火锅，因为火锅可以吃很久，一边吃一边聊天，再喝上几杯啤酒，这也是一种享受。

这天的晚餐带有一丝离别的气息，马晓爽借着酒劲在席间向桃子表白，这是我们所有人都没有预料到的。

桃子被这突如其来的表白也吓到了，原本我们都只是认为马晓爽喜欢桃子，仅仅是喜欢而已，没成想竟然来真的。

顾瑶靠在我身边对桃子说：“你是接受还是不接受呢？你得给这个小迷弟个反应啊！”

桃子翻了翻白眼对马晓爽说：“臭弟弟我全当你是喝醉和姐开玩笑，快点吃火锅。”

马晓爽不依不饶地说：“桃子，我没把你当成是我姐，你也不要觉得比我大几岁，就认为我不能照顾你，你想想刚到北京的时候，公交都能坐反了，租个房子都能被黑中介骗了钱，还不都是……”

“等等，等等！”我打断马晓爽问，“桃子在北京被人骗了钱？桃子这事是不是真的？你怎么没给我说？”

桃子低声说：“跟你说有什么用啊，你在昆明我在北京，你又帮不到我什么，就当是被上了一课，人嘛，总是要经历点挫折才会成长，你看我现在在北京不是挺好的嘛。”

我真的很难想象桃子到北京被骗之后是怎样的难过，依稀记得送她的那天，桃子在安检口外面抱着我哭，她害怕自己到北京之后不如意……可是她却经历了恐惧的事。

这一刻我真的很心疼桃子，尽管她此时此刻表现得无所谓，说得风轻云淡，但当时她又是怎么样的痛苦和绝望？

顾瑶松开了我的手，把椅子往桃子身边挪了挪，双手握着桃子的左手轻声说：“桃子对不起，是我们对你关心不够，你在北京发生这样的事，我们竟然都不知道。”

桃子忍着委屈努力地挤出笑容说：“没事的，都过去了。”

顾瑶不依不饶地说：“我真的担心你，离家这么远有什么事，我这个当姐妹的都不能第一时间出现在你身边，以后你不要自己扛下所有了好不好？有什么委屈一定要告诉我，或许我不能给你什么实质性的帮助，至少我能陪你打电话到深夜，如果需要我可以马上订机票过去，什么都不做，就去抱抱你。”

桃子“哇”的一下就哭了出来，转过身抱着顾瑶什么都不说，好像要把所有的委屈都发泄出来。或者是顾瑶的话温暖了桃子的心，让她得到了应有的释放！

我深深吸了口气，看了看马晓爽，他说：“旭哥，是我没照顾好桃子……”

我拿起酒杯示意他别说了，这种事根本也不怪马晓爽，我和马晓爽碰杯后轻声说：“还是老生常谈啊，在丽江的时候我们聊过，在北京多照顾照顾桃子，她一个人挺不容易的。有什么事解决不了或是需要帮忙的，随时打电话，哥谢谢你啊。”

马晓爽拿着酒杯仰脖就把一杯酒都喝了下去，拿着杯子的手在空中倒过来，以示自己把杯中酒都喝了，郑重其事地对我说：“你放心，在北京我会拼尽自己的一切去保护桃子、照顾桃子，我绝不说空话，北京有句话：咱事上见。”

我相信马晓爽这一刻说的全都是真心话，我也相信马晓爽能在北京照顾好桃子。

桃子抱着顾瑶哭，这是一种发泄，更是一种真情流露，我不知道桃子在北京的时候是如何忍受这些的，我真的挺难受。

桃子就是那种把所有情感都隐藏在心里的女孩子，她不想身边的朋友因为自己的不开心而难过，所以她一个人默默承受了所有。

我心疼桃子，所以我更希望桃子有一个好的归宿。

对于马晓爽，我了解得并不多，但此时此刻，我真心希望马晓爽能在北京给予桃子多一些照顾。

我一直没有勇气去看桃子拍的那部网剧，是因为我怕在剧中看到我和杨曼，我们之间有太多的联系，是根本无法割舍的。

当然，这个前提是建立在孩子是谁的前提下，如果这个孩子不是我的，或许我和杨曼真的就这么断了吧。

在这段失败的婚姻中，我不想批判杨曼什么，因为婚姻是两个人的事，我没有权力把离婚过错全都归到杨曼一个人身上。

在这段婚姻中，我也有做得不对的地方，比如：我把家里的钱拿去投资、我把车卖了钱全都给了禾丰，在我看来，这么做是没有错的，但是在杨曼看来，我这么做就是大错特错。

站在不同的角度思考同一件事，注定会有不同的结果。

桃子抱着顾瑶哭了很久，终于等到她的情绪好了一些，马晓爽再次表白说：“桃子，给我个机会好吗？让我照顾你，我一定把我的全部都给你，尽情地呵护你，有我马晓爽的，就一定有你桃子的。”

我和顾瑶一起把目光投向桃子，马晓爽说得如此动情，我们都想知道桃子是什么样的决定，在感情世界里，总是有一个人先勇敢……

而在桃子和马晓爽的感情中，率先迈出“勇敢”的那一步的是马晓爽，在这件事上，我很佩服马晓爽，至少他勇敢地表达了。

chapter 35
失 败

桃子并没有接受马晓爽的表白，很委婉地回绝了他，或许在桃子的眼里，马晓爽只是一个没长大的孩子而已。

在我和顾瑶看来，马晓爽的确是多了一些孩子气，尤其是我这种经历过事业的大起大落，经历过家庭的破裂……再看马晓爽的一些所作所为，真的是太有孩子气了。

就拿酒吧和人打架这件事来说，换作十年前，我一定能做得出这样的事，换作五年前，可能我会一笑而过，现在如果再有类似的事，我连“一笑而过”都懒得“笑”了。或许这就是成熟吧，失去了年轻时应有的锐气。

吃过晚饭，马晓爽是最郁闷的一个人，但爱面子的他还是悄悄把单给买了，在饭店门口道别，他和桃子约好明天在机场见。

我又是老样子，开着车先把顾瑶送回家，然后和桃子一起回去，坐在车上，我再一次问桃子为什么没接受马晓爽，桃子的回答和我猜得一样，她真就是把马晓爽当成一个弟弟。

我很委婉地劝桃子说：“在北京有个人照顾你，我们这些当朋友的都会放心很多。”

桃子微笑对我说：“你不是说过嘛，人总是要成长的，你就当我把自己丢在一个陌生的北京去成长吧。”

这话说得我无法反驳，我在深夜的凉风中开着车，享受这一刻的愉悦。我和桃子相对沉默地上了二环，风噪太大不得不让我提前关上车窗，车内重新安静下来。

桃子小心翼翼地问:“你爸妈知道你和杨曼的事之后没有什么过激的反应吧?”

我低声道:“过激的反应倒是没有,毕竟他们知道离婚的原因后还挺同情他们的儿子,一直以来我都觉得我父母的三观挺正的,但是在这件事上,我也看到了他们自私的一面。”

“嗯?”桃子很不理解地问,“你看到了他们自私的一面?怎么讲?”

“我妈和老方现在对杨曼还是十分好,就像对亲女儿一样,看得我差点都感动了。其实他们俩是在乎杨曼肚里的孩子,如果杨曼肚子里没有这个孩子,我妈和老方早就不会搭理她了。”

桃子很理解地说:“你跟杨曼结婚这么多年都没有孩子,他们肯定着急,现在突然有了孩子,他们能不上心?就算这孩子仅仅是‘有可能是你的’,他们都会用十二分的期待去等孩子出生。”说到这,桃子突然压低了声音,神秘兮兮地问:“方旭……你知道女孩子的生理期、排卵期是怎么回事吗?你有没有算过时间,杨曼肚里的孩子真有可能是你的吗?”

我很确定地点头说:“按照时间上来算,她肚里的孩子还真是我的。”

桃子撇嘴说:“这还真是复杂了,你跟杨曼的关系现在还好吗?”

“还行吧,但我的内心总是在抗拒自己跟她走得很近,可能是过不去心里的那个疙瘩,这次我爸妈来,于凤琴招待得很周到,而且对我的态度也转变很大,我听她那话的意思,杨曼跟我离婚好像还有其他的原因,但是他们从来不说。我最近公司筹备不是缺钱嘛,杨曼竟然把房子抵押了一百万拿给我,不过我没要。按理来说杨曼不可能连一百万都没有啊?不应该啊,就算抛开离婚时她有的家产,也犯不着去抵押房子。”

“搞不懂,这杨家人还真是有意思……”

我也搞不懂杨家人在玩什么猫腻,生活中的我们总是被这些琐事缠绕,每天不知道面对多少谎言,早已经习惯了不去在意,学会了安静。

回到家,桃子先去洗手间洗漱,我意外发现了客厅多了几盆肉肉,其中有一盆名叫“熊童子”的,长得有点像熊掌,胖乎乎的一小团、一小团的,着实可爱。

我把这个拍了一张照片发给顾瑶，为了能让照片显得好看一些，我还特意加了滤镜，照片发出去之后，我突然意识到一个问题：我已经开始情不自禁地把生活中所见到的美好分享给顾瑶。

就像这一盆肉肉，我觉得它很美好、很可爱，所以迫不及待地把这一切都要分享给顾瑶，这就是分享生活中的细节与感动吧。

很快，顾瑶就给我发回了一张照片，照片上的她裹着浴巾，头发湿漉漉的，脸上还贴着一张面膜，下面还有一段文字：明天中午就要见你父母，关键是你还给我安了一个身份，想到这事我就特别紧张。

我在屏幕这边偷笑，安抚顾瑶回复道：淡定、加油，我爸妈也不是不讲道理，不会说太过分的话，明天我们见机行事，他们要是聊得实在过分，我就给你打电话，你手机响了就假装去接电话，然后跑路就行了。

顾瑶：无论如何我都不能逃跑啊，这样也太没礼貌了吧，桃子明天一早要是不回北京就好了，我还能拉着桃子这个救兵。

我：可惜的是桃子明天要走。

顾瑶：算了，让我自己沉淀一下吧，明天我不去公司了。你上午过来接我吧，我要穿什么样的衣服去见他们呢？

我：看你高兴，你想穿什么就穿什么。

顾瑶：问你真是白问，算了，今晚肯定又要失眠。

我看着手机屏幕偷笑，此刻的顾瑶内心一定是可以用“风起云涌”来形容了吧，关于我妈和老方要跟顾瑶聊什么，我心里也是没数。一切只能等明天看了！

第二天早上，桃子是十点的航班，我是八点把桃子送到机场的，在大厅陪着桃子等马晓爽，马晓爽是九点才到的，他们几个匆匆忙忙地跟我道个别，就去办登机手续过安检了。

我是九点半才离开机场的，找到顾瑶刚好十点一刻，而老方的电话也打了过来，告诉我去新亚洲体育城，他和我妈已经在那边等着了。

该来的终究是要来的！

chapter 36
可怕的见面

在去体育城的路上，顾瑶显得异常紧张，我把右手伸向顾瑶，顾瑶却用自己的双手将我的手捂在了一起，眨巴着大眼睛一直在看开车的我。

我微笑安抚顾瑶说："你不要这么紧张嘛，见我爸妈而已。"

顾瑶嘟起小嘴问："见了你爸妈，是不是就意味着我要嫁给你啦？人家不都是到了要结婚的时候才会见家长吗？我有一种被你骗来结婚的感觉呢？"

"例外，例外……"我解释道，"我爸妈从北方来一次不容易，不是见了面就骗你去结婚。"

顾瑶假装生气道："你都带我见你父母了，竟然还没有要跟我结婚的打算，坏人。"

我突然意识到这是顾瑶给我下的一个文字圈套，一不小心就中招了，原来她古灵精怪的这一面让我猝不及防。

来到新亚洲体育城停好车，很快就找到了我妈预定的饭店，是一家吃云南菜的地方，想必我妈也是用心良苦，在吃东西的口味上照顾顾瑶。

在走进饭店的时候，顾瑶都是紧紧地挽着我的手臂跟在我身边，我能感觉到她的紧张。

我安慰顾瑶说："你看我妈选的地方，吃东西都是云南菜，其实她并不喜欢这边的东西，一定是在考虑你的口味，你别紧张，我妈这人很好相处。"

顾瑶半信半疑地看了我一眼，我主动拉着顾瑶的手说："走吧，我们去二楼。"

顾瑶就这么被我牵着手走向了我妈预定的二楼卡座，远远地就看到我妈和老方已经坐在这里等着了。

走近的时候我妈才看到我，起身微笑着招呼我道："儿子，这就是你的女朋友顾瑶吗？"

顾瑶特别有礼貌，向我妈问好的时候就差点弯腰了，她口齿清晰、落落大方地说："阿姨你好，我是顾瑶……"和我妈打完招呼，又主动把目光投向老方，轻声问，"这位是方叔叔吧？"

老方起身对顾瑶说："孩子你好，快请坐吧。"

我妈也急忙说："快里面坐。"

虽然我爸妈已经在努力地做出很热情的样子，但我仍旧感觉得到，他们的热情不过是脸上的一种表情，这一刻我倒是有点担心了。

落座之后，老方正要有开口的意思，我率先打断了他的话问："还没点菜吧？服务员麻烦过来一下，点餐。"

服务员拿着菜单走了过来，站在桌边礼貌地问："您好，请问哪位点餐？"她虽然是在问，但还是把菜单递给了我。

我随手把菜单接过来翻开，对身边的顾瑶说："你看有什么喜欢吃的，你来点吧。"

顾瑶看到菜单之后并没有着急看上面的菜，而是特别有素养地把菜单递给了我的父母，对她们说："叔叔阿姨你们看一下有什么合口味的吗？你们点，我就是昆明本地人，方旭也来这边好多年了，我们口味已经适应了，你们点什么，我们都能吃，不用考虑我们。"

顾瑶这话说得合情合理、滴水不漏，我刚刚甚至都没想到顾瑶会这么懂事地把"点菜的权利"交给我爸妈，看似是一件小事，但能看出人的修养。

我妈接过菜单，象征性地问老方要吃什么，老方在吃的这方面从来不吝啬自己的嘴，但是今天，他盯着菜单看了很久，却一个菜都没有点，这就有点不对劲了。

最后只有我妈点了一个苦菜汤，又把菜单给回了顾瑶，对顾瑶说："孩子，你来点吧，我和你叔叔都没来过云南几回，这儿的东西我们俩也不知道什么好吃，你看着点就行了。”

顾瑶重新接过了菜单，对我妈说：“阿姨，那我就不客气了。”

我妈似乎又是在考验顾瑶呢，对顾瑶说：“没事的孩子，你看着点你爱吃的就行了。”

顾瑶粗略地把菜单看了一遍，然后对服务员说：“您好，麻烦您记一下，汽锅鸡一份，香茅草蒸鱼、油炸鸡枞菌要一份，宣威火腿，炒时蔬。菜里面带有辣椒的请少放一些，叔叔阿姨是北方人，叮嘱厨师把口味做得尽量偏北方一些。”

服务员点头说：“好的，我记下来了。”

顾瑶礼貌地道谢，然后对我爸妈说：“云南人的口味比较重，尤其是在吃辣椒这方面，我刚刚点的菜大部分是比较清淡口味的。”

我妈微笑说：“谢谢孩子，有心啦。”

我对我妈说：“比你儿子强吧？你儿子点菜的时候都没想起过这些。”

我妈压根没搭理我，对顾瑶说：“我和你叔叔前几天才从哈尔滨过来，先飞到北京又转机来的昆明，其实早就应该让方旭把你叫出来，请你吃顿饭的，但是这段时间事有点多，你也知道，方旭的前妻怀孕了，我们这做家长的又不能视而不见……”

我打断我妈的话抱怨道：“你跟顾瑶说这些干什么啊，这事跟她又没关系。”

我妈眼睛一瞪，反问道：“怎么就没关系了？你别打岔，我和瑶瑶聊聊天。”

顾瑶尴尬地微笑说：“阿姨您说，我听着呢。”

我就预感到不好的事要发生，我妈无缘无故跟顾瑶说这些干什么？这才见面聊了十句都不到呢。

此时此刻我有些后悔之前跟老方说谎了，在老方和我妈看来，顾瑶是那个大专毕业……

因为我的谎言，现在顾瑶在老方和我妈已经不看好顾瑶了，在聊天说话上还会对顾瑶客气吗？

想到这些,我已经开始不淡定了,用眼神“威胁”我妈,她是我亲妈,肯定明白她儿子用这种眼神看她是什么意思。其实我的眼神中还带着祈求的意思!

然而我妈却对这些视而不见,继续对顾瑶说:“方旭这刚刚跟她前妻离婚没多久,她前妻还怀孕了……”

chapter 37
我妈 VS 顾瑶

我妈直接忽略了我祈求的眼神，看着顾瑶用温和的语气说："孩子，阿姨也不怕你生气，但是有些事一定要说在前面。"

顾瑶轻声说："阿姨没事的，您说。"

此时我已经忍不住了，在桌子底下轻轻踢我妈的脚，她装作没感觉一样，对顾瑶说："方旭有过一段失败的婚姻，为什么离婚今天也就不在这里说了，总之挺不好的，方旭离婚之后她前妻又怀孕了，这个孩子极有可能就是方旭的，我们作为方旭的父母，本没有资格跟你说这些，毕竟你们只是恋爱还没有确定要结婚，但是有些丑话一定要说在前面，要是现在不说，后面再提起来可就难听了。"

这时，服务员又端着菜给我们送上来，暂且打断了两个人的聊天，我偷偷看了一眼身边的顾瑶，她真的很有教养，我妈说的话已经有一点点过分了，但是她的脸上没有表现出丝毫的不满意与不耐烦。

当别人威胁到自己利益或者是言语上有冲突时，仍旧能保持淡定理性对待，这就是一个人修养的体现。

服务员把菜上齐之后微笑说："您好，菜已经上齐，请慢用。"

我拿起筷子对我妈说："妈，吃菜。"

我妈看了我一眼，拿起筷子象征性地吃了一口，然后对我说："方旭你让我把话说完，有些话不说在前面，后面就真的不好说了。我不反对你和顾瑶谈恋爱，也不反对你们结婚，但我对顾瑶只有一个要求，那就是如果杨曼肚里的孩子真是你的，那顾瑶必须接受这个孩子的存在，这个孩子小时候的奶粉钱、玩具钱、上学之后的学费，甚至以后要出国留学的学费，乃至结婚买房……方旭都没有逃避的责任，他都要对这个孩子负责，因为他是这个孩子的父亲。方旭和杨曼的婚姻关系可以终止，但他和孩子的血缘关系是没办法终止的。”

老方觉得我妈说的话太多了，端起碗给她盛了一碗汤说：“喝点汤，孩子给你点了这么多菜，你也别光说不吃，咱们边吃边聊。顾瑶你也别在意，阿姨就是这样，什么事都喜欢拿到台面上来说，话可能有些难听，但是话糙理不糙啊！”

的确，我妈说的话都是以后我要面临的“问题”。

我妈没理老方，继续对顾瑶说：“孩子，你别责怪阿姨，阿姨说这些也是为你们着想，你和方旭在结婚，所有的财产都是共同的，那个时候方旭把家里的钱拿出去给杨曼肚里的孩子……站在你的角度想，你是受委屈的。阿姨不在乎你的出身、家庭，甚至你的工作、收入，你跟方旭结婚，方旭养你是天经地义的事，哪怕你没收入，他都得把你供着。我最怕的就是以后你们在这件事上产生分歧，造成太多的不愉快。”

我低声说：“杨曼肚里的孩子如果不是我的，你的担心就是多余的。”

“闭嘴！”我妈厉声制止了我，她最不喜欢听的就是这句话，我特别理解她对孙子的期望。“不许你说这样的话，我是把所有的事情都帮你做了最坏的打算。”

我被我妈说得毫无还口的余地，她一直都是这样的人，“先天下之忧而忧”，这一点是好是坏我都无从判断。

我深深地吸了口气，对身边的顾瑶说：“我妈说得有些过分了，你别介意啊。”

顾瑶微笑地说：“没有啊，我没有觉得阿姨说的有什么过分的，杨曼怀孕的事我也知道，如果这个孩子真是你的，我倒是认为阿姨说得很有必要，她帮我们预见了以后可能发生的不愉快。”

此时此刻我应该是感动的，顾瑶的懂事与理解，让我有些惭愧，我不知道老方和我妈又是怎么想的。

我妈听顾瑶说这几句话之后，已经表现出很欣慰的样子了，她的目光在我脸上扫过，我已经在她的眼神中看出来对顾瑶的认可了。

让我没想到的是，顾瑶刚刚只表达了自己一半的想法，接下来她说的话更是让我们一家人都无比震惊。她放下筷子看着我妈说："阿姨，我觉得你刚刚说得很对，我和方旭结婚，婚后财产的确是我们共同的。如果杨曼肚里的孩子的确是方旭的，他也的确是有抚养的义务，这个时候我们的共同财产花在这个孩子身上，对于我来说，的确是有些不公平。但对于方旭来说，他没有逃避的借口，他也不能逃避，因为他是一个男人，男人应该承担起自己要负的责任，您对方旭的教育我很认可，如果不是您这么教育他，他也不可能成为一个有担当的男人。不管我和方旭结婚以后谁的收入高，在抚养孩子这件事上，我都支持他，哪怕是他一分钱都不赚，我仍旧愿意把我的钱拿给方旭，让他去尽一个当父亲的职责。"

听顾瑶说到这，我妈的表情已经开始不淡定了，她有些不敢相信自己的所见所闻，看着顾瑶用略带颤抖的声音问："你……你……你真的……是……这么想的？"

我特别能理解我妈此时的状态，在她看来，用自己的钱去养别人的孩子，这是一种"吃大亏"的表现，是不应该被接受和理解的。

顾瑶温柔地说："阿姨，我喜欢方旭，我就会接受和包容他的一切，包括这个孩子。方旭身为一个父亲，要对自己的孩子负责，如果他在这件事上逃避，我会认为这样的男人没有责任心，不值得我托付终身。我爱上方旭的时候，他一无所有，甚至在变卖公司的服务器求生存，我们被困在六库到丙中洛的那几天，没有吃的没有水，在这种时候他仍旧能为身边的人着想，我喜欢有担当的他。"

我把头转向顾瑶，她在说这些的时候，真的是一脸的骄傲，仿佛我做了一件多么光荣的事一样。

而此时的老方和我妈已经目瞪口呆，不知道要说什么了。

顾瑶微笑看着我妈说："阿姨，我给你讲一个真实的故事吧，就发生在我身边的……"

chapter 38
顾瑶的故事

我妈看着顾瑶说:“孩子,你说,阿姨听着呢。”

顾瑶落落大方地说:“我有一个闺密,很好很好的那种,我们在同一所大学毕业,毕业后她可以有出国留学的机会,毕竟她的家庭条件特别好。当时他的男朋友就反对他出国留学,要她留下来结婚。我这个闺密就回家跟父母商量结婚的事,但是她父母当时就反对,坚持要送她出国读书,反对她跟她男朋友在一起。原因主要两个:第一,她男朋友家庭条件一般,父母都是没什么文化的那种。第二,她的男朋友安于现状。基于这两点,我闺密的父母就反对这门亲事。”

说到这,我妈倒是紧张了,她可能想到了自己和老方,要说他们俩的文化也不太高,勉强说得过去而已,她看着顾瑶问:“那你的闺密最后跟这个男的结婚了吗?”

顾瑶点头说:“是的,他们结婚了,我闺密给出的理由是这个男的对她太好了,把她照顾得无微不至,我闺密的父母用断绝关系威胁她,让她跟男朋友离婚,她死活不同意。她男朋友……哦,应该说她老公还鼓励她说‘你别在意,你父母就是吓唬吓唬你’,我闺密信以为真,就真的和父母断绝了关系。”

我妈和老方安静地听着,似乎觉得有些不可思议。

顾瑶继续说:“她老公家里条件一般,两个人在昆明也买不起房,就住进了出租屋,条件很差。结婚半年后我闺密怀孕了,她老公得知之后让她回家去找父母要钱,我闺密也的确这么做了,但是当她回到家的时候,她爸妈告诉她，两个人已经去医院做了体检，身体条件还能满足生育，他们已经放弃了我闺密，要重新生孩子。我闺密心如死灰，回到出租屋跟她老公说了这些，她老公当时就怒了，还打了我闺密，说了一些很难听的话，骂我闺密的父母。那一次我闺密很不敢相信，自己竟然被老公家暴了，还是在她怀孕的时候。我闺密打电话报了警，警察把她老公抓了起来，这件事被她婆婆知道了，她婆婆连夜从地州上来又把我闺密骂了一顿，骂得很难听。直到这一刻，我闺密才意识到，她老公和她婆婆是什么样的人，那些表现出来的好，会随着时间、环境而改变，她心如死灰跟老公离了婚，打掉了孩子重新回到家，实际上她父母说要二胎都是骗她的，就是希望通过这种方式，让她看清她老公是个什么样的人，有着什么样的家庭。”

这就是发生在我们身边的一个真实的故事，真实地让我看到了人性的脆弱，站在男人的角度，我挺同情故事中的男主角，但是话又说回来了，一个靠啃老不上进的男人，能有什么出息呢？

顾瑶喝了口汤继续说：“阿姨，我和您分享我身边的这件事，就是想告诉您，我特别认可您对方旭的教育，您刚刚跟我说的那些，让我意识到您是一个三观特别正的长辈。我妈妈也跟我说过，一个男人能否靠得住，要看他愿不愿意承担属于自己的责任。这顿饭让我了解到方旭是在一个什么样的家庭长大的，谢谢您能给予方旭这种价值观的培养，承担责任才是一个男人最应该做的事。”

我听顾瑶说这些的时候，心里真的是美滋滋的，有一种乐开花的感觉。再看我妈，她也是开心得不得了，嘴角都快咧到耳朵根了，她这次是真的高兴了，隔着桌子拉着顾瑶的手说：“孩子，谢谢你对阿姨的认可，阿姨在来之前还担心跟你说了前面的那些话，你会甩脸色起身就走呢。在那件事上，阿姨的要求的确有些过分，但是你能理解，这真的就是太好了，刚刚又听你说了你妈妈是如何教育你选择另一半的，我也能感觉到她也是一个价值观特别正的人，阿姨不反对你和方旭在一起交往，真的。”

我此时也没什么心理负担了，冷哼说：“这样好的儿媳妇你要是还反对，那你可真就老糊涂了，顾瑶就是天上难找、地上难寻的好女孩。”

我妈立即翻脸教育我说:“你给我听好了,对瑶瑶好一点,可别把我未来的儿媳妇弄丢了,你要是弄丢了瑶瑶,我打断你的腿。”

老方在一边煽风点火说:“一条不够,要打断两条。”

我特别无奈,转过头看着顾瑶说:“你行啊,一顿饭还没开始吃几口呢,这俩老家伙就成了你的人了,我是夸你口才太好呢?还是说你会蛊惑人心呢?”

顾瑶骄傲地仰起头,得意地说:“我这是跟阿姨投缘,三观相同,你不要用‘蛊惑人心’这样的词来形容我,不恰当。”

我算是服气了,我给顾瑶编造这样的身份,都能被她给化解,并且深深地赢得了老方和我妈的欢心,看来人与人之间的交流真的是太讲究策略了。

讲真的,老方和我妈能跟顾瑶聊得这么开心,完全是出乎预料的,因为老方和我妈是带着“拆散我们”的目的出现的,但是见识过顾瑶的三观之后,他们根本就不在乎顾瑶“家庭条件”有多么的不好了,完全不介意!

吃过午饭,我妈还有些跟顾瑶恋恋不舍地分开,她下午要回去收拾自己的行李,明天一早飞回去。

顾瑶下午要回公司去忙,而我也接到了陆涛打来的电话,安装监控项目签合同的时候遇见了一点麻烦,他让我下午过来一趟,装修队、摄像头的供货商全都在,三方坐在一起聊一聊。

我不得不提前跟她们道别,一个人匆匆忙忙地赶去了签约现场。

半个小时后,我来到了郑吉宏的办公室,陆涛在这里已经等很久了,那天喝酒时说话袒护供货商的人,实际上就是供货商,他也在场。如果说那天酒桌上大家是隐藏着身份都在玩试探,那今天就是谈判桌上真刀真枪地干了!是我们被对方宰了还是对方被我们搞妥协,全都看接下来的谈判了。

chapter 39
强势谈判

见面之后，郑吉宏客气地对我说："方总，正式给您介绍一下，这位就是我们供货商赵总，我们……"

在来之前我就已经意识到了这里要发生什么，这个赵总无非就是不同意付款一半拿货嘛，既然知道了对方的想法，我也就想好了对策，我打断郑吉宏的话说："不用介绍了，你们已经很熟了，既然他不同意预付款50%，剩下的50%的尾款一年后再付，那就说明他对自己的产品没自信。老板对自己的产品都没自信，你还指望这样的产品有多好？换一家吧。"

"这……"郑吉宏完全没想到我是这态度，他整个人都懵了，结结巴巴地说，"方……方总……请您来这不是……要解决问题的嘛……这件事……"

我心里已经有了谱，上次吃饭的时候，胡队长的老婆在，他已经知道是怎么回事了，现在利益链上就是郑吉宏和供货商这里还没得到满足，反正这块蛋糕就那么大，所有人都想吃饱是不可能的，王厅长和胡队长我得罪不起，我还搞不定他们两个了？我态度十分坚决地说："付50%的货款，另外50%的尾款一年后一次性结清，这一年设备出现故障，供货商按天赔偿，至于是安装问题还是产品质量问题，你们双方去检测并且承担责任。郑总，我的话已经说得很明白了，供货商遍地都是，我同意你用熟悉的供货商，我也希望大家合作愉快，但不能满足我的要求，我不介意换人。"

郑吉宏特别为难地转过头看着供货商，尴尬地笑了笑说："赵总您看这事……"

供货商此时已经没有了我进门时的傲气了，主动说："方总，我们第一次打交道，你可能不了解我们的产品……”

“了解！”我打断他的话说，“你们的产品比其他供货商贵了三十个点的差价，我都说了，我可以尊重你们这个圈里的规则，但是你们也别把我当傻子，今天这笔买卖能谈成，我们马上签合同付定金，谈不成大家就都别耽误各自的时间，毕竟这年头时间成本最贵，给你时间考虑。”

说完，我点了他递过来的烟，这也算是计时开始吧，在此之前，我已经充分了解了彼此的利润点，有些事你不狠一点，别人是真的把你当软柿子捏。

陆涛一直坐在我身边，他也没多说什么。

办公室里面就这么安静下来，终于在最后，供货商妥协了，赵总咬着牙说：“我签。”

我还没等说什么呢，郑吉宏率先松了一口气，他开心地说：“好了嘛！大家终于可以愉快地合作了。”

我微笑，对郑吉宏说：“郑总我们可以去签合同了，我一次性把50%的货款全部给你，我们俩之间的合同是单独的。采购设备的合同你单独跟赵总去签，反正有问题我直接找你，咱们对接。至于你们之间的合同，那是你们的事了。”

郑吉宏应：“这个是自然，三方合同规划责任太难办，就按照方总的意思吧。”

痛痛快快地让陆涛把合同签了，一切都还算顺利，付完款之后，公司账面上的钱也只剩下不到十万块钱，而明年还要一次性支付给郑吉宏差不多三十万的尾款。对于我个人来说，压力还是有的。

回到公司已经是下午三点了，陆涛对于谈成这一单还是蛮高兴的，接下来也有的他忙了。而我又开始为钱犯愁了。这一单最后的收益是多少，我没办法预见，就算能确定是肯定盈利的，但这也需要时间来积累。

三点半，何静敲门来到了我的办公室，把几份资料交给了我，“这几份资料是刚刚招聘到公司的新人，你看什么时候开个会，让大家都认识认识你这个老板吧？”

我拿起来随便看了看，一共是五个人，四男一女，全都是应聘销售的，这一份份资料就代表了一张张要吃饭的嘴，我心里的压力更大了，但又不能在何静面前表现出来，我揉着太阳穴忍下了所有，故作轻松地对何静说："这几天有点忙，过几天再安排吧，你先带一带这几个新人，和他们讲一下我们公司是做什么，能接什么样的单子。"

"没问题，这些我都会做。另外程序员真的太不好招了，哪怕是简单的系统维护，薪资待遇都要八千起，甚至更多。"

我故作轻松地对何静说："你看，当初我们上大学的时候，编程专业都是个冷门，谁都不看好，现在竟然这么抢手，看来我们当初的选择是对的。"

何静被我的话逗笑了，对我说："你还真是幽默，那这个程序员的待遇，我写得高一些？"

我只能忍痛说："写到一万吧，外加业绩提成等等。"

"好的。"何静起身说，"那我按照一万的标准重新发布招聘信息。"

"等等。"我叫住了何静，对何静说，"公司刚刚起步，你和陆涛都比较辛苦，这些我全都看在眼里呢，我一直没跟你和陆涛说把公司股份分成给你们的事，是因现在公司还处于投资烧钱的阶段，这个时候让你们占股，等于变相是让你们投资了，未来怎么样还不知道呢，所以分股份的事，等公司有了起色之后我一定会给你们的。你们俩放弃了自己的炸鸡店跟我来创业，我不能做对不起你们的事，给我点时间，咱们一定会好起来的。"

何静看着我笑了笑，说了几句鼓励我的话就去忙了，在何静走后，我靠在自己的椅子上又开始琢磨怎么筹钱了。

丁文杰的电话突然打了进来，我看到手机屏幕上显示他的名字有点迷茫，我们虽然同校毕业认识这么多年，但是彼此之间的联系少之又少，要不是上次郭少阳的一句话，我还不会去主动拜访丁文杰，更不会知道他就是负责悦享酒店集团的程序员。

chapter 40
丁文杰的提醒

滑动屏幕接听了电话，丁文杰客气地向我问好说："老同学你好，我是丁文杰。"

"文杰你好……"他都这么客气，我也就情不自禁地跟着客气了起来，"最近忙什么呢？上次见面后一直说请你吃饭，你什么时候有空，咱约一下。"

丁文杰笑道："吃饭是肯定的了，有点事要跟你当面说一下，在见面之前我问你一件事，是关于你的私事，你要是不方便不说也行。"

"你问。"我真不知道丁文杰想干什么。

"你是不是在跟悦享酒店集团的顾瑶谈恋爱？我记得你不是结婚了吗？你跟她是随便玩玩还是怎么回事？"

"文杰……"我略带疑惑地问，"你怎么想起打听这个事了呢？不瞒你说，我和杨曼离婚了，现在的确是跟顾瑶在谈恋爱。"

丁文杰追问道："认真的？"

"嗯！"我没有任何犹豫地回答："考虑结婚的那种认真。"

"那行了！"丁文杰对我说，"你请我吃饭是少不了的了，我之所以先打听你和顾瑶的关系，就是在权衡要不要跟你说这件事，既然你们都是这关系了，那我就把这事告诉你吧。"

"怎么了？是不是和顾瑶有关系？"

丁文杰应了一声说："你不是给假日酒店写了一套客户信息管理程序嘛，我今天去做系统维护的时候，顺便看了一下你写的这套程序，你这套程序有一个'客户关爱提醒'的功能，就是给客户发短信的这个，你还记得吧？"

“对！”我解释道，“这个是当初顾瑶要求加进去的，就是给客户做一个短信回访，节假日、生日发个祝福短信什么的。”

“你当时设置了几个发布平台来发布这些短信？”

我回想了一下说：“就106一个平台发布短信，因为这个平台跟我们合作很久了，以前很多短信都是通过106平台发出去的。”

“这就对了……”丁文杰说，“我们一样，基本上都是用这个平台发布，而且一套程序基本上都留一个平台发布，今天我看你这套程序的时候，发现额外添加了两个发布平台，应该是有人恶意添加的。”

我头当时就大了，拿着电话问：“你确定没看错？”

“我肯定没看错，我不知道是你上次处理代码的时候没检查这个短信发布的平台信息，还是在这之后又被人加进去了，你最好亲自去检查一下。”

“谢谢，谢谢！我现在就过去检查，文杰谢谢啦，回头我联系你。”

“好，回头联系。”

挂断电话之后我的头变得很大，多了两个发布短信的平台意味着什么？意味着这两个短信平台随时可以给系统内所有客户发布垃圾信息，而发布信息的内容完全是由这两个平台的人操控，虽然他们掌握的只是客户的姓名和手机号，并没有过多的资料，但这要是有客户真的收到了垃圾短信，甚至是诈骗短信，那等于是我又给顾瑶惹了大麻烦。

我越想越觉得可怕！

我拿起桌面的车钥匙起身就走，一边往外走一边给顾瑶打电话，告诉她我半小时之后到假日酒店，无论想什么办法，都得让我去假日酒店的机房，我要亲自检查他们的电脑。

顾瑶听后有些为难，小声问：“发生什么事了？一定要到机房吗？”

我把丁文杰电话里面说的内容如实地告诉了顾瑶，顾瑶也意识到了问题的严重性，对我说：“我现在就去和我叔叔请示一下。”

“等等！”我叫住了顾瑶，“这件事能不能不通过你叔叔？知道的人越少越好。”

顾瑶轻声问：“你是在怀疑我叔叔？”

我知道顾瑶不希望我这么想，但是在这件事上，我还是坚持我的想法，对顾瑶说：“咱们先去看看吧，好吗？”

沉默！沉默了足足一分钟……这一分钟对于我来说是一种煎熬。一直等不到顾瑶的回应，我继续说：“我不妄下结论，不给任何人做定义，也不主动怀疑任何人，我们先去查看一下好吗？”

终于，顾瑶还是心软了，对我说：“你来吧，我等你。”

在去酒店的路上，我无数次回忆，是我上次没处理干净还是后来被加进去的？

如果是第一次没处理干净还好说，如果是后来被加进去……我越想越后悔，当初就不应该把源代码交出去，任何一个能把程序源代码交出去的人都是傻子！

我越想越后悔，同时也意识到这件事必须重新搞。

在去酒店的路上，我又给禾丰打了个电话，在电话里我言简意赅地说：“兄弟，我做了一件傻事，上次你给我的那个加密程序被我把源代码泄露了，现在我怀疑这套加密系统不安全了，你得帮我重新写一套加密程序。”

禾丰简直不敢相信自己听到的话，他疑惑地问道：“你把加密程序的源代码都给泄露了？你确定没开玩笑？”

“我确定没开玩笑，这和你写的程序安全性没关系，是我主动泄露的。”

禾丰听后没说话，但是我听到了他深深吸气的声音，他应该是超级无奈吧，但是很快，他就安慰我说：“没事，泄露了咱就不用了，我这两个月下班没事，都是自己在家写程序，给我两天时间，我把现在写的这套程序做个测试，确定没问题我再给你用。”

我特别后悔，对禾丰说：“哥们，对不起啊，没有给你造成太大的麻烦吧？你手上所有用这套加密系统的程序全部要更换掉了。”

禾丰很淡定地安慰我说：“没事，这都是小事，我会替换的。”

“我先开车去假日酒店，晚点我再联系你，见面详细聊。”

“嗯，你先忙，别太自责，有事电话联系。”

挂断电话之后，我除了懊悔还多了一些感动，发自内心地感动。

chapter 41
潜入机房

禾丰没有在这件事上怪我,甚至一句责备的话都没有说,这让我内心更加惭愧,身为一个程序员,我应该知道自己行业的底线是什么,但是我为了顾瑶却抛弃了这个底线,我不知道自己这么做是对还是错,但现在想想,不管是对是错,我都挺对不起禾丰的。

来到假日酒店的门口,保安似乎认识这辆陆巡,还恭敬地给我敬礼,主动要帮我停车,但是当保安看到开车的人是我,明显迟疑了一下,当时我也是着急,把车丢给保安后告诉他把车钥匙送到顾瑶的办公室就行了。

我一路匆匆忙忙地来到办公室找顾瑶,没成想顾斓却在这里,我就不知道要说什么了。

顾斓见我沉默,很不满意地问道:“怎么? 看到我你都不愿意和我打招呼? 是不是觉得我是个电灯泡碍事了?”

我急忙讪笑着说:“没有没有! 你可千万别误会。”

顾斓骄傲地说:“我才没有误会呢,你的所有表情都写在了脸上,我姐在上班时间你都过来探班,你可真黏我姐啊!”

顾瑶在一边对顾斓说:“方旭找我是有事。”

顾斓撇嘴说:“借口!”说完之后很识趣地拿起了自己放在一边的包包,对我们俩说:“算了,我也不在这当电灯泡了,方旭我可提醒你一下,下次来见我姐的时候,最好买束鲜花或买个小礼品什么的,这样能增加两个人在一起的情调。女孩子是很喜欢这些小惊喜的,哪怕是你带来的礼物不值钱也没关系,在乎的是心意和感觉。”

我双手抱拳道:“受教了,下次一定不忘记。”

“走了,拜拜。”走到门口的时候,顾斓停住了脚步转过头对我说,“如果你给我姐买的小礼物不贵重的话,最好也能顺便带给我一份,我的办公室就在隔壁,我已经好久没收到礼物啦!”

我做了一个好的手势说:“一定不会忘记。”

顾斓离开后,我拍着胸脯心虚地说:“我还以为你跟顾斓说了要去机房的事呢。”

顾瑶微笑说:“你都嘱咐我不要告诉别人,我怎么可能跟顾斓说呢?走吧,我现在带你去机房那边,我们早去早回,尽量在里面停留的时间短一些,毕竟那地方不是我能随便带人进出的。”

我明白顾瑶的处境,所以也没跟顾瑶客气,我们两个人乘坐电梯来到了机房,在门口顾瑶就被拦下来了,不过她拿出自己的工作牌,保安看后对顾瑶说:“顾总监你好,您来这边是有什么事吗?”

顾瑶不带任何语气地说:“现在客户管理程序有点混乱,我带程序员来看一下。”

保安略带为难地说:“顾总监您也知道,这机房……”

顾瑶拿出手机打断保安的话说:“你是说这里不能随便进入对吧?那我给叔叔打个电话吧。”

保安微笑说:“那最好不过了。”

顾瑶拨通了“顾明发”的电话,但是很快就被挂断,手机同时收到:“顾明发”发来的短信:瑶瑶,我在接待很重要的客户,不方便接电话,你晚点联系我。

顾瑶把手机短信拿给保安看,很“郁闷”地说:“董事长正在忙,要不你们谁去董事长的办公室打个招呼吧?”

保安也看到了短信,知道“董事长”在忙,连自己侄女的电话都不接,谁还敢上去打扰?

顾瑶这时又开口说:“我这边要马上解决问题,要不你们先让我进去吧,我又不是外人,你们要是怀疑我,可以跟我一起进来。”

话都说到这份上了,那些保安怎么敢为难顾瑶?乖乖地开门放顾瑶进去了。

进来之后，顾瑶得意地看了我一眼，我小声问道："短信是谁发的？"

顾瑶骄傲地说："找朋友帮忙了，先别说这些了。你要看什么快点看吧，主机就在那边。"

坐在电脑前开始检查，我果然找到了丁文杰说的那额外两个发布信息的平台授权号码，我把这些指给顾瑶看，简单地讲解道："这两个短信发布平台现在能读取到这套程序里面的所有客户的姓名和电话，如果有人通过这两个平台编辑垃圾短信发给客户，那就惨了。"

顾瑶疑惑地问道："为什么多了两个短信平台发布的授权？"

我努力回忆当初，我很确定这两个授权平台是没有的，我已经可以确定这就是别人掌握了源代码之后对我的程序进行了改写，而我最怀疑的人就是顾明发，但我没有足够的证据，再加上顾瑶对顾明发的态度一直都很尊敬，不希望我说顾明发的不好……

想到这些，我决定隐瞒一个事实，低声对顾瑶说："是我疏忽了，上次只清除了源代码中的木马病毒，并没有做详细地检查，这两个短信发布平台的授权，应该就是上次被人加进去的。你回忆一下，是不是客户收到了垃圾短信，才被投诉客户信息泄漏的？"

顾瑶点头道："是的！是的！就是因为客户收到了短信，才投诉到酒店。"

我深深吸了口气，决定扛下所有对顾瑶说："瑶瑶对不起，是我的一时疏忽，我现在把这两个短信授权平台取消，对不起。"

顾瑶在背后抱着我，轻轻地在我脸上亲了一下，温柔地说："没事的，都过去了，谁还没有个疏忽的时候呢？"

我拿出U盘说："我把这套程序源代码拷贝一份，回去我再检查检查，如果有什么漏洞及时修复，一定给你做出最完美的程序。"

"好啊，我相信你，你想做什么就做吧。"

我这边刚刚插上U盘准备复制源代码，机房的门突然被打开，一组保安走了进来，他们的目光很快锁定在了我和电脑上，当时我心里暗叹大事不好，这些保安来者不善。

chapter 42
冷 静

顾瑶的手轻轻放在了我的肩膀上，她在我背后弯着腰用另一只手指着屏幕说："我希望这套程序在这里有一个优化升级，每次我们要查一个客户的消费资料，需要进入两个页面，一个是客户的消费页面，另外一个是客户的登记页面，有没有可能直接输入客户的手机号，所有的信息都被调集出来？"

我秒懂顾瑶是什么意思，于是我也装模作样地在这些保安面前演戏说："这个不难实现，只需要做一下程序优化就可以了，但是我建议你做一个授权，不要让任何人都能查阅客户的全部资料，毕竟这属于隐私。"

顾瑶点头说："你说得也有道理，那就按照不同等级的账号做一个授权吧。"

"好的，这一点我记下了，还有什么要改进的吗？"

顾瑶假装沉思，然后继续说："暂时就这些，把这个给我优化一下就好了。"

保安在旁边盯着我们俩看了一会儿，这期间我和顾瑶都很紧张，我们都清楚这要是传出去意味着什么，那几个保安最终也只是看了看，并没有说什么话，也没有责怪什么。顾瑶也没有搭理那几个保安。

的确，身为公司最牛部门的总监，她完全不需要向这些保安解释自己在做什么，如果解释了，那就是心虚。

几分钟之后，保安离开了，我也把程序源代码复制到了我的U盘，我已经决定这套程序不能再放到这个机房了。这里不安全！我要做一个网络资料库，亲自帮顾瑶做程序的后台管理。

为了顾瑶，我又要破费个十几万去买处理器和主机。

复制完程序源代码，我和顾瑶回到了办公室，在关上那个办公室门的那一刻，顾瑶激动地转过身抱住了我，在我怀里心有余悸地说："你知道我刚刚有多害怕吗，真的是吓死我了，我临时表现还不错吧？当时我就怕你没理解我要说什么，这要是被保安看出来破绽，这事肯定不好办。"

我低头在顾瑶的额头上轻轻亲了一下，对顾瑶说："咱们这应该算很有默契了吧。"

顾瑶也会心地笑起来。

在顾瑶的办公室休息了一下，又聊到了我爸妈明天要回去的事，顾瑶告诉我明天早上她提前来找我，然后我们俩一起去接我爸妈，送他们去机场。

其实我不太想让顾瑶去的，主要是早上太折腾了，但是顾瑶坚持要去，我也没办法，只能同意了。不过我要她在家等我，我先开着车来接她，然后再带着她去接我父母。

下班前，我离开假日酒店，回到幸福广场的写字楼，用所剩不多的钱预定了一台服务器，这台服务器是专门为顾瑶而买的。

晚饭后，禾丰打电话给我，要跟我见个面，我知道他要跟我唠什么，给他发了个定位，约着一起撸个串。

这些年跟禾丰相处得就像亲兄弟一样，有什么话都能拿到台面上来说，禾丰也把我当成兄弟，所以我们之间也没什么好隐瞒的。

几杯啤酒下肚，我主动跟禾丰说了假日酒店这边的事，我也明确告诉禾丰，我怀疑这个顾明发在算计顾瑶。

禾丰拿着酒杯看着我问："你都这么确定顾明发有问题了，为什么还不告诉顾瑶？"

我很为难也很郁闷，看着禾丰说："我跟顾瑶说过，但是每次说起来她都很不高兴，在这件事上我有些看不懂顾瑶，其实顾瑶一点都不傻，她也有自己独立的思维，我搞不懂为什么她总是在回避呢？是不是还有其他的事？"

禾丰帮我分析道："会不会是这种情况？顾瑶现在还没有能力跟顾明发

翻脸,所以她在隐忍着什么。她不想和你聊这些,是因为她不想为目前做不到的事烦心?”

我深深吸了口气说:“我不知道,我甚至不知道要怎么跟你形容顾瑶这个人。我们被困在六库到丙中洛途中时,有一天晚上我和顾瑶睡在一个车里,我清楚地记得顾瑶跟我说过她有过一次恋爱,不成功的恋爱。但是桃子却告诉我,顾瑶从未恋爱过,后来顾瑶自己也说,她没有恋爱经验。”

禾丰笑道:“女孩子的话啊,听一半就行了,或许她认为失败的恋爱就不算恋爱呗,你都一个离过婚的人了,还纠结女孩子说这些?”

我苦笑着端起酒杯说:“的确,顾瑶说什么就是什么吧。恋爱过也不能说明什么,你最近怎么样?”

“在外企工作最大的好处就是上下班时间很明确,几乎不加班,到下班时候老外领导就赶我们走,还说加班是不人道的,下班之后我还是自己编程,对了……我最快两天内把一套新的密保程序给你拿去用。”

我拿起酒杯跟禾丰碰了一下说:“客气的话不说了,干杯。”

喝光了杯中酒之后,禾丰突然问道:“你爸妈知道你离婚跟顾瑶在一起的事吗?”

我点头。

禾丰又问:“他们也知道杨曼怀孕的事了?”

我继续点头。

禾丰这次更加好奇了,说:“你和杨曼这么多年都没孩子,你爸妈都急死了,现在这种情况,他们是怎么想的?对你有什么要求吗?还有,在这件事上,你要是做得不对,他们也会挺难应付的吧?”

我笑着说:“说真的,我爸妈在这件事上的态度我还能接受,他们一直强调让我负责,负自己应该承担的责任,我觉得这个要求没毛病,作为一个男人,的确要承担起自己的责任。我给顾瑶编造了一个假身份,去骗我爸妈,他们原本很介意顾瑶的条件,但是见到顾瑶之后,很喜欢顾瑶,也算是认可了我和顾瑶在一起。即便是这样,他们仍旧强调,如果杨曼肚里的孩子是我的,我必须承担起一个父亲的责任。”

禾丰竖起大拇指说:“我赞同你爸妈说的话,没毛病。假设杨曼肚子里的孩子是你的,你打算怎么负这个责任?和杨曼争夺孩子的抚养权吗?”

chapter 43
电视剧思维

我苦笑道："跟杨曼争夺孩子的抚养权，这种事可能是老方和我妈想要看到的吧，他们这些年想要孙子已经快想疯了，这些年杨曼也是同样希望有个孩子，现在孩子有了，她不知道有多高兴呢。关于孩子的抚养权这件事，我想都没想过，即便是我知道老方和我妈的意思，我也不会顺着他们来，除非杨曼主动把孩子的抚养权让给我。"

禾丰轻叹道："你和杨曼啊……我真没法说了，孩子无论是失去母爱还是父爱都是不完整的，一直以来我都不希望你和杨曼走到这一步，但最后你们还是走到这一步了，真不知道是为了什么。"

我摸着下巴琢磨道："其实我也不知道。自从离婚之后，杨曼跟于凤琴对我的态度转变很大，尤其是于凤琴，她甚至会为我们离婚掉眼泪，让我感觉像有什么隐情，明明是杨曼亲自承认和薛磊出轨，还有什么好演的？"

禾丰脑洞大开地问道："会不会杨曼被薛磊威胁的？薛磊那人你又不是不知道，一个十足的小人，为达目的不择手段，什么卑鄙的事都能做得出来。"

我突然就笑了，看着禾丰问道："你当我的人生是港台剧啊？还被威胁？杨曼有什么能被威胁的？换位思考，薛磊能拿什么威胁杨曼？他哪来的本事？"

禾丰想了想说："好吧，算我想多了，我是多么希望你能和杨曼在一起啊，咱们认识都这么多年了，每次我老婆说起来这个事都替你们觉得惋惜，上次我把你们离婚的过程跟我老婆说了之后，她都不敢相信这是真的。"

我沉默了，我也不愿意相信这是真的，可是这个世界上有很多事就是那么不可思议，我能理解禾丰这种“脑洞大开”，是因为他一直都希望我和杨曼能有一个家，尤其是现在最想要的孩子都有了，他没办法理解现在的我们。

这个夜，我迷茫了，回到家把桃子买的那些肉肉浇了水，坐在沙发上盯着它们，这一刻我倒是有些羡慕这些肉肉，如果人生可以像它们一样，安静地生长，热情地繁茂，享受着阳光和雨露，没有那么多的烦恼该多好啊！

我拿起手机把这几盆肉肉拍了张照片，发给了桃子，然后骄傲地告诉桃子：我给它们浇水了。

浇水，我仿佛做了一件多么伟大的事拿来跟桃子炫耀。

桃子回复了我一个捂嘴偷笑的表情：一周浇一次就行，浇多了，它们也会不喜欢的。

切……养个植物还有那么多说道，我顿时觉得无趣，回到卧室准备睡觉。

闹钟设置了早上五点的，临睡之前我还给顾瑶发了一条信息，告诉她五点半准时到她家门口来接她。

顾瑶回了我一个开心的表情，相互说了晚安之后各自睡去。

这个夜里我做了一个很奇怪而又绵延的梦，梦中有个白白胖胖的小宝宝一直在跟着我，他（她）努力想要拉着我的手，要让我保护他（她），他（她）告诉我有大怪兽……

这个太过逼真的梦让我没办法继续入睡，四点半就起床出门去接顾瑶。

我把车开到顾瑶家别墅外，给顾瑶发了一条信息，告诉她我已经到了，发信息的时候我是在想顾瑶睡醒看到后知道我到了就行，没想到信息发出去之后，顾瑶就回复了我，告诉我马上出来。

我特别意外，现在也才五点零六分而已，我是计划五点半接到顾瑶，六点钟接到老方和我妈的，没想到她竟然这么早起床。

三分钟之后，已经穿戴整齐打扮好的顾瑶从别墅的院子里走了出来，坐上了副驾驶的位置。

我看着顾瑶问：“你怎么这么早？”

“嗯？”顾瑶问，“早吗？时间不是差不多吗？”

“我以为你这个时候最多就是刚刚睡醒，我还打算在这等你半小时呢。”

顾瑶翻下来副驾驶的化妆镜，对着镜子涂抹着粉底，一边涂抹一边说：“我没化妆。”

“化妆?”我很好奇地问，“你平时不是也不化妆吗?”

顾瑶一边涂抹着粉底一边说：“也是要化的，只不过比较淡而已，我可以把你这话理解为是在夸我天生丽质吗?”

“……那你就这么理解吧，我开车啦?”

“等一下，我涂一下口红。”说着，顾瑶把口红拿出来给我看，问：“你觉得这个颜色怎么样？会不会太张扬了?”

我撇撇嘴说：“颜色不重要，重要的是味道好就行。”

“味道?”顾瑶一脸不解地问，“口红味道很重要?”

然后我就一本正经地说：“我比较喜欢水果味的，吃起来能让我联想到多汁的水果。”

顾瑶突然就明白是什么意思了，主动凑过来亲了一下，然后对我说：“今天没事我就研究研究水果味的口红。”

讲真啊，即便是没有水果味的口红，享受顾瑶的亲吻仍旧是很幸福的一件事，她的身上总是带着清淡的体香，让人恋恋不绝，顾瑶涂完口红之后，我启动车子去接老方和我妈。

在路上，顾瑶从包里拿出了一个首饰盒，对我说：“我给妈准备了一只玉手镯，你看这绿的还不错吧?”

我看了一眼问：“这个镯子太贵重了，没有个六位数买不下来吧?”

“这镯子是五年前我叔叔在我生日的时候送给我的，当时好像是十八万买的，我的手腕比较细，就一直放着了，我见阿姨的手腕刚好适合，就送给她吧。”

“这太贵重了，她不会要的。”

顾瑶十分有自信地说：“你别告诉她实际价格就行了，我会想办法让她接受的。”

chapter 44
顾瑶的礼物

五点四十分，我和顾瑶来到了杨曼家的小区门口，我给老方打了个电话，告诉他我已经到了。老方在电话里让我稍等，他马上出来。

大概过了五分钟，小区门口出现了他们的身影。我推开车门下车，顾瑶也从副驾驶这边下车，尴尬的一幕出现了。

老方和我妈的身边还跟着于凤琴和杨曼，不远处竟然杨开福也在，而站在我身边的顾瑶突然有些不知所措，尤其是面对杨曼一家人的时候，她本能地站在了我身边靠后一点的位置。

老方也觉得挺尴尬的，对杨开福说："老杨，别送了，你们也快点上去休息吧。"

杨开福面不改色地向老方伸出手说："亲家实在对不起，这些天太忙了，昨天下午匆匆赶回来，就陪你们吃了一顿饭你们就要走了，下次来的时候提前打个招呼，我一定在咱家等你。"

老方拍着杨开福的肩膀说："下次，下次一定提前联系。"

杨曼看到了我身边的顾瑶后，就再也没看我一眼，她也没有跟顾瑶打招呼，这一刻两个人之间的"差距"有点大。杨曼穿着居家服，没有化妆甚至头发都没有梳理一下，而我身边的顾瑶穿着得体的衣服，脸上画着淡妆，无疑是女孩子最精致的一面，堪称完美。

于凤琴见自己的女儿和我现任的女朋友在这一刻是没法比的，她就对杨曼说："曼曼，上去休息吧，别着凉了。"

我妈也对杨曼说："孩子上去吧，保重身体，我已经把你预约产检的日子都记下来了,我会提前通知方旭陪你去的,放心。”

我真不知道我妈在这个时候当着顾瑶的面对杨曼说这些是什么意思,反正我是挺不高兴的,低声对身边的顾瑶说:“你先上车吧,我帮他们把行李装车就出发了。”

顾瑶抿着嘴点头,脸上有点小委屈。

为了照顾顾瑶的感受,我亲自帮她开了副驾驶的车门,这一切都在杨曼一家人的注视下完成。

顾瑶上车之后,我站在我妈身边对于凤琴说:“这些天麻烦你们了,谢谢你们对我爸妈的照顾。”

于凤琴没说话,倒是杨开福接了话茬,对我说:“方旭啊,送完你爸妈后联系我一下吧,我有话想要跟你说。”

“好。”我对杨开福说,“我晚点联系你,杨曼怀孕了,你们早点上楼吧。”

杨曼和我爸妈道别:“爸妈,你们慢点,到家了发个信息。”

我妈心疼地看着杨曼说:“曼曼上去吧,过些日子我们再来看你。”

双方“依依不舍”地道别,我和老方将行李箱放在车的后备箱后,一起上了车。

我对刚刚我妈说的话特别的不满意,大家都是成年人,又不是小孩子,至于吗?

上车之后,顾瑶坐在副驾驶的位置再扭过身和坐在后排的我妈聊天,看到我和老方上车,顾瑶又主动和老方打招呼。

而我是真的不太高兴了。启动车子倒车,正准备走的时候,杨曼挥手好像示意我停车,她似乎有什么话要说,但当时我是真的心情不好,同时也在考虑顾瑶的感受,直接假装没看到,倒车之后直接跑了。

我以为杨曼会打电话叫停我们,但并没有。

上了二环高架,顾瑶感觉到我有些不高兴,但是她不知道我为什么不高兴,就主动问我:“叔叔阿姨都要回去了,你怎么不陪他们聊聊天呢?”

我不带任何语气地嘟囔道:“有什么好聊的?”

这一句话把顾瑶整得特别尴尬,她讪笑着向我爸妈解释道:“方旭今天起床太早了,他有点低血糖,所以情绪不太好。”

我妈生我养我那么多年,怎么会看不透我在想什么?面对顾瑶的安抚,她也只是尴尬地笑了笑。

顾瑶从包里拿出那个首饰盒,递给我妈说:“阿姨,第一次见面也不知道送您什么礼物好,这个是我去年在西双版纳景区看到的,觉得还挺好看的,就买下来了,我的手腕有点细戴不进去,就送给您吧。”

我妈接过首饰盒问道:“这是什么啊?镯子?”

她问这些的时候,就已经打开了首饰盒,看到了里面翠绿的镯子惊讶地问:“这是在景区买的?肯定花了不少钱吧?”

顾瑶微笑说:“阿姨,景区的东西哪有真的啊,没多少钱,就是看着好看。”

我听不下去了,对我妈说:“你以前不是说假的东西不如不戴吗?你快别要,还给顾瑶。”

顾瑶狠狠地瞪了我一眼,她很清楚我说这话,是因为镯子价值太高,不让我妈收。

而我这么说也是在做另外一种试探,如果我妈对顾瑶没有好感,以她的性格,她肯定会拒绝顾瑶送的礼物。如果我妈收下,那就是她在顾及顾瑶的面子,不想让她太尴尬。

老方在一边说:“人家孩子把很喜欢的镯子拿出来送给你,你又看不上这些东西,快点还给人家吧。咱儿子不是给你买过很多类似的东西,你还戴不过来啊。”

说完之后,老方对顾瑶说:“孩子,心意你阿姨领了,这东西还是收起来吧。”

当时别提气氛有多尴尬了,顾瑶的脸上写满了委屈,我甚至有点后悔刚刚说那些话了。而这一刻,我更加觉得老方有些过分了,心里也更心疼顾瑶了。

但这件事的主角是我妈,毕竟这东西不是送给老方的,老方说什么,只能代表他对顾瑶的态度,我也看出来老方仍旧对顾瑶的“家庭出身”不是很满意，在他眼里，我的另一半一定是能让我们家“借光”的，而不是找一个负担回来。

我把右手伸过中控台，握着顾瑶的左手，以此来安慰顾瑶，我们俩都在等着我妈说话呢，毕竟镯子在她手里，她是主角。

chapter 45
早 餐

就在我和顾瑶的手十指紧扣的时候，我妈开口了，她一脸厌恶地对老方说：“瑶瑶送我的镯子，哪轮得到你帮我拒绝？别说这镯子是在景区买的，就是在地摊买的玻璃，我也喜欢。”

我妈又对顾瑶说：“瑶瑶，阿姨谢谢你的礼物，真的很漂亮，阿姨很喜欢。”

我终于松了一口气，不管我妈是出于什么样的目的收下了这个镯子，至少给足了顾瑶面子，让现在的气氛也没有那么尴尬了，而顾瑶也轻松了许多，她微笑着对我妈说：“阿姨你喜欢就好，我还担心你嫌弃呢。”

“不嫌弃，不嫌弃，这么好看的镯子，怎么会嫌弃呢？阿姨这次来没有给你带礼物，等我回家亲自去买一些牛肉，给你做牛肉干。阿姨做的牛肉干特别好吃，方旭从小就爱吃。”

我低声说：“那是小时候家里穷，牛肉干就是最奢侈的零食了。”

老方见我妈收下了镯子，就开始闷闷不乐了，一直到机场都没说话。原本我还想着把车停在停车场，然后陪着他们俩去办登机牌，再把他们送到安检口。但老方这态度让我难以接受，索性把车开到了出发层，让他们下车自己去忙乎吧。

离开机场，顾瑶疲惫地坐在副驾驶上瞌睡了起来，我怕会吵醒她，将车速开得很低，一路晃晃悠悠地回了市区，在经过收费站的时候，顾瑶醒了。

她揉着眼睛对我说：“送我去上班吧。”

“看你这么累，要不回去休息一下吧？”

“不行啊，我安排了今天早上的部门会议，不能迟到。”

我讲不过顾瑶，只能顺从她的意思，把她送到了假日酒店。顾瑶临下车的时候还亲了我一下，我看着她一步步走进酒店大堂，突然想起来什么。

于是我推开车门下车，一路小跑去附近的早餐铺给顾瑶买了黑米粥和茶叶蛋，还顺带给自己买了一碗豆浆。

提着这些东西重新回到顾瑶的办公室，她正在忙碌地整理开会要用的资料，看到我提着这些东西回来，无比惊讶地问道：“你怎么会买这些给我送回来呢？”

“因为我知道你没吃早饭，快点把茶叶蛋和粥喝了。”

顾瑶抬起手腕看了看手表，急急忙忙地说：“我来不及吃东西了，开会时间就要到了，你吃好不好？”

“你忙你的，我来帮你剥鸡蛋。”

顾瑶以为我在开玩笑，也没在意我说的，或许是因为太忙了，她又在电脑上复制一些文件到U盘里面。

我把剥掉皮的鸡蛋白送到顾瑶嘴边，哄着她说：“张嘴。”

顾瑶真的乖乖张开了嘴，任由我把鸡蛋白送到她嘴里。顾瑶的眼睛虽然在盯着电脑屏幕，但脸上浮现出很幸福的表情。

我又把装粥的一次性塑料碗的封膜打开，用塑料小勺子把粥挖出来，感觉到粥的温度还是有点高，我又细心地放在嘴边吹了吹，才喂顾瑶吃。

这一次顾瑶的眼睛没有在盯着电脑屏幕了，而是带着满满的幸福感在看着我，傻傻地问道：“你干吗对我这么好？”

“有吗？”我轻声说，“我不就是喂了你嘛，这就感动了？”

顾瑶很满足地说：“感觉你好像把我当成个小孩子一样照顾，这种感觉很美好。”

我又用勺子挖了一勺粥，放在嘴边轻轻吹着，顾瑶满眼期待地看着我手里那勺粥，就在这时，办公室门被毫无征兆地推开了，顾斓出现在门口，一脸惊讶地说：“哎呀，我是不是进来的不是时候？竟然让我看到了这一幕，真是太打击人了。”

顾瑶竟然害羞了，对顾斓说：“稍等一下啊，我再下载一点客户资料，很快就好了。”

顾斓来到顾瑶的写字台前面坐下来，趴在写字台上委屈地说：“我也饿着肚子呢，我也想吃，怎么办呢？”

我拿起桌面的还没开封的豆浆递给顾斓说：“这杯豆浆，你喜欢喝吗？喜欢喝就拿去喝吧。”

顾斓很高兴地接了过去，对我说：“谢谢旭哥，我现在知道姐为什么会喜欢你了，要是有个人愿意把我当小孩子一样照顾着，我也喜欢。”

顾斓的一句玩笑话，把顾瑶说得有些不好意思了，她向我伸出手说：“我自己喝吧，你不是也要去公司忙了吗？”

我把粥碗给了顾瑶，对顾瑶说：“订了一台服务器，今天下午应该送到了，我争取早点搞定，晚上过来接你一起吃饭。”

“嗯嗯，那我等你电话。”

顾斓趴在顾瑶的桌子上，嘴里叼着豆浆的吸管，特别委屈地说：“告诉我，你们俩不是故意给我撒狗粮的，告诉我，你们不是故意的。”

我和顾瑶都忍不住笑起来！看得出来，顾瑶和顾斓的关系非常好，这两姐妹根本不像是堂兄妹，更像是亲姐妹一样。

这一刻我似乎好像有点能猜得到，为什么顾瑶不愿意破坏自己跟顾明发的关系。

但是家家有本难念的经，顾明发会顾及亲情不去对顾瑶和她父亲的股份下手吗？这我就真的不敢确定了。这些年我见多了为利益放弃亲情友情的人，我的直觉告诉我顾明发真就是这种人，曾经我也向顾瑶委婉地说过，顾瑶的态度也明确表示她不想去面对这样的事实。

总之，这件事现在是我无法左右的，我只能暗中帮着顾瑶提防着顾明发，这套客户管理程序的后台不能放在假日酒店的机房了，必须转移！

chapter 46
顾瑶的守护者

我从假日酒店走出来到停车场,坐在顾瑶的车上,想起杨开福今天早上跟我说的话,他说要跟我单独聊聊,其实我是挺反感的。和杨曼结婚这么多年,我都不太愿意跟杨开福交流。他对我和杨曼聊天都是用那种“领导命令下属”的语气在交流,任何事都带着一种“强制执行”的感觉。

这一点让我很难接受,一家人吃饭聊天都能搞出办公室开会的感觉。

当领导……曾经我还是个公司的领导呢,我对下属说话也没他这种官腔啊!

想到这些,我就更不想跟杨开福见面了,正好今天我也要忙,索性就把这件事忘了,开着车直接去了写字楼。

差不多十一点,我妈给我发了一条信息,告诉我她和老方已经到北京了,在北京机场中转。

我拿着手机给我妈打了电话。

电话接通后,我带着抱怨的语气对我妈说:“你没事能不能教育教育老方?今天早上你看他说的是什么话?顾瑶送个镯子就算是假的,他也不能说出这样的话吧?我知道他介意顾瑶的家庭,觉得顾瑶会成为我的拖累,在他眼里,顾瑶不是个完美的儿媳妇,但是他那种态度,合适吗?还有你,当着顾瑶的面不要总提我和杨曼之间的事行不行?她肚里是有个孩子,我也会尽到当父亲的责任,但是你总用这些话来刺激顾瑶干什么?顾瑶惹你们了?”

我妈自知理亏,向我解释道:“儿子,你听我说,妈不是故意刺激顾瑶,我是想着用这些话暗示顾瑶你还有个未出世的孩子,让她知道你的责任,有些事是要潜移默化让人接受的。”

“我觉得这件事你和老方做得太差劲了，尤其是老方，顾瑶送你镯子他竟然嫌弃，好在当时你没有拒绝，你要说是拒绝，你们就太打你们儿子的脸了。我实话告诉你，顾瑶送你的那个镯子价值很高，根本不是什么旅游景区买的，你好好收着。”

“什么？”我妈当时就不淡定了。“你说什么？你没骗我吧？我怎么好意思要人家这么贵的东西，何况我还什么都没有给她准备，你怎么不早告诉我呢？还跟着顾瑶一起撒谎？”

“我都懒得说你跟老方，成天想着找个有钱或有关系的好儿媳妇，你们也不看看你儿子是什么条件，公司破产不说，前妻还怀孕，这孩子要真是我的，我就等于带了个拖油瓶，条件好的姑娘谁愿意找我这样的老公？”

我妈语重心长地安慰我道：“儿子，事业失败都是暂时的，杨曼也都和我说了，妈相信你能东山再起，这只是时间问题。这个手镯太贵重了，妈不能收啊，等我回到家就用顺丰快递给你。”说到这，她轻叹道：“你看顾瑶这孩子，自己家条件都那样了，还送我这么贵重的东西，她是真的看好你，你要是喜欢她，就别辜负了她。我虽然和顾瑶接触不多，但是那一顿饭足以让我看出来顾瑶是个好姑娘。我在杨曼那住了这么多天，也看出来杨曼和她们全家都希望你们能复婚，这事妈不干涉你，你愿意怎么选是你自己的事。”

我妈在这个时候能认可顾瑶，能说不干涉我的选择，我挺高兴的，至少她现在是愿意接受“假身份”的顾瑶。

我深深吸了口气，拿着电话说：“实话告诉你吧，顾瑶的家庭条件是你们想不到的，我接你们去机场的这辆车都是顾瑶的。和你吃饭那天，顾瑶是故意穿得很简单，也是我的意思，顾瑶的家庭条件都是我瞎编的，她家是开酒店的，而且很大，那个镯子你先收着，别发快递，发丢了怪可惜的，等我有空带顾瑶回来看你们。”

我妈震惊地问：“你干吗用顾瑶的假身份忽悠我们？”

我很无奈地说：“你就当我脑子抽筋了吧，总之，老方太给我丢人了，不说了，我还要忙。”

我妈难以压制内心的喜悦，在电话那边说："这孩子，真是……"

后面的话我都没听就把电话给挂了，从她说话的语气我就能猜到她此时此刻的表情，我是真的很讨厌她们这副嘴脸。

突然发现，我好像在情不自禁地维护着顾瑶，充当顾瑶的"守护者"，看不惯一切对顾瑶不好的人或事。

这是喜欢一个人的具体表现吗？

这好像不是"喜欢"，而是"爱"。

这一刻我想起了家里的那盆肉肉，就是被我拍照后情不自禁发给顾瑶的那一盆，原来爱上一个人，是从分享生活中的小事开始的……细腻，绵延！

下午三点，顺丰快递把我网上订的服务器送到了，曾经的公司有几十台服务器，可见我们当时的业务有多大，还专门有一个房间是放服务器的，现在只有这一台服务器了，也不用找单独的房间存放，索性就摆在我的办公室。

检查调试后，确定这东西没问题，我在京东确认收货，没想到下一秒手机就响了，是服务器销售商亲自打过来的。我当时看到陌生的号码还想着拒接，因为提示是推销电话。

电话接通后，对方自我介绍是服务器发货商，友善地提醒我服务器的日常使用注意事项，他还把我当成新人小白在叮嘱呢。

虽然我不需要他提醒我这些，但是厂商打来的电话，还是让我很暖心，谢过之后我们还相互添加了微信。

脑海中突然有了一些启发，"售后服务"一定要在发生问题之后才提供吗？为什么我们不能把"售后服务"由被动变成主动呢？

汽车厂商都能主动召回一些有缺陷的车型更换零部件，那这种守候方式，放在我们公司或放在酒店行业，是否也能达到意外的效果呢？

想到这些，我迫不及待地拿起手机找到顾瑶的电话拨了过去，我脑海中有一大堆灵感想要和她分享！

chapter 47
名叫武丽萍的女人

电话那边，顾瑶似乎是在跟别人交流，因为我听到电话被接听后，她对身边的人客气地说：不好意思，我先接个电话。说完这句，她才轻轻地“喂”了一声。

“在忙？如果你忙的话，我晚点再打过来。”

“高峰从上海回来带了一些蝴蝶酥，刚刚拿过来给我和顾斓，这会儿正在办公室喝茶呢。”

“噢！”我应了一声说，“那你们先聊，我没什么重要的事。晚上我来接你，一起吃晚饭吧。”

顾瑶很报歉地说：“改天吧，今天晚上高峰预定了吃饭的地方，请我和顾斓一起过去，你要不要过来？一起吃个晚饭你再送我回去。”

我拒绝得十分彻底，拿着电话对顾瑶说：“吃饭我就不过去了，你们吃吧。我刚刚收到了一点关于售后服务的启发，我整理成文档发给你，希望对你有用。”

顾瑶开心地说：“谢谢，那我等你发过来给我。”

我和顾瑶结束通话后，就开始把自己的想法整理成文字，关于酒店如何做好售后服务，我首先把自己设定为酒店的客人，幻想自己需要酒店提供什么样的售后服务。

首先，在离店之后如果酒店能给我打一个关于消费感受回访的电话，我会很意外，同时也愿意简单地聊几句感受。打电话要有一定的技巧，如果发现客人不是很方便接电话，趁早结束通话。

如果客人对酒店服务评价不好，或者是认为哪里需要改进，马上把这些记录下来，当再次接到客人订单的时候，一定安排客服部门马上打电话给顾客，告诉客人预定的房间已按照上次回访电话中客人的建议去布置了，这看似是一件小事，但实际上挺暖心的。

类似这样的小案例，我列举了好几个整理在文档中，希望这些简单的文字能给顾瑶一些启发。

整理完这些，已经是下午四点多了，我又把服务器调试好，将客户管理程序上传到服务器，原本局域网的东西被彻底放在了网上，假日酒店的客服可通过浏览器进入网络查找想要的资料。

其实这么做反而增加了风险，但这种风险是我能控制的，总比放在假日酒店自己的机房要安全得多。

晚上八点半，我饿着肚子最后一个离开了公司，楼下的快餐店都开始打扫卫生了，何静发微信提醒我公司账户上的流动资金不是很多。

我坐在幸福广场的长椅上点了根烟，又开始为钱烦愁。

成年人的世界，真的没有轻松可言，每一步都很难。

当初如果我能有禾丰一样的心态，去找一家公司工作，早九晚五拿着两三万的薪水也不是多难，然而膨胀过的我，根本就看不上这两三万的薪水。

而曾经，那不过是一单生意的事，仅此而已。

我拿着手机想要给顾瑶打个电话，但是想到她此时可能带着顾斓在跟高峰一起吃饭，我就打消了这个念头，开着车来到禾丰家小区附近，叫禾丰出来陪我吃个饭，主要是想聊聊天。

在禾丰面前，我承认现在自己挺难的，公司虽然有点点起步，看似很风光很体面，实际上就是个空壳子，真的太难了。

禾丰给我倒了杯啤酒，然后把一张名片递给了我。

我愣住了，看着禾丰问道："这是谁的名片？干吗的？"

禾丰小声说："这个名片的主人叫武丽萍，说这个名字你可能不认识，但你一定听过拉菲……"

"废话！"我打断禾丰的话说，"有几个不知道拉菲的？拉菲和她有什么关系？”

禾丰不急不慢地说：“这些全都是法国排名前十的红酒品牌，而这个武丽萍是云南省最大的采购商，她的红酒全都是在法国当地采购运回国内。如果说一个人成为红酒品牌的代理并不难，难的是同时销售所有的红酒，而且是相互存在竞争的牌子，我这么说，你能理解这个武丽萍有多厉害了吧？”

禾丰说到这的时候，我就已经意识到这个武丽萍不简单了。

禾丰继续说：“武丽萍找我现在的公司合作，她的需求是给自己的公司做一个独立的APP，APP内可以浏览她手上全部的红酒，给客户提供下单的功能，同时后台看得到库存等等，放在早些年，就是做一个网站的事，现在大家都用小程序了，所以你懂的。”

我拿着名片看着禾丰问道：“你是把你们公司的客户资源给了我，你这么做……”

“嘘——”禾丰把手指放在唇边，小声说，“你说的什么我不知道，你这名片哪来的我也不清楚。”说到这，禾丰又想起来了什么，自言自语道：“做进口酒水的人不差钱。”

我把武丽萍的名片拿起来放在了兜里，端起面前的啤酒杯示意了一下，“兄弟，谢啦。”

禾丰笑了笑，没有再聊这件事，我们俩在这件事上算是心照不宣了。

因为兴奋，多喝了几杯酒，告别的时候我还打算自己开车回去，但禾丰用自己的手机给我叫了一个代驾，我觉得他多此一举，我喝多少我心里有数，要真的是喝多了，我也不可能自己开车。

但是禾丰坚持，最后我不得不妥协，让代驾开着车，我自己坐在了副驾驶的位置上。在回去的路上我一直在思考，做事一直都很有原则的禾丰，竟然主动把公司的潜在客户信息给了我，他这是变得不单纯了，还是对我的现状实在看不下去了？

我现在有多难，只有禾丰最清楚，看似风光的背后全都是压力，我掏出武丽萍的名片，把她的手机号保存在了手机里，又尝试着用手机号搜索微信，竟然真的搜到了她的微信……

chapter 48
草 率 了

我虽然搜到了武丽萍的微信，但是我并没有贸然去添加她，首先，我不知道这种方式添加对方会不会同意，另外我还是觉得得到对方的允许后添加，是一种比较礼貌的行为。

晚上临睡的时候，顾瑶给我发了一条信息，告诉我她已经回家了，问我在干吗。

我和顾瑶闲聊了几句，就各自说晚安准备休息了，顾瑶是不是真的休息我不清楚，反正我是开始为明天做准备了，在网上开始搜索武丽萍的一切资料。

资料显示，武丽萍的年龄跟我妈小不了几岁，二十年前她离婚之后，带着女儿武悦独自生活。也就是从那时候开始，武丽萍把女儿改了姓，自己也开始创业，专做法国进口红酒。

她的红酒是直接在法国的酒庄、酒厂采购，然后办理进口手续转运到国内，主攻云南市场，因为红酒品牌齐全，高中低档几乎都涵盖了，很多酒吧都是从她的外贸公司进货。这些年下来，武丽萍的公司已经做到一定规模了，口碑也特别好，由曾经的零售直接转战到批发，越做越大。

现在武丽萍的需求是把自己所有的产品放在APP里面，让客户通过APP看酒水的介绍和价格。

这些是我初步查到的相关资料，具体怎么样，还要见了面才能详谈。

次日清晨，我早早起床把自己打扮了一番，穿上得体的衣服，来到武丽萍的公司登门拜访。

这种亲自上门推销的事，我已经有好几年没干过了，现在不亲自干也不行了，落魄的小老板别无选择，我要是再不自己干这些，下个月的工资我都拿不出来。

我来到公司拜访武丽萍，前台的接待问我是否有预约，我尴尬地说：“对不起，我没有预约，我是朋友介绍过来的，麻烦您和武总说一下好吗？”

前台的女孩抬起眼皮看了我一眼，表现出了一丝冷漠，不过她还是允许了我的请求，对我说：“你在这里等一下吧。”

说完，她拿起了内线电话：武总您好，门口来了一个自称是朋友介绍的人要来见您，您现在方便吗？

“……”

“好的。”接待的女孩捂着电话问，“武总问你有什么事？”

我急忙说：“关于软件程序的事，我知道她的需求。”

女孩又把我的话转达，过了片刻后放下电话对我说：“你跟我来吧。”

我跟在她身后，走过公司的格子间办公区后来到了武丽萍的办公室外，办公室门上赫然写着“总经理”三个字。她敲门，得到允许之后推开门，对里面的武丽萍说：“武总，人带到了。”

武丽萍微微点头说：“你去忙，让他进来吧。”

我没想到这么顺利地就见到了武丽萍，武丽萍和我想象中的相差挺大的，至少她的脸上根本看不出已经是一个五十多岁的人了。她坐在写字台里面看着我说：“请坐，怎么称呼您？您是哪家公司的？”

我掏出自己的名片递上去，同时介绍道：“武总您好，我是飞宇科技网络服务有限公司的，这是我的名片，方旭。”

武丽萍接过我递给她的名片，皱眉问道：“飞宇科技……我怎么一点印象都没有呢？”

我急忙说：“武总您好，有没有印象这不重要，重要的是我能满足你现在的需求，我们完全有能力做好一款你需要的APP。”

“等等！”武丽萍打断我的话说，“这件事我只和博德科技的韩总提过，你是怎么知道的？难道韩东霖主动告诉你的？这不太可能吧？韩东霖这人看钱看得比什么都重,他怎么可能把自己的利润分出来给别人?”

韩东霖是博德科技中国区的负责人,也是禾丰现在的老板。

此时我有点后悔了,如果武丽萍把我登门要做APP这件事告诉韩东霖,韩东霖肯定是要调查,调查到禾丰将自己公司的项目资源推荐给我,那等待禾丰的……

我不敢想下去,或者说我不忍心想下去,我觉得自己有点对不起禾丰了,昨天晚上我就应该想到这些,应该主动多问几句的。

武丽萍皱眉看着我问道:“方总,麻烦您解释一下,您是如何知道我要做APP这件事的?”

我尴尬地讪笑了两声,然后故作神秘地说:“武总您看,我是做网络科技的……现在是个信息化时代,如果我连潜在客户在什么地方我都嗅不到,我还好意思说自己是做互联网信息科技的吗?”

武丽萍一点都不傻,而且思路特别清晰地说:“你这是在规避我的提问,是不方便说还是怎么回事?”

此时我已经暗暗告诫自己,哪怕是这生意谈不成,我也不可能出卖禾丰的,所以我坚持打马虎眼道:“武总是这样的,我认为我怎么得到信息对于您来说并不重要,重要的是我能把您想要的东西做好,拿到您面前保证让您满意,这才是最重要的,您觉得呢?”

武丽萍摇头说:“我没听过你的名字,也没听过你这家公司的名字,我更不知道你是从哪得知我的需求,我对你一无所知,为什么要把这么重要的事托付给你做呢?现在问你最基本的问题,你都不愿意回答,我又凭什么相信你不是个骗子呢?”

我信誓旦旦地说:“武总,我的公司就在官渡区,你可以在工商部门查,最简单的,打开手机天眼查你都能查得到我,我就是公司法人……”

武丽萍再次打断我的话说:“你走吧,我不会跟你合作的。”

我苦苦祈求道:“武总给我个机会行吗?您可以告诉我您的大概预算,然后我一分钱定金都不收,等我把您想要的程序写好,想要的APP做好,你再付款行不?我这么说,您还有什么疑虑?”

武丽萍的态度已经开始变得不好，她再次开口道："请你不要说了，马上离开我的办公室，我也不想再见到你。你现在不走，我就让保安来请你走。"

chapter 49
杨开福找我

我承认，我是被武丽萍赶出来的，她甚至都没给我一个尝试的机会，对于这样的结果完全是我没预料到的，要怪就怪曾经的自己太顺风顺水了，没遇见什么挫折，现如今被拒绝一次，都觉得难受。

手机响起，杨开福的名字显示在上面，我想起来昨天他说过要和我谈谈的，却被我无视了，现在他的电话再次打过来，我仍旧有挂断的冲动，但理性让我还是接听了，出于礼貌，抑或是其他原因吧。

电话里面的杨开福说："今天方便吗？我们一起吃个午饭吧。"

我看了看手上的腕表，问道："去哪里吃？我过来找你。"

杨开福平静地说："你要是不介意就回家吃来吧，当然，如果你想要在外面吃也行，地点你选。"

我没有任何犹豫地说："在外面吃吧，幸福广场附近有很多吃的，我过去等你。"

"好，那一会儿见。"

即便是我很不情愿，我还是要跟杨开福见面吃饭。我提前到荣盛园找了个卡座，这里最多可以容纳四个人，我不知道杨开福是自己来还是带着一家人来，就算是一家人，这个卡座也能满足了。

但让我意外的是，杨开福是一个人过来的，两个多月的时间，杨开福苍老了许多，和之前的他完全不同。见面之后我把菜单给了杨开福，让他来点餐。

我装作自己很忙的样子说："昨天和好几个客户见面，公司虽然是刚刚起步，但业务还是挺多的，所以没能联系您，抱歉。”

我承认，说这些话是有装的成分，让他认为当初跟杨曼演戏让我们离婚就是个错，让他后悔！我这种行为就是在报复，在发泄自己心里对他们一家人的憎恨。

杨开福讪笑着说：“忙点好，忙点好！忙起来才能说明有事做，有事做才能赚到钱。”

“是啊。男人要是没钱就会被人当成一事无成的小丑，别说陌生人看不起自己，就连自己的老婆都能跟别人跑了，网上有句话怎么说的来着？男人要是有钱，跟神都有缘，要是没钱啊，……走到哪都是个笑话。”

杨开福听出来我这话说得很不友好，而且是报复性地说给他听。平日里别人都是巴结着他，敢跟他用这种语气说话的人应该不多。而此时，他曾经的女婿——我！正在用这种语气“嘲讽”他、气他。这听起来更像一个笑话。

这时，服务员给我们送上来茶水和餐具，暂时打断了我们的聊天。在服务员给我们倒上了茶水离开之后，杨开福才开口说：“其实我早就想找你聊一聊了，关于你和曼曼离婚的事，并不是你看到的那样。”

“哪样？”我看着杨开福问，“你还要给我讲一个故事？编造一个借口？你这么做的目的是什么？因为杨曼怀孕？需要给孩子找个父亲？”

杨开福应该是被我气到了，但他还是挺能忍的，故作平静地说：“今天我找你也就是想跟你说一下这件事，我以一个父亲的名义向你担保，曼曼和你离婚是被逼无奈，她为了这个家付出得太多太多了，她没有出轨，她肚子里的孩子就是你的，如果可以……”

我打断杨开福的话说：“复婚的事就不要说了，咱们都是男人，换位思考下，我在民政局门口经历的那些放在你身上，你会怎么样？”

服务员端着菜从远处走过来，杨开福没有着急跟我解释什么，而是等服务员把菜都上齐了之后，继续说：“我知道这件事对你的伤害很大，如果你要怪曼曼，我也无话可说。她的确为了某些事牺牲了你们之间的感情，牺牲了你们的家庭，请你相信我，她真的是被逼无奈的。”

我深呼吸，打开啤酒给杨开福的杯子里面倒满，对杨开福说："都过去了，咱不提这些了，谁能永远活在回忆里呢？我敬您一杯，感谢您从丽江赶回来，陪我爸妈吃顿饭，给足了他们面子，感谢您。"

说着，我举起杯子和杨开福示意之后就喝光了杯中酒。

杨开福端起杯子对我说："我找你出来吃顿饭不是想要听你说这些感谢的话，我……"

我打断杨开福的话说："我干了，你随意。"

杨开福无奈，只好端起杯子喝光了里面的酒，然后放下杯子对我说："我今天找你出来就是想告诉你，曼曼肚里的孩子就是你们的，她没有出轨，一切都非她所愿。"

见我的神情有点松动，他继续说："原谅曼曼可以吗？作为杨曼的父亲和你未来孩子的外公，我真希望咱们一家人能重新在一起，给我一些时间，我会找机会把一切都给你解释清楚的。"

"打住！"我态度坚决地对杨开福说，"复婚这件事你就别提了，咱们好好吃顿饭，如果你让我对杨曼肚里的孩子尽一个当父亲的责任，该我承担的我一丝都不会推辞。无论是交给我抚养还是让我出抚养费我都接受，就是复婚这个事，你再提我现在就走。"

chapter 50
发展到哪了？

杨开福见我态度如此坚决，也算是明白了我对这件事是多么的忌讳，他的脸上写满了无奈与愧疚，但嘴上却没有再提复婚的事。我们俩相对沉默地吃了几口菜，其实谁吃得都不舒服。

放在嘴里的美味菜肴感觉就是嚼蜡一样，我不喜欢这个时候的气氛，杨开福也不喜欢，所以这顿饭吃得很尴尬。

几分钟之后，杨开福放下筷子端起了酒杯，对我说："方旭，我给你道歉，这杯酒我敬你，千言万语都在不言中了。我常年在丽江工作，没办法时时刻刻留在昆明照顾曼曼，如果你方便，还请你多照顾照顾曼曼吧，我知道你现在已经没有照顾她的义务了，但请你看在孩子的面上，拜托了。"

说完之后，杨开福爽快地仰脖喝光了杯中酒，喝完之后放下杯子起身就走，头都不带回一下的，我看着杨开福远去的背影，有点搞不懂这个男人，他在人前是那么风光，为什么此时此刻的背影又显得那么落寞无助呢？

我坐在餐桌边把这顿饭吃完，买了单后回到了公司，看到何静正在格子间办公区给几个新人做销售培训，我轻轻地推开了另一个办公室的门，陆涛正带着耳机盯着显示器写代码，神情专注到都没察觉出我进来了。

我也没打扰陆涛，后退一步关上门回到自己的办公室，又想到了今天见武丽萍的挫败感，真是让我十分的懊恼。禾丰出卖自己坚守的原则底线给我提供的商机，就这么给我弄没了，我无比懊恼地坐在椅子上望着天花板。

人前故作的坚强在这一刻灰飞烟灭，我脑海中只有一个想法，那就是"我要赚钱"，多么朴实无华的理想对不对？

下午两点,顺丰快递送过来一个次日达的到付件,我收到的时候给我惊呆了,保价二十万,已经达到了顺丰快递保价上限,而保价的费用是千分之五,这个快递我除了要支付二十四小时次日达的二百多块钱运费,还要支付一千块钱的保价费。

不用说,这里面就是我妈邮寄过来的手镯,我一层层的打开,单单是泡沫纸就裹了六层,足足有篮球那么大,最外面的盒子里还塞了泡沫。

顺丰小哥看到之后都震惊,对我说:“这包装得也未免有些太过了吧。”

我把手镯收了起来,支付了一千多块钱的运费,给了快递小哥一个无奈的微笑,快递小哥倒是很热情,主动要添加我好友,笑嘻嘻地对我说:“哥,你以后邮寄快递尽管找我,我保证不给你寄丢,尤其是贵重物品涉及保价的,我一定加倍重视。”

我摆摆手说:“谢谢兄弟,有需要我联系你。”

快递小哥临走的时候还不忘在门口和我道别,接了这么多年快递,这真是超级服务了。

临近下班的时候,顾瑶突然出现在我的办公室,这让我有些意外,她看到送给我妈的手镯出现在我办公桌上,当时脸色就不是很好了,她问道:“这镯子为什么会在这里呢?”

我指着拆开还未丢掉的包装泡沫纸说:“你看这些就能猜到了,我把实际价值告诉我妈了,她不好意思收,就邮寄回来了。算了,不管她了,先放着吧,等有机会我再拿给她。”

顾瑶略带委屈地说:“怪我了,第一次见面我的确不应该送这么贵重的东西,阿姨不收也是可以理解的,只是我有些担心,是不是她不喜欢我呢?”

我安慰顾瑶说:“放心吧,她们没有不喜欢你,有些话我都不好意思说,老方知道你的真实身份和家庭条件后,高兴得不得了,这虽然是我父母,但我仍旧不喜欢他们如此势利,对于你来说,这算不算一种伤害?”

顾瑶抱着我的脖子说:“我不在乎别人怎么看,只要你不是因为我身边的物质条件而和我在一起就行了,我想要的是一场真真正正的恋爱,这场恋爱不是建立在物质基础上的,我有心理阴影了,你别欺骗我。”

我正要说话，办公室的门突然被陆涛推开，他已经习惯了这么进入我的办公室，但这一次他进门，当时就愣住了，下一秒就捂着眼睛后退说："抱歉，抱歉，我什么都没看到，我一会儿再来。"

说着，陆涛就真的退了出去，还把门给我关好了。

顾瑶脸都红了，嘟嘴责备我说："你的办公室怎么别人可以这么轻松地就进来？他们都不敲门的吗？"

我反驳说："顾斓去你的办公室，好像也不敲门啊。"

我的手环抱着顾瑶的腰说："被人看到就看到呗，又不是什么见不得人的事，我抱着你难道还怕别人知道？"

顾瑶给了我一个大大的白眼，说："他找你是不是有事情啊？你快点去找他吧，可别带他回来了。"

我能理解顾瑶这一刻的小情绪，起身后在她的额头上亲了一下说："等着我，我去隔壁看看陆涛找我什么事。"

顾瑶嘟着嘴假装生气，但她又忍不住想要笑，样子真是超级可爱。

来到陆涛的办公室，这小子一脸坏笑地问道："发展到哪一步了？"

我不屑地笑道："我要是为了睡一觉去哪找不到个貌美如花的姑娘？何必那么用心呢？"

陆涛解释道："我不是那个意思，我就是好奇你跟她发展到哪一步了，我是不是得提前准备份子钱了？"

chapter 51
流 年

我问陆涛："你呢？你和何静什么时候结婚？"

陆涛幸福感爆棚地说："证已经领了，酒席什么时候请再说吧，今年买房交了首付又全款买了车，手上也的确是没钱了，明年上半年把婚结了，你呢？我看你这发展应该也快了吧？"

"这个就不知道了……"我不想跟陆涛聊这个话题，有点沉重！于是我转移话题道："你刚刚来办公室找我有事？"

陆涛把一份资料递给我说："你看一下这个人，简历资料是何静刚刚给我的，这人过来面试技术方面的，何静拿不准让我帮忙把把关。"

我接过资料问道："你觉得这人怎么样？"

"看简历倒是蛮漂亮的，具体不知道。"

这个人名字叫郭照鲁，今年三十五岁，这也算是我们的前辈了吧，工作经历上竟然写着自己曾在阿里任职，这就有点牛了。不过转念一想，阿里那是多大的企业，他在里面做什么我也不知道。

看过之后我把简历还给了陆涛说："这人的去留你决定吧。"

陆涛问道："这么信任我？"

我打了个指响说："咱已经到了求贤若渴的地步了，加油吧，我晚上和顾瑶一起吃饭，你和何静要不要一起去？"

陆涛很委婉地回绝了我，对我说："我和何静下班就要早点回去了，我小舅子跟他女朋友都住在我家里呢，两个巨婴还等着何静回去做了晚餐给他们送去呢。"

“什么道理？还要让何静伺候他们俩？”

陆涛很无语的样子说：“一言难尽啊！”

家家有本难念的经大概就是这个意思了吧。

我回到办公室，发现顾瑶正在帮我整理办公桌，原本杂乱的桌面被顾瑶整理得井井有条，每一寸都认真地擦拭过，沙发上的几个抱枕也被顾瑶整理成一排，看起来的确是规整了不少。

我来到顾瑶身边拉着顾瑶的手说：“走吧，我们一起去吃晚饭，今天想吃什么？我请客。”

顾瑶想了想说：“去七彩云南第一城吧，好久都没逛街了，趁着今天时间还早，逛累了再找个地方随便吃点就好了。”

“你怎么来的？开车？”

“嗯！”顾瑶应了一声，然后说，“丢在这里吧，我要坐你的副驾驶，我的车晚上让人来取了开回去就行了。”

昆明的高端商场有很多，但顾瑶却选择这里，可能是因为这里的消费比较大众化吧。顾瑶坐在陆巡的副驾驶，一脸幸福地享受着车窗外的风，她的发香随着风飘入了我的鼻息，我很享受这一刻的感觉。

来到七彩云南第一城刚好是晚饭时间，海底捞的门前排了几十个号，顾瑶竟然也想凑热闹去吃海底捞，于是我们俩也拿了一个号，售货员告诉我们至少要等一个小时才能排得到，建议我们俩先逛一逛。

我们又折返到二楼，意外地发现了一家名叫“流年”的服装店，里面的服装看起来别具一格，华丽中带着一丝典雅，顾瑶在门前经过就被吸引了，拉着我的手走进店里。

女孩子似乎看到好的衣服都是走不动路的那种，顾瑶也不例外，她指着模特身上的衣服问我好不好看。

这是一件白色的长裙，在长裙上有粉色的花瓣刺绣，我幻想着顾瑶穿上白裙的样子，微笑说：“试一试怎么样？”

“好啊。”顾瑶对售货员说：“麻烦您帮我取一下模特身上的这件长裙，我想试一试。”

售货员礼貌地说："请稍等。"

说完之后，她就开始动手取模特身上的长裙，在取到一半的时候，店外又走进来两个女人。其中一个女孩进门就对售货员说："您好，麻烦您帮我把这条裙子打包，我们要了。"

售货员特别为难地说："女士对不起，这位顾客要试穿这条裙子，麻烦您稍等好吗？如果这位顾客不喜欢，我再给您包起来。"

穿着红色高跟鞋的女人当时就不高兴了，质问道："你什么意思？别人不要的你再给我包起来？我看起来那么像捡漏的人吗？别人看不上的我还要？"

售货员尴尬地解释道："刚才您看过了并没有购买，现在这位顾客要试穿，所以……"

女人打断售货员的话说："我不管，我现在就要这条裙子，你给我打包我马上付款，她要是试穿了，这条裙子我就不要了。"

售货员无比为难地把目光投向了顾瑶，眼神中带着一丝祈求，希望顾瑶能给她一个确切的答复吧。

顾瑶看了看售货员，又把目光投向这个咄咄逼人的女人，开口对她说："我喜欢这条裙子，所以我要试一试，如果我穿着不合身……"

顾瑶的话还没说完呢，女人就打开了自己的包，从里面拿出两百块钱递给顾瑶说："妹子，姐挺喜欢这条裙子的，这两百块钱给你，你再看看别的吧。这家店的东西不便宜，你这个年龄，还在花父母的钱吧？去看看别的吧。"

看着这一幕，我真是长见识了，真的是林子大了什么鸟都有。

顾瑶嘴角扬起一丝不屑的微笑，对售货员说："麻烦您帮我把这条裙子包起来，我要了。"说着，顾瑶递给售货员一张卡说，"刷卡。"

售货员才不管那么多呢，卖给谁都有提成，谁先交钱肯定给谁，接过卡后就去刷了。那个女人被顾瑶气到了，她指着顾瑶问："你是不是存心和我作对？这个店里面那么多衣服，你为什么一定要跟我抢？"

顾瑶翻了个白眼，转过身挽着我的胳膊说："我讨厌这种人，就算穿着不合身我也不让她买走。"

我听了顾瑶的话没忍住竟然笑了出来，对顾瑶说：“没想到你还有这么孩子气的一面。”

顾瑶骄傲地说：“这不是孩子气，是赌气。”

这时，身后响起了那个女人威胁的口吻，说：“喜欢较真是不是？今天我必须给你们点颜色看看，不让出这条裙子，你们俩都别想走！”

chapter 52
顾瑶也喜欢

讲真，这些年飞扬跋扈的人见多了，但像这个女人一样明目张胆威胁人的，还真是少见，女人的朋友拉着她说："算了，一条裙子而已，别跟他们小年轻的一般见识了。"

红色高跟鞋的女人非但没听劝，还拿出了手机，一边拨打一边对身边的朋友说："我就不信了，我喜欢的东西还有买不到的？"

此时售货员也过来帮忙解围道："姐，您看我们店里还有这么多款式，要不您看看其他款有没有你喜欢的？"

女子骂道："你们狼狈为奸，我告诉你，你们这个店别想做了，等着关门吧，等着我姐夫亲自通知你们关门。"

说着，女子的电话似乎是打通了，她拿着电话特别委屈地说："姐夫，你在几楼呢？我被人欺负了，你快点过来一趟。"

"……"

"我在二楼名叫'流年'的这家店，你快点过来，售货员和顾客一起欺负我。"

顾瑶挽着我的胳膊不屑地瞪了一眼这个女人，接过售货员递给她的手提袋后对我说："我们走吧。"

我看出来了，顾瑶这态度是明显不想跟这个疯女人一般见识。

的确，在街上被狗咬一口不能再咬回去。

"站住！"女人不依不饶地挡在了我们面前，"你说什么？事情还没解决呢你就要走？我同意了吗？"

我真是忍不住了，对女人说："大姐，看你年龄也不小了吧？在人家店里耍泼有意思吗？你不要脸，我们还要呢好吗？"

这女人也不跟我吵，她直接把矛头指向了顾瑶，对顾瑶说："你手里的那件衣服我要定了。"

这一刻，顾瑶身上散发出的那种高贵尽览无余，她脸上带着淡淡的浅笑，这浅笑在别人看来更像是一种轻蔑的嘲笑，左手将挡在了自己面前的长发捋在了耳后，对这个不讲理的女人说："我喜欢的东西，谁都抢不走。"

正说着呢，外面走廊跑过来两个男子，跑在前面的男子来到不讲理的女人身边问道："怎么回事？"

不讲理的女人指着我和顾瑶对男子说："姐夫，就是这两个人联合店里的售货员欺负我，明明是我先看上的衣服，售货员却卖给了他们。"

不讲理女人的朋友也在一边添油加醋地说："的确是我们先过来看上的，售货员却卖给了别人，这家店的服务太差了。"

男子这才把目光投向了我，我们对视的一瞬间我差点以为是在做梦，心想：这也太巧了吧？

这个男人不是别人，正是交警队的胡队长，之前谈过生意。

胡队长看到我也很意外，皱眉问道："怎么是你？"

我顿时觉得很尴尬，主动向胡队长伸出手说："好巧，没想到在这遇见了。"

面对我主动伸出的右手，胡队长直接选择了无视，用一种很不耐烦的语气问："怎么回事？"

不讲理的女人问："姐夫，你们认识？"

胡队长轻蔑地说："跟我们队有合作关系的私企小老板，算是熟人吧。艳梅没事，姐夫把这事给你办了，不就是一件衣服嘛。"安抚完自己的小姨子，胡队长又用命令的语气说："小方，到底怎么回事？"

我笑了笑说："我不给你解释了，店里不是有销售吗？让销售过来给你说。"

这时店长已经过来了，他主动向胡队长说："事情是这样的……"人家店长完全是在陈述事实，这衣服的确是这个不讲理的女人先看上的，然后当时因为价格不合适就没买，顾瑶看上要试穿的时候，她们又回来要这件衣服，然后就发生了冲突。

在店长解释这些的时候，胡队长的“老婆”也来了，这个女人正是我们上次吃饭时的那个女人，在这个女人的眼里，我应该是巴结胡队长的那一类人，所以她也没把我放在眼里，对胡队长说：“你管谁先谁后干什么？我妹妹看上了这件衣服，你让她们送给我妹妹不就行了？那么多废话干什么？”

胡队长用一种命令的语气对我说：“听到没有？我小姨子喜欢这衣服，你就送了吧，行不？”

我身边的顾瑶一直都没说话，在胡队长出现之后，她一句话都没说，此时她也看出来了，胡队长这伙人在气势上明显压倒了我，估计她在刚刚的谈话中也听出来，我应该是有项目求助胡队长，否则胡队长也不会有如此傲慢的态度。

注意到了这些细节的顾瑶主动把手提袋递给了我，意思是让我把衣服拿给他们吧。

我转过头看着身边的顾瑶，她右手温顺地挽着我的胳膊，当她发现我在看她之后，主动踮起脚尖在我耳边说：“衣服给她们吧，别因为这点小事得罪客户。”

我嘴角微微上扬，用同样小的声音在顾瑶耳边说：“现在已经不是一件正常的事了。”

顾瑶愣了一下，不知道我说这话是什么意思。

我看着胡队长说：“你小姨子喜欢这件衣服？那真不巧，我女朋友也喜欢这件衣服。”

这次轮到胡队长愣住了，他似乎没想到我会用这样的话回应他，这不就是变相的拒绝吗？虽然胡队长已经明白了我这句话的潜在意思，但他还是不敢相信，看着我问：“你什么意思？给我说清楚点。”

我看着胡队长大声说：“我的意思是，我女朋友也喜欢，所以我不打算把这件衣服送人。”

顿时，对面的几个人全都震惊了，一个个都不敢相信，我竟然为了自己的女朋友，把胡队长的脸打得啪啪响！

chapter 53
好 累

胡队长皱着眉头问道:“一件衣服至于吗? 我的面子你都不给? 你知道这个决定意味着什么?”

我带着歉意说:“我不知道这个决定意味着什么,但是我知道自己是个男人,心爱的女人喜欢的衣服,我有责任给她保留下来,我要是连一件衣服都保护不好,还谈什么保护她呢? 胡队长你也别为难我,如果您愿意,这个店里其他的衣服您随便选,选了我买单,唯独这件不行。”

胡队长当时就火了,指着我说:“行,你小子行,有出息,我就让你卖我个面子你都不卖,那咱们走着瞧。”

说完之后,胡队长对身边的几个人说:“咱们走。”

那个不讲理的女人大声质问我道:“你知道他是干什么的吗? 你惹了他,让你吃不了兜着走。”

跟在胡队长身边的那个人急忙打断了女子的话说:“姐,姐……可不能这么玩,咱先走。”说着,他也开始拉着女人往远处走。

我看出来了,这些“公仆”也不敢在人民群众面前有多嚣张,毕竟现在纪委也不是吃素的,胡队长是带着气走的,我也看得出来,这件事也不能就这么算了,还是要过后补一下。

这些人走后,顾瑶挽着我的胳膊满眼的幸福,我们俩离开店回去吃海底捞,在调蘸水的时候,我手机上收到了胡队长发来的一条短信:你小子行,我的面子都不给,咱走着瞧。

我看完之后把手机收在了口袋里。

顾瑶拿着调好的蘸水回到桌边，坐在我对面问：“那个人是你的客户吗？为了一件衣服得罪了一个客户，你为我这么做值得吗？”

我发自内心地对顾瑶说：“既然当了你的男朋友，我就有义务保护你的一切，我的客户可以有十个、百个甚至千个，但是爱的人只有一个，如果今天我把这件衣服拿给了他们，你肯定会难过，甚至觉得我很无能吧。”

顾瑶摇头说：“我会理解你，其实我今天也有点任性了，如果很需要的话，你把这件衣服拿去吧。”

“不用了，客户远没有你重要。”

听我这么说，顾瑶的脸上再次浮现出灿烂、幸福的微笑。今天我也算见识到了顾瑶高冷的那一面，面对不讲理女人的咄咄逼人，顾瑶典雅而又不失身份地予以还击，这样的一个顾瑶，怎么能不让人喜爱？

吃过饭，我主动提出来送顾瑶回去休息，顾瑶也没问我为什么一定要这么快把她送回去，估计她也能想得到我是要去处理一下客户的关系。

我把车停在顾瑶家院子外，顾瑶探过身主动抱了抱我，抚摸着我的脸心疼地说：“别太辛苦，你也要早点回去休息。”

我点了点头，哄着顾瑶说：“上去吧，我也回去了。”

顾瑶的目光落在了那个装裙子的手提袋上，她有那么一瞬间的迟疑，最后还是拿起了手提袋，下车后和我道别。

我猜想刚刚顾瑶那一瞬间的迟疑是在犹豫是否要把这个裙子留下吧。裙子留下的确能帮助我去缓和跟“客户”的关系。但这未免又有些伤害到了我的自尊心！

在短暂的迟疑犹豫之后，顾瑶还是选择尊重我的自尊心，把裙子带了回去。

我一边开车一边拨打了胡队长的电话，第一遍胡队长并没有接，而是直接挂断了，这是在给我试态度呢。

我又拨打了第二遍，第二遍仍旧没有接。

我给胡队长发了一条短信：胡哥对不起，弟弟错了，刚刚也是太在乎自己的面子了，您给弟弟个机会，弟弟过来给你当面道歉。

这条信息发完之后一分钟，我又拨打了胡队长的电话，这一次他倒是接了，我赶紧道歉说：“胡哥，不好意思，你在什么地方？我当面过来给你道歉，刚刚发生的事我深表歉意，还请您理解，在自己女人面前我没放下面子。”

电话那边的胡队长问道：“面子？你给我留面子了吗？这么点小事，你都不愿意给我个面子，你现在和我说这些干什么？”

我继续道歉道：“胡哥抱歉，给弟弟个机会，我现在过来，一定给您个满意的解释。”

这时，我听到了电话那边传来了一阵哄笑，还有那个不讲理女人的声音，她对胡队长说：你让他过来，看我怎么整他。

胡队长开口说：“你过来吧，我们在七彩云南第一城的星洲蕉叶吃东西呢。”

我赶紧说：“胡哥您稍等，这就赶过来，马上到！”

挂断电话之后，我开着车直奔七彩云南第一城，其实在去的路上我想了很多，现在过去肯定是被各种羞辱、各种为难！当然，我也可以选择不去，那么陆涛负责的这个项目可能就要彻底完犊子了，最坏的打算也就是我赔个几十万血本无归，因为这个项目我投资总预算是八十万左右，而目前已经投资进去了差不多五十万。

我可以为了自己的面子，为了自己的尊严放弃这几十万？

答案肯定是不行，这个项目已经投资了差不多五十万，全都是老方和我妈的钱，我赔不起！

陆涛和何静跟着我，我也必须对他们负责，我身上背负了太多太多的责任。

当男人身上有了责任与负担，面子似乎就没那么重要了。

此时此刻我有些理解禾丰当初为什么能哭着跪在我面前说分道扬镳。

再次回到七彩云南第一城，刚好路边有个露天车位，我索性把车停在路边，迈着沉重的步伐走了进去。

星洲蕉叶是一家吃东南亚餐的地方，我来到胡队长他们“一家人”所在的包间，推开门就看到了他们全部都在这里。

他咄咄逼人的“老婆”、他那蛮不讲理的小姨子,还有跟着胡队长身边的跟班……这些人似乎都在等一个即将被他们当猴耍的人出现,而这个人就是我!

chapter 54
人到中年

胡队长见我进来，扬了扬头轻蔑地说："小方，坐。"

包间内所有人的目光都落在了我的身上，我一步步走向桌边，背对着门的这个位置是空着的，也只有这一个空位。

我坐下来对胡队长说："胡哥，没别的意思，过来给你道个歉，今天这事我有做得不对的地方，希望你别计较。那件衣服我肯定是拿不回来了，还请你理解，也请您给个机会，成全我的道歉。"

那个不讲理的女人问道："你这道歉是诚心的吗？"

我看了看她，没有开口。

胡队长的目光始终停留在我身上，然后对我说："行啊，小老弟，你今天是真没给哥面子，不过哥也是过来人，也理解你当时的处境，哥也不跟你一般计较。"说到这，胡队长起身拿了一瓶白酒，拧开盖子来到我身边，放在了我面前说："酒给你放在这，你是不是诚心来道歉的，就看你喝几杯了。"

我没有任何犹豫，拿起那一瓶白酒仰脖就往肚子里面灌。这酒入喉烧到胃里，整个胃里都是火辣辣的感觉，我知道这是我让胡队长找回面子的唯一机会。

我过来道歉，等于是给足了胡队长面子，让他在自己"家人"面前也保留住了"尊严"。我现在喝的不是酒，喝的是胡队长的脸！

退一步讲，如果今天晚上胡队长没有跟这些人在一起吃饭，我过来道歉的话，他可能连灌我酒的机会都不给我，更不会接受我的道歉。

为了能让胡队长找到台阶，我进门就说了一个重要的信息"衣服拿不回来了”，这也就是在告诉胡队长，我的底线是什么，他要是真的让我去取衣服，那我肯定不会给他，这样他就“第二次”在自己“家人”面前丢脸了。胡队长这种人也是经常在酒桌上混的，他怎么可能听不出来我的意思？

当知道我的底线之后，胡队长也给自己留了个台阶，他的台阶就是这瓶酒。

我一口气把一瓶白酒都喝光了，胡队长也找到了自己的台阶，拍了拍我的肩膀说：“行啊，小兄弟！今天这事就这样吧，礼你也赔了，酒你也喝了，我要是再不原谅你，就显得我这人小气了！行，今天这事就这样吧。”

那个不讲理的女人皱眉道：“就这样了？”

胡队长的“老婆”给那个女人使了个眼色，开口道：“妹妹别说了，这事本来你也有错，大家都是朋友，大事化小小事化无了。”

说到这，胡队长的“老婆”还客气地对我说：“老弟你能亲自过来道歉，你胡哥也不会把这事放在心上，谁还没有个年轻冲动的时候呢？你还真别说，嫂子还挺欣赏你当时护着自己女朋友的气魄，男人就应该这样，把自己的女人保护好，容不得别人侵犯！这是一个男人的本事，这事你做得没错。”

我忍着呕吐的感觉开口说：“谢谢嫂子理解。”

胡队长的“老婆”又说起了场面话，“老弟，以后咱就是自家人，有事跟你胡哥说，在宠老婆这件事上，你胡哥得多跟你学呢。”

胡队长笑着问道：“怎么？嫌我对你不好？”

胡队长的“老婆”幽怨地说：“我说的是什么事你自己心里清楚。”

胡队长轻轻咳嗽了两声，对她说：“你给我点时间，现在不是办这个事的时候，你也知道的对吧？”

我的胃里开始翻江倒海的难受，我起身对胡队长说：“胡哥，你们慢慢吃，我去把单买一下，女朋友还在家里等着呢。”

胡队长的“老婆”开口说：“老弟没事，你别客气了，这单不用你买，你早点回去陪女朋友。”

我假装热情地说：“单我一定要买，就当给各位哥哥姐姐道歉了。”

胡队长摆手说：“算了，你嫂子都说不用你买了，就早点回去吧，我一会儿自己买单开发票就行了。”

胡队长的“老婆”起身绕过桌子来到我身边，对我说：“嫂子送你出去，免得你偷偷把单买了……”

我就这么被胡队长的“老婆”送出了包间，我原本以为送出包间就算了呢，结果她一直把我送到星洲蕉叶的店门外，拿出手机主动说：“老弟，姐加你个好友，以后咱常联系。”

我不知道她加我是什么目的，添加之后她让我修改备注道：“姐姓‘段’叫段蓉，你修改成‘蓉姐’就行了。”

我照办后，她很满意地对我说：“今天这事别放心里，快回去吧。”

我道谢说：“谢谢蓉姐，那我先回去了。”

“走吧，路上慢点。”

我尽量忍着呕吐走进了电梯，在电梯里我几次差点吐了出来，终于熬到了一楼，在电梯门开的瞬间，我推开了所有人冲了出去，跑到了室外，趴在绿化带边双手抱着树弯腰一阵狂吐。

吐着吐着，眼泪就出来了……

我不知道自己为什么会在这个时候掉眼泪，是在替自己委屈？还是被生活重压压哭了？总之我是真的哭了。

晚上九点半，我独自一人扶着绿化带的树，迈着沉重的双腿来到车边，反胃的呕吐还在折磨着我，让我倍感煎熬。

曾经在网上看过一张动图：地铁内，一个业务员穿着西装拿着包子，吃一口就开始哭起来。

很多人都在猜测这背后的故事，都在好奇在这个业务员身上发生了什么？其实，发生在业务员身上的故事，就是——人到中年！

我又忍不住吐了起来，脑袋越来越昏沉，四肢都不受自己控制了。我靠在车轮边闭了眼睛，在昏昏沉沉中还能感觉到自己在呕吐，只不过已经没有力气侧身，任由吐出来的污秽物脏了衣服。

那时候脑海中潜在的意识还告诉自己：没事，没事，天黑了没有人认识我，即便是丢人，也没有熟人看到……没事，没事……

后来……就不知道发生了什么，当我再次醒来已经是深夜，我躺在了医院的病床上……

chapter 55
“亲爱的”

我试图挣扎着让自己从平躺的姿势坐起来，身体刚刚有了很轻微的动作，趴在床边的杨曼就醒了，她站起来看着我问：“你醒了？是不是想吐？”

我摇摇头，看着杨曼问道：“我这不是在做梦吧？我怎么会在医院？你又怎么会在这里？”

杨曼解释道：“你喝醉了，别人把你送到医院之后，用你的面容解锁了手机，然后就打给了我。”

我揉着太阳穴问道：“为什么会打给你？”

杨曼犹豫了一下，才开口说：“我的手机号在你的电话号码本里存的名字是‘亲爱的’，人家误会了吧。”

我这才想起来，我手机里面存杨曼的号码就是“亲爱的”三个字，离婚之后我也一直没有删除和更改。如果换做是大学恋爱那会儿，肯定要走个形式主义把电话号码都删除，现在看来，我们真的是老了，已经过了那些年在形式上宣泄的年龄。

我挣扎着坐了起来，向杨曼道歉说：“对不起，我这就把手机里面的名字修改一下，给你添麻烦了！现在几点了？”

“两点！”回答完之后，杨曼又问道，“你怎么喝了那么多酒？真没想到你竟然能让自己睡到大街上。”

我低头看了看身上，身上穿的T恤已经不见，上身完全赤裸着，腿上的牛仔裤也不见了。

杨曼问道：“你想去洗手间吗？我扶你去。”

“不用了！”我从床上下来，光着脚踩在瓷砖上，左手拿着吊瓶，右手扶着墙开始往洗手间走。

杨曼跟在我身后，生怕我不小心摔倒，就连我站在马桶前撒尿，她都要在后面看着我。

这一刻我觉得挺对不起杨曼的，我们已经离婚了，她没有任何义务在这里照顾我，何况她现在还怀孕呢。我走出洗手间站在杨曼面前说：“你回去休息吧，我没事了，已经完全清醒了。”

杨曼轻声说：“没事，我在这陪着你吧，是不是最近公司的事很不顺？你才借酒消愁的？”

我无比冷漠地对杨曼说：“你别瞎猜了，我的事已经跟你无关了，我帮你叫个车，你回去休息。”

“我不！”杨曼坚持说，“除非你告诉我，究竟怎么了？为什么要把自己灌成这个样子？”

我皱眉看着杨曼问道：“你真的想听？”

杨曼坚持说：“我要听。”

我把今晚的事如实地向杨曼说了一遍，说完之后我还简单地总结了一句，“说白了我今晚就是为了在顾瑶面前装个好男人，然后被胡队长给我灌成这样的，在你看来，我是不是自作自受？”

杨曼咬着下唇死死地盯着我，眼里带着不甘与痛苦，我知道自己说这些给她听是挺伤人的一件事，是真的很伤人。

杨曼的脸上带着委屈与无助，她痛苦地低下了头，右手放在了肚子上，咬着牙对我说：“你休息吧，天亮后我来给你送衣服。”

说完，杨曼就往病房外面走去。

我在杨曼的背后回绝说：“不用了，我穿着脏衣服也能走。”

杨曼的背影颤抖了几下，然后默默地走开了。

同在急诊室病房挂吊瓶的临床老大哥对我说：“兄弟，对家人态度好点，你不知道刚刚你昏迷的时候，你妻子有多着急，她一个人照顾你又要缴费办理各种手续，我是看在眼里羡慕在心里啊。”

我深深吸了口气，解释道："大哥你可能不知道，我跟她已经离婚了。"

那大哥一听更是意外，感叹道："离婚了还大半夜的跑过来照顾你，如果我没看错，她怀孕了吧，对你这么好的女人你去哪找啊。兄弟，我不知道该不该说，我是真觉得你身在福中不知福，她刚刚为了帮你看着吊瓶里面的药水，一直坐在椅子上不肯睡，仰着头盯着你的吊瓶。我和她说让她睡一会儿，我帮她看着吊瓶，她信不过我，很礼貌地回绝了。"

我不敢想象杨曼怀孕还在这熬夜照顾我的画面，她对肚里孩子的重视程度我太清楚了，没想到她竟然为了照顾我而熬夜，这是把我看得比孩子还重要吗？想到这些，我忍不住叹息。

隔壁床的老大哥听到我的叹息后，也独自忧伤了起来，对我说："兄弟啊，你看哥以前也是很潇洒，老婆贤惠、儿子聪明，别人都羡慕呢，但哥太不争气了，染上了赌博，一个好好的家就这么被我玩没了，老婆带着儿子改嫁。现在孤身一人，住院挂个急诊，都是自己打个车过来的，我是真羡慕你还有个人关心、照顾。兄弟，好好珍惜愿意为你做这些的人吧，错过就没了。"

听得出来，这大哥也是一个有故事的人，我深深吸了口气，对他说："大哥，受教了，我的情况比较特殊。"

这大哥人也挺能说，感慨道："我现在就剩下后悔了，后悔当初自己那么败家，后悔没有好好照顾老婆孩子，现在她带着儿子改嫁到了外地，我想看儿子都费劲。多少个夜里睡不着的时候都想哭，刚刚看到你老婆那么照顾你，我真的羡慕，真的。"

我不想在这听一个陌生人跟我聊这些，因为听到这些心里真的很难受，我拔掉了手上的吊针，在地上捡起来自己的衣服，套在身上就向外走。

午夜的街上很安静，我沿着路一直往前走，也不知道走的是哪个方向，只想这么走一会儿，走累了就打个车回去休息。

回到家已经是凌晨三点了，我还是决定给杨曼发一条信息，告诉她我已经回来了，免得她再拿着干净衣服到医院找我。

如果因为我没告诉杨曼而导致她再次折返回医院，那我真就是作孽了！

chapter 56
不愿得罪的人

说到发信息，我突然想起来手机上“亲爱的”这个昵称仍旧是杨曼的手机号，并且这个“昵称”还被我标注了“特别关注”，打开电话号码本第一个就是这个手机号。

这事说起来还有个很深的巧合，当初我生气把“亲爱的”从手机号码本里面删除过，但在换手机从文件助手下载上传到云端资料的时候，又不知不觉地全部下载了回来。

也正是因为这个误会，才导致今晚杨曼会被叫到医院。

这一次，我打开了文件助手，在云端里面把“亲爱的”这个昵称删除，然后又把手机里面“亲爱的”改成了“杨曼”。

给杨曼发了一条信息，告诉她我已经回来了，没想到杨曼很快就回了我一句：知道了。

这让我心里充满了愧疚，她能这么快回信息，证明她还没有睡，手里正拿着手机，而这个时间，她拿着手机能干什么呢？导航？

想到这，我又给杨曼发了一条信息问道：你在干吗？你不会真的拿衣服去医院了吧？

杨曼：你不用猜测我在干什么，早点休息吧。

这么一句回复，让我更加确定杨曼现在绝对没有在家，我直接拨通了杨曼的电话，但杨曼却给我挂断了，我又拨通，她再次挂断，在第二次挂断电话之后，又给我回了一条信息：别打电话了，我要睡了。

我十分怀疑杨曼此刻的位置，想到自己曾经做过一个彼此定位的软件，马上打开电脑输入杨曼的手机号查找定位，屏幕上很快就显示了杨曼的位置，此时她正在星耀路的路口，而我刚刚所在的医院就在星耀路上。

杨曼竟然真的回来找我了，这让我很惭愧。

电脑屏幕上，杨曼的定位移动得很快，从星耀路转入彩云北路后直奔家的方向，深夜的街不堵车，如果不出意外，二十分钟左右杨曼肯定能到家。

我拿起手机给杨曼发了一条信息：对不起，今晚给你添麻烦了，也谢谢你今晚来医院照顾我。我没事，你早点休息。

这一次信息发出去之后，杨曼也没回我了，她一个人开着车在午夜的街上……这种事在我们离婚之前是从未发生过的，我也不会允许她一个人深夜开车出去，在一起的时候我总是把她呵护得很好很好，这一刻看到她为了我，独自一人深夜开车，这让我心里很难受，觉得自己欠了杨曼一个人情。

都说成年人的崩溃是从借钱开始的，而我却认为，我的崩溃是从欠债开始的——人情债！

我从床上起身，在洗手间接了点水，又把桃子留下的肉肉浇了一遍，我的生活可以一团糟，我的人生可以一团乱，但是我把对于美好的所有寄托都放在了这几盆肉肉上，期望它们能长得繁荣、茂盛。

时间过了一夜，第二天我睡到了十一点才睁开眼睛，手机上已经有了几个未接来电，微信上也有好多条信息，除去那些讨厌的群消息之外，我把其余的信息逐条看完，当然，最先看的还是顾瑶发来的，似乎已经养成了一个习惯，习惯了把顾瑶当成最重要的那个人。

她习惯和我分享自己生活中的每一个细节，包括早餐，一杯牛奶、一片面包，还有一个“带着笑脸”的荷包蛋，这些都能成为她分享细节中的一部分。

看完顾瑶的信息，我才往下继续看，除了陆涛和何静发给我工作上的事情外，昨天添加我微信好友的段蓉竟然也给我发信息了，这让我颇为意外。

段蓉在微信里对我的称呼有点“自来熟”了：老弟你昨天没少喝，没影响你今天的工作吧？

第二条信息是十点一刻发过来的:老弟你没事吧？睡醒了给姐发个信息,姐过来看看你。

第三条是五分钟之前发的:姐等你的信息等得好辛苦啊!

我拿着手机回复道:昨天喝得有点太急了,刚刚睡醒,谢谢蓉姐关心,我没事,挺好的。

信息发出去之后,段蓉直接给我来了一个微信视频通话的请求,这是想看看我有没有撒谎的意思?

我躺在床上点了“同意”后,画面那边出现了段蓉的身影,她“关切”地问道:“老弟,没事吧?”

我带着歉意说:“昨天折腾到后半夜才睡,睡醒就好多了,谢谢蓉姐关心。我这刚睡醒衣服都没穿就接了你的视频,有点尴尬。”

段蓉笑道:“在姐面前有什么好尴尬的呢？这样吧,你先洗漱,一会儿姐来接你,中午姐陪你喝点,透一透。”

听到还要喝酒,我当时就紧张了,急忙回绝道:“蓉姐你放过我吧,我真喝不了了,胡哥那酒量我喝不过啊!”

段蓉一脸神秘地说:“嘘,中午没有你胡哥在,就咱姐弟俩聊聊,你先起床洗漱吧,给姐发个定位,我过来接你。”

说完,她就结束了视频通话。

这让我想起来昨天段蓉送我出门加我好友时的表情,难道她加我是有什么其他的目的?

我真的不认为自己还是个小鲜肉,能吸引这种女人的注意力,但段蓉的表现的确是让我不得不多想了。

努力在脑海中搜寻关于“段蓉”的所有记忆,包括之前第一次见面的饭桌上,施工方的老板郑吉宏都在偷偷看她的眼色……当然,郑吉宏看的是胡队长的脸色,只不过那天的段蓉完全可以代表胡队长了。

由此可见,段蓉在胡队长这还是挺有分量的!

第二次见面印象不是很深,好像也没什么特别的记忆点,再就是昨天了,在“流年”这家店的时候,段蓉都没说话,表现得特别低调。在餐厅内看我喝完酒又主动送我出来……这个女人到底想干什么?

不过话又说回来了,她想干什么,我都得忍着!毕竟这是我得罪不起……不对!应该是“不愿意得罪的人”。

chapter 57
段蓉的目的

半小时后,段蓉真的来接我了。

上车之后,她主动递给我一瓶金银花露,对我说:“把这个喝了吧,能舒服一点。”

我道谢之后接过了她递给我的金银花露,她问道:“中午吃点清淡的吧。”

我喝了一口水之后说:“蓉姐咱还是去七彩云南第一城吧,我的车还丢在那边呢,吃了饭刚好开车。”

“也行。”

段蓉开车带着我重新回到七彩云南第一城这个商场,在一家海鲜店外面停住了脚步,她向我介绍道:“这家的蒸海鲜不错,要不我们就在这随便吃点吧?”

“好。”我几乎是机械地回答,毕竟她也只是客气地问我建议。

段蓉应该是这里的常客了,服务员对她也很熟,带着我们到了角落的一个位置,然后把菜单拿了过来,段蓉熟练地点了自己爱吃的东西,然后问我要加点什么吗,我随便说加几个鲍鱼就把菜单还给了服务员。

段蓉和我套近乎道:“老弟,姐真没看错人,第一次见你的时候,就感觉你与众不同,几句话就把供货商给整得没话说了。昨天的事你做得也很对,在自己女朋友面前维护她的尊严这很重要,事后你又能在第一时间给老胡找个台阶下,这事做得漂亮,足以看出来你情商足够高。”

我讪笑着说:“人情世故嘛。”

段蓉继续套近乎道:“姐一看你就觉得亲切,以后有什么事跟姐说,姐说话老胡还是听的。”

我点头道谢客气地说：“谢谢姐照顾，你有什么用得着我的地方，您也别客气。”

段蓉话锋一转，对我说：“眼下还真有个事需要你帮忙。”

看看！看看！我就知道自己早已经不是小鲜肉，哪里还能招惹女人的眼球？任何主动套近乎的人都必然有她的目的，段蓉就是这样的人，“蓉姐有什么事你说，我能做的一定做到。”

这时服务员送了蒸海鲜的锅过来，还有一盘盘的海鲜，这些都要在我们这张桌上加工的，她让服务员去忙，她亲自来把海鲜放在蒸锅里面，实际上也就是不希望有人听到我们的谈话，即便是一个服务员。

服务员离开后，段蓉“忧愁”地说：“老弟不瞒你说，姐跟着老胡已经五年了，五年前老胡就说离婚，整整拖了五年……姐是真的对老胡死心塌地，但是老胡总是以各种理由拖延离婚的事。姐今年都34岁了，再拖延几年他一脚把我踹了怎么办？”

我默默地听着，然后附和着说：“胡队长有孩子吗？两个人有孩子，在离婚这一块考虑的就比较多了吧。”

段蓉愤恨地说：“老胡有个女儿，但也不是跟他老婆生的，他老婆曾经做手术把子宫切除了，生不了孩子。老胡就在外面找了个女的，生了个女儿。已经十多岁了，女儿一直是那个女人在抚养，老胡每周都要过去看的。”

我附和着说：“那是肯定的，谁能不为自己将来考虑呢？何况胡队长这边的关系还这么复杂，我理解你现在的心情，也支持你为自己多考虑一些。”

段蓉见我如此“上道”，继续说：“最近我发现老胡有点不对劲，回来住的次数越来越少了，你能不能帮姐调查一下？”

“调查？”我皱眉看着段蓉问，“蓉姐我没明白你的意思，调查老胡？”

段蓉直截了当地说：“你不是做软件的嘛，我的想法是能不能搞一个软件放在他的手机里面，我能监听到他的电话、短信什么的，这个应该不难实现吧？现在很多网贷小程序就能读取手机内的信息，我就是想要个类似的东西，能让我看到老胡的一举一动。”

chapter 58
女 人 心

跟段蓉聊到这，我基本上已经知道她的需求了，她需要通过这样的软件来监视胡队长的一举一动。

这种软件网上很多，随便下载就行了，关键是如何把这个东西植入到对方的手机里面，并且让手机里面的“安全助手”等授权。

我把这些告诉段蓉，段蓉不是很懂，看着我问道：“授权是什么意思？”

我拿出自己的手机，随便下载了一个App，安装之后手机上就出现了提示，各种权限是否放开使用等。

我指着页面说：“看到了吧，就是这些东西，这个APP要访问手机照相机，是否同意？我们点同意了，这个APP就能使用手机相机，如果我们不同意，这个app就没有这个权限，很多网贷小程序都要访问手机通讯录就是这么个道理。远程通过微信或是邮箱把这样的小程序发到一个人的手机上并不难，难得是要拿到机主的授权。现在很多程序下载到手机的时候，就被屏蔽了很多权限，甚至会提示有安全风险。”

段蓉想了想说：“这个我倒明白你的意思了。”

我提醒段蓉道：“我知道你现在的需求，我可以用另外一种方式帮你，而且是不违法的。”

“怎么帮？”段蓉最关心的还是这个问题，“你说来我听听。”

我对段蓉说：“你现在的需求就是要知道老胡在外面是不是有人了，那你只需要知道老胡每天都在什么地方做什么，不就行了？”

段蓉一脸失落地说：“说得轻松，我怎么可能知道老胡每天都在什么地方跟谁干什么呢?”

我打个响指对段蓉说:“手机定位软件了解一下,这个不犯法,以前我跟我前妻就在用这种软件,登陆个小程序之后,输入手机号就能彼此定位。”

段蓉惊讶地问道:“这种软件也有?”

我点头介绍道:“这种软件很多,应用得也比较广泛,比如你用嘀嘀打车,可以把自己的位置分享给朋友,确保自己的安全。我说的就是这种软件,有个名字叫‘情侣在哪’的……好像是这个名字,具体我忘记了,就是两个人都下载这个APP,相互定位,定位精确度非常高,基本上能做到十米左右的误差。”

段蓉喃喃自语道:“如果是在酒店里面,那岂不是可以定位到某个房间了?”

我微笑说:“理论上是这样的,但是存在水平误差吧。”

段蓉无师自通道:“这没关系,我能定位到他的大概位置,我就可以去附近等着,看看他是不是背着我在外面有人了。”

“我介绍的这个软件完全可以满足你的需求了,有空你拿着两台手机都下载了这个软件相互绑定就行了。”

段蓉这回高兴了,对我说:“老弟谢谢你啦,你可帮了姐的大忙,以后有什么事跟姐说,咱们慢慢处。”

解决了段蓉的需求,我们这顿饭吃得相当愉快。

我倒是觉得跟段蓉相处得好也没什么坏处。

吃过午饭,段蓉开车离开,我则是找到停在路边的车,走到车边又回忆起昨晚的惨状。

陆涛的电话打了过来,告诉我禾丰到公司了,这会儿正跟他喝茶闲聊了,问我什么时候过来。

我告诉陆涛二十分钟就能到,让禾丰等一会儿,

开车回公司的路上我都在想,这也不是周末,禾丰怎么有空来公司喝茶闲聊?

chapter 59
一个老好人

何静看到我回来，微笑打招呼道："禾丰跟陆涛在办公室呢。"

我点了点头，推开陆涛办公室的门，这两人根本就没在喝茶，而是一起盯着电脑的显示器在争论，似乎是为了一个很小的细节，两个人各抒己见争论不休。

我来到他们身后看了看，争论的问题归纳起来很简单，就是陆涛认为应尝试新的方式，寻求新的突破。但是禾丰认为存在风险，不建议这么做。

综合两个人做事的态度分析，能发生这样的争吵一点都不奇怪，禾丰就是那种做事守旧但很踏实的象征。而陆涛总是要不断地尝试新鲜玩意，即便是有风险，他还是愿意尝试。

最后这俩人让我来评理，希望听到我的建议，我没有评价谁对谁错，而是把自己的观点分享出来，"我觉得如果是无关安全原则的事，我支持陆涛尝试新鲜的东西。如果是关系到安全风险问题，我支持禾丰。"

这个回答让两个人都很服，陆涛说："师兄服务器已经调试好了，假日就带你的程序已经上线使用了，你可以告诉顾瑶姐把客户信息导入进去，以后的维护我亲自来。"

我说："辛苦啦。"随口问禾丰道："你今天怎么这么清闲，过来探班呢？"

禾丰故作轻松地笑着说："今天没什么事就过来看看你们了，开业到现在我都没过来一趟，这有点说不过去了。"

陆涛问道："丰哥，你和郭少阳还有联系吗？这家伙好像从上次装修那件事之后，就一直玩失踪。我时刻提醒着师兄让他小心点，我总觉得郭少阳那家伙憋着一肚子坏水等着报复呢。”

禾丰听后轻叹道:“我和他也很久都没联系了,上次的事闹得挺尴尬的,虽然我知道阳子这事做得很丢人,但大家毕竟都是一起走过来的兄弟,谁还没有个做错事的时候呢?要不改天我摆一桌,把阳子叫出来一起吃个饭,过去的事就过去吧。”

陆涛笑了笑说:“丰哥,我知道你就是个老好人,什么事都希望有好的结果。咱不说别的,就郭少阳这件事对我师兄来说,那就是一个笑话,哪有这么坑自己人的?还带着自己的亲戚组团来坑的。”

禾丰打圆场道:“装修费不是一分不少地退回来了吗?”

陆涛继续反驳道:“正是因为装修费都拿回来了,才更不能跟郭少阳走得太近,以后老死不相往来是最好的结果。你想啊,郭少阳那是什么人?小肚鸡肠算计自己人的事都能做得出来,以前我师兄没有任何对不起他的事,他都能这么算计我师兄,现在装修费这二十万的梁子是结下了,你觉得郭少阳还能跟我师兄愉快地相处?”

禾丰无力反驳了,毕竟郭少阳什么样他也清楚,他说:“我和阳子也是从医院见过那次之后就再也没联系了,想着兄弟们从大学一起走过来,这么多年的感情,说散就散有点可惜了。”

我起身拍了拍禾丰的肩膀说:“兄弟,我知道你心里是怎么想的,你这人就是太过厚道了,什么事都想做到最好,但是有些人注定是走着走着就散了,能留下来的才是真兄弟。郭少阳是什么样的人,你跟我要比陆涛更清楚,我从未幻想过郭少阳会这么轻易放过我,以后有交集还是肯定的,只不过这辈子都没机会做朋友了。”

禾丰说:“我最不愿意看到的一幕还是发生了。”

正说着呢,何静推开了办公室的门,对我们几个说:“师兄,有人找您。”

我对何静说:“是谁啊?让他进来吧。”

何静应了一声,很快带来了一个男子进来,开始我以为是熟人,没想到这个人我根本不认识,何静把手伸向我,对男子说:“我们方总在,你们慢慢聊。”

男子主动向我伸出手，自我介绍道："方总你好，我叫孙浩，朋友介绍你们这里可以量身定做写软件，所以我就过来了。"

在握手的时候，我粗略地打量了男子，看起来不到三十岁，穿着很得体。我引导孙浩来茶几边喝茶，一边喝茶一边聊。

顺便把陆涛和禾丰介绍给了孙浩，毕竟四个人一起喝茶，彼此都不认识有点尴尬，落座之后，我亲自泡茶，主动询问道："孙总您是要做什么软件？"

孙浩介绍道："我家里是做餐饮的，主要做云南菜，不知道方总有没有注意过'云南味道'这个饭店？"

"当然啊，昆明本地人都知道这个连锁店吧，我们宴请外地客人的时候，都喜欢来'云南味道'吃特色菜，难道你是这里的经理？"

孙浩略带自豪地介绍道："'云南味道'是我父亲年轻时候创办的，已经有二十多年的历史了，以前就在金马坊附近有一家店，现在昆明市内就有十六家分店了。"

我情不自禁地把目光投向了身边的陆涛和禾丰，眼里满是羡慕。

孙浩微笑道："我今天过来是想请你们帮我做一个客户点餐的小程序，就是可以在微信识别的那种。"

聊起写程序的事，陆涛就有点兴奋了，主动和孙浩搭话道："做小程序没问题，把您的具体需求说一下，我们一起聊聊。"

chapter 60
一笔“大”生意

孙浩继续说：“我的需求要满足以下几点，第一，要通过微信小程序实现点餐，这是最基本的。第二就是可以在小程序内付款，否则点餐之后万一放鸽子，那就尴尬了。第三，如果能在小程序内插入弹出广告的对话框就更好了，当然，我不是要给谁做广告，就是想做一个菜品推荐。”

禾丰在一边主动说：“这样的小程序做起来没有任何难度，现在很多饭店都在用了。”

孙浩点头说：“没错，的确是这样的，所以我也想做一个。”

陆涛说：“要做咱们就做出新的花样来，模仿别人没多大意思，既然我们是做微信小程序，那就做得更加彻底一些吧。”

孙浩的注意力被陆涛吸引，他把头转向陆涛问道：“怎么说？还有什么更好的想法吗？”

陆涛回应道：“我们把店内的每个包间和卡座都做进去，我的意思是，照片！客户通过小程序可以看到每个包间的真实样子，点餐的同时都可以直接把包间定下来。”

禾丰补充说：“包间的信息也要做全，比如这个包间容纳几个人呢，或者推荐给客户，告诉客户这个包间适合几个人用餐，通过这个小程序，把更多的细节反映给客户，让客户有更多的选择权。”

孙浩双眼放光地问道：“这样也可以做得到吗？”

陆涛自信地微笑说：“对于我们来说，这个完全可以满足，你有什么需求尽管说就好了。就怕没有想法，只要有想法，我们就有办法满足。”

孙浩和陆涛聊得特别尽兴，尤其是禾丰在一边又能给一个很好的补充，这一刻我才发现，禾丰加陆涛，就是一个最完整的销售团队，陆涛思维活跃，禾丰思维沉稳，“互补”这个词在他们身上真的是体现得淋漓尽致。

孙浩在这两个人的头脑风暴下，又不断地涌现出很多新的创意，三个人越聊越开心，甚至都没我什么事了。

差不多一个小时的交流，孙浩对陆涛和禾丰特别认可，直接进入最后一步——谈价钱。

陆涛对孙浩说：“做这个程序如何收费，还得看我师兄，这事他说了算。”

孙浩看着我说：“方总，你看我也是听熟人说起来你们这里，能不能给个友情价？”

我想了想说：“其实写程序这种事对我们程序员来说，所有的成本都是人工成本和技术支持，你有十五家店，每个店的每一个包间我们都要安排人亲自过去拍照取景，做全景图，这些很耗时，而且要外包专业的摄影团队来做，整个程序全部做下来保守估计要一个月的时间……这样吧，这个程序五十万，一个月的时间。”

孙浩有点犹豫了，对我们说：“一个程序五十万，这个价格还是有点高了，能不能优惠一些？”

我摇头说：“这个已经是友情价了，你也知道这工作量有多大，当然，还有就是技术在里面，这样好了，我再额外送你一套客户信息采集程序。”

“什么是客户信息采集程序？”

“就是帮你把每一个用过程序的顾客信息搜集起来，这个信息主要是电话号码，每个月帮你给客户发四条短信，短信的内容你随便编写，可以是产品促销，也可以是赠送代金券等等，总之是让客户对你有更多的关注。”

陆涛在一边补充说：“这个客户信息采集程序对于你来说还是挺重要的，起到一个客户维护的效果，平时我们做一个这样的程序，都要收二十万左右呢。你看现在很多点餐的平台，比如美团就是个典型的例子，你的餐厅在美团上线，客户通过美团点了菜，客户的信息基本上都掌握在美团那了，美团不会轻易给你，你说对不对？”

孙浩点头,这的确就是个事实。

陆涛继续说:“信息时代,信息是最值钱的,我师兄都说免费送你一个这程序了,你赚大了。”

孙浩想了想说:“那行吧,五十万就五十万,我先付一半的定金吧,剩下的等程序写好了确定没问题之后再付。”

陆涛把目光投向了我,因为我们行规是付百分之三十的,没想到这个孙浩竟然主动付款百分之五十,我肯定是欣然接受,这二十五万的资金对于我来说,可以缓解眼前的压力了,我对陆涛说:“就按照孙总的意思吧,稍后你跟孙总把合同签了。”

陆涛点头,对孙浩说:“孙总稍等,我拿合同给你,合同里面要补充程序的内容和细节,咱们需要当面填写这些内容。”

孙浩爽快地说:“没问题。”

我起身,对禾丰说:“让他们在这忙吧,来我办公室坐一坐。”

禾丰说:“时间差不多了,我也要回去了,改天再聚吧。”

我坚持说:“什么改天再聚?今天来了就多坐一会儿,过来吧。”

说完,我就走出了陆涛的办公室,而禾丰是被我“逼”来的,他走进我的办公室四处打量了一圈,略带忧伤地说:“虽然不如曾经的办公室气派,但感觉还是挺好的。”

我回忆道:“曾经的办公室四十平方米,红木写字台,现在的办公室十四平方米,家居市场随便买的办公桌,这就是差距。”

禾丰眼里闪过一丝期待的神色,对我说:“我真替你高兴,以后肯定会越来越好的。”

我看着禾丰说:“你一定逼我问你才肯跟我说吗?”

他听到这话之后整个人都愣住了,两秒钟之后,禾丰回过神假装听不懂的讪笑着问道:“说什么啊?”

我看着禾丰深深吸了口气,感叹道:“看来我要是不问,你是真的不打算跟我开口了。”

禾丰仍旧装糊涂问道:“你在说什么啊?”

chapter 61 炒鱿鱼

面对禾丰的态度，我真是有点无奈，无奈到情不自禁地摇头，笑着对禾丰说：“记得大一在学校报到那天，我拉着两个行李箱带着录取通知书在学校里面四处问路，找办理入学的地方，在路上我向你打听，你把位置给我说了一遍，又怕我找不到，索性拉着我的行李箱带着我去办入学手续，结果那天中午你错过了饭堂吃饭的时间，帮完我你就要回宿舍，我再三追问，你才说错过了饭堂开吃的时间就不吃了，外面的东西太贵。从那天起我就看出来你是个什么样的人了，所有的委屈、不如意你都憋在心里，如果不是逼到份上，你是打死都不会说的。”

禾丰笑了笑说：“这么多年过去了，你还记得呢！”

“这辈子想要忘记挺难的！”说到这，我也不绕弯子了，对禾丰说，“行了，说正事吧。你能在工作日来这边溜达，肯定是被公司开除了，你不说我也能猜到。这事还得怪我，我拿到你给我的名片之后就去找武丽萍了，这么多年都没当销售了，甚至都忘记怎么去拜访客户，武丽萍对我很不满，还问我怎么知道这个消息的，她只说对……对……那个人叫什么来着？我想不起来了，应该是你那个外企的高管吧？是不是武丽萍把这事捅到你们公司，然后你被查出来泄露公司资料开除了？”

禾丰略带尴尬地说：“没事，我本来也不是很喜欢这个公司的气氛，总觉得自己是给人打工，每天行尸走肉地坚持早九晚五，根本找不到当初咱们一起干的激情。那时候虽然忙，加班也是常事，但干得激情十足啊。”

我拍拍禾丰的肩膀说：“既然咱们自己人在一起干活有激情，那就回来吧，正好不是刚刚接了一个项目嘛，你来做怎么样？陆涛现在正盯着监控的项目，而我们也的确需要一个IT人才，非你莫属。”

禾丰眼睛放光问道：“你这算是让我回来了？”

我点头，但是马上又对禾丰说：“丑话说在前面，你现在回来是拿薪水的，别跟着我一起折腾个看不清的未来，你和陆涛还有何静每个月的底薪都拿一万五千元，等公司步入正轨之后，我可以把股份分给你们，但现在不行。我还不确定公司能不能有发展，所以投资这事你们别参与，每个月拿薪水养家才是你们要做的事。”

禾丰也理解我的用意，对我说：“一万五太多了，减半给我就行，够车贷房贷还上去之后还能维持家庭开支就够了，你现在也不容易，别光想着让我和小涛享福。”

“废话少说，就一万五千元，现在就开始上班吧，隔壁还空着一个办公室，你自己去打扫卫生吧。对了……我突然想起来，你说如果把刚刚陆涛说的方案用在酒店管理系统上如何？比如客人订房的时候可以看到房间的全景图，会不会更好？”

禾丰直接忽略我的问题，叹息着摇头说：“有点什么好的创意你都想用在酒店上，看来你对现在的女朋友很用心啊，你就没想过杨曼……”

“打住！”我对禾丰说，“不提杨曼好不好？哥们我好不容易下定决心和曾经道别，你就别总是让我回忆过去了行吗？”

“好吧！”禾丰向门口走去，“我去隔壁办公室看看。”

我在禾丰身后喊道：“有什么需要直接跟何静说。”

禾丰走后，办公室又剩下了我一个人，我不禁又想起了杨曼，她对肚里的孩子有多重视，只有我最清楚。这是我们多年来的夙愿，现在终于有了希望，她更是无比在意自己的身体，每天在家里认真养胎……在这种情况下，她竟然熬夜来医院照顾我，被我无情地“骂走”之后又拿衣服折返回医院……

想到这些，我心里有一些愧疚。

我在微信里面找到中药市场卖中药的那个微商，跟他预定了两盒燕窝，当然不是通过快递给我，我是让他准备好燕窝，我一会儿亲自来拿。

以前开公司给大客户送礼的时候,燕窝这种高端保健品是我的首选,买着买着也就能区分好坏了。

四十分钟之后我来到了中药市场,也见到了老板给我准备的燕窝,隔着包装盒看了一眼问道:“老板你没坑我吧?这燕窝是雪燕的吗?”

老板拍胸脯说:“老客户了我能坑你?这燕窝绝对是我店里最好的,你要是能找到比这更好的,我白送。”

“你可别忽悠我,我是自己吃,不是送礼。”

老板笑呵呵地说:“我知道啊,你老婆不是怀孕了嘛,她前段时间还来我这里买了一些其他的补品呢。你信我没错,这燕窝绝对是最好的。”

“多少钱一盒?”

“本来是三千八百元一盒的,老客户了两盒收你六千块算了。”

“刷卡。”

买完燕窝,我还拍了张照片发给我妈,告诉她这个是给杨曼买的,我也不知道自己是怎么想的,为什么要这么做。

但是我妈很快就帮我找到了答案,她回信息问道:你给杨曼买两盒燕窝还给我拍照,你的意思是告诉我你对杨曼尽义务了吗?

这一刻我突然觉得我妈说得好有道理啊,我买燕窝给杨曼不是应该第一时间送到杨曼那吗?本能地发给我妈是几个意思?似乎就是在告诉我妈:我听你的话了,我对杨曼尽义务了。

在我琢磨这些的时候,我妈的第二条信息又发了过来:你对杨曼怎么样不用向我汇报,我们也没逼你怎么样,你觉得自己做得够好就行了。

最终我也没有回复我妈任何信息,我觉得被她戳中了痛处,也有可能是看到了自己内心最虚伪的一面,好像我现在给杨曼买燕窝,纯属报答她晚上来医院照顾我。

想想还真的有些可悲!

chapter 62
夺妻之恨？

拿着燕窝准备走的时候，我又停下了脚步，给老板再次支付了六千块钱，一共带走了四盒燕窝，分成了两个袋子装。

离开中药市场刚好赶上了下班高峰期，我开着车在二环上龟速行驶，来到杨曼家已经是差不多七点了，提着两盒燕窝走上楼。

来到门口就听到房间内有争吵，但是具体没听清楚，我按下门铃之后里面马上就安静了，继而传来了向门口走来的脚步声，我怎么都没想到开门的竟然是薛磊。

薛磊看到我也愣住了，站在里面以一个“男主人”的语气质问道：“你来干什么？”

我看着薛磊反问道：“我来这里需要你管？”说罢，我直接走进门，还用肩膀撞了一下挡在门前的薛磊，薛磊长得比我瘦，个头也没我高，要是真的动手打架，我能把他打个半死。

薛磊被我撞得一点脾气都没有，但他还是挺爱面子的，在我身后问道：“这是你家吗，你就来？”

这时杨曼从客厅里面走过来，一边走手里还拿着一张纸在脸上擦，明显是刚刚哭过。我是真的不太想干涉杨曼和薛磊之间的事，既然都离婚了，就不要过多地干涉对方私生活，就像杨曼知道我已经有了顾瑶，但她从未在我面前说过顾瑶一句不好，也没有议论过顾瑶，当然，更没有问过我和顾瑶是什么关系、发展到哪一步了等等。

杨曼来到我面前问道：“你怎么来了？”

我把手里提着的燕窝拿给她说:“燕窝,刚刚在中药市场买回来的,你怀孕了多注意点身体,吃点补品好一些。”

这一刻,杨曼满眼的感动啊,她似乎不相信我会给她送燕窝过来,眼泪又开始在眼眶中打转了。

薛磊从我身后一把夺走燕窝,甩手就丢在了墙上,指着我说:“方旭你够了,你和杨曼现在没任何关系,她是我女朋友,我女朋友还轮不到你关心,我……”

薛磊的话还没说完呢,我的拳头已经招呼在他的面门,以至于他后面的话都没说完,捂着鼻子就后退了几步,我这一拳打得似乎还不够过瘾,也可能是挤压在心底的愤怒在这一刻彻底爆发了,我上前抓着薛磊的头发,抬起膝盖撞击他的脸。

薛磊疼得大叫起来,骂道:“有本事你今天打死我。”

然后,薛磊跑了。

在我打薛磊的时候杨曼没拦着,也没有拉我,也让我不要去追。

杨曼安抚我说:“你跟他一般见识干什么呢?”

我走向墙边,把散落一地的燕窝一片片拾起来。

杨曼也来到我身边,蹲下来帮我拾地上的燕窝,一边拾一边问:“你怎么想起来给我买燕窝了?”

我故意装作冷漠地说:“我是去中药市场给顾瑶买燕窝的,顺便给你带了一份。”

杨曼听后瞬间沉默,只顾低着头把地上的燕窝一点点捡起来,她的长发从脸的两侧垂落在地上,我看不到她脸上的表情,但是能感觉到空气中飘着淡淡的压抑与忧伤,我们似乎找不到可以聊的话题,因此而沉默了。

拾起来最后一片燕窝,我拿起盒子将盖子重新盖好后递给杨曼,主动找话题问道:“你妈去哪了? 她怎么不在家?”

“家里出了点事,我妈回丽江了,过几天就能回来。”

“要几天才能回来? 这几天都是你一个人在家?”

“嗯,这几天都是我一个人在家,家里的事如果处理得快,我妈一周就能回来了，最迟也不会超过半个月的。”

我随口问道：“什么事啊？要这么久。”

杨曼却不愿意回答我的问题，随便应付道：“一些乱七八糟的小事。”

我突然意识到了什么，看着杨曼问道：“你妈在的时候，没见薛磊来过，你妈刚回丽江，他就过来了，是不是你妈在这的时候，薛磊不敢来还是怎么回事？刚刚你们是在争吵？”

杨曼抬起头用红红的眼睛看着我，略带哀求地说：“方旭……别问了行吗？我们已经离婚了，你的事我不干预也不过问，我的事你也别打听了好吗？我现在不求你跟我复婚，也不想用这个孩子要挟你做什么，咱们都给彼此个自由行吗？”

chapter 63
维护

我挺意外杨曼能和我说这样的话，最后竟然用“彼此自由”这样的字眼来说事，听到她这样说的时候，我才意识到，杨曼可能是真的把我们曾经的一切都放下了。

我低下了头，目光正好落在她隆起的小腹上，内心五味杂陈，如果这个时候杨曼告诉我这个孩子不是我的，那对于我们来说，才是真正的“彼此自由”吧。

调整了自己的心态后，我很平静地对杨曼说：“好了，我不问了，你们的事终究是你们的事……”

正说到这，门外响起了剧烈的敲门声，伴随敲门声的还有人的厉声呵斥，“开门，我们是警察。”

我和杨曼同时愣住了，但是回过神之后，杨曼还是去开门了。

门外，薛磊带着四个民警走了进来，进门就指着我对四个民警说：“就是他，就是他动手打了我，这里就是殴打现场。”

民警随便看了一眼就发现这凌乱的客厅有打斗过的痕迹，目光落在了我身上问道：“怎么回事？动手打人的是你吗？”

还没等我说话呢，杨曼就率先开了口，对民警说：“警察同志你好，刚刚他们俩的确是打架了，他非礼我，我老公刚好赶回来就动手打了他，并且是他先动手打的我老公。”

“老公？”民警都惊呆了，四个人同时看着薛磊问：“怎么回事？你跟他们又是什么关系？”

薛磊强调道："他们已经离婚了，杨曼是我现在的女朋友……"

"不是！"杨曼当着四个警察的面否认自己和薛磊的关系，"我不是他女朋友，我跟我老公虽然离婚了，但我肚子里还有怀孕三个多月的孩子呢。薛磊就是当着我老公的面要非礼我，才有了打斗。"

当着警察的面，杨曼只想维护我，薛磊已经无法接受了，威胁杨曼道："杨曼，你知道你在说什么吗？你是不是不想好了？"

杨曼回怼薛磊道："我告诉过你，孩子生下来之前你别出现在我面前，一切都等孩子出生以后再说，是你违约在先。"

民警彻底乱了，挠着头说："你们这关系够复杂的啊！"

杨曼当着所有人的面大声说："薛磊先来我这里，在我很反感的情况下还对我动手动脚的，刚好我老公买了燕窝送过来，他要制止薛磊，却被薛磊打了耳光，就抽在我老公的左脸上，然后两个人才发生撕打，我可以作证。"

薛磊怒了，指着杨曼吼道："你怎么可以撒谎？"

杨曼看了我一眼，眼神中带着另外一层深意，仿佛是在告诉我：一会儿到派出所知道怎么说了吧！

民警有点头疼了，对薛磊说："你这做得不厚道啊，人家是夫妻，你算干什么的呢？这是你家？"

薛磊强调道："他们已经离婚了，这个房子是杨曼的。"

杨曼同样用强势的语气说："这房子是我离婚之前我老公买的，跟薛磊一点关系都没有，我也没请他来这里，而且他来了之后赶都赶不走。"

另外一个民警上前对薛磊说："这事你好像不占理，你确定还要报案吗？我建议你们私了算了，如果你们没办法私了，我们可以出面调解。要说因为这事抓人，似乎不太可能。"

薛磊很嚣张地问道："调解我用得着你们？"

几个民警一看，这小子有点嚣张啊，顿时脸上就有不乐意的表情了，薛磊坚持说："你们必须抓人，不抓人我就举报你们不作为。"

一个民警指着自己胸前的执法记录仪说："你去举报吧，我们这全程录像，我们是人民警察，不是谁的帮凶。"

杨曼看了一眼执法记录仪，假装不经意地说："薛磊你别以为你可以为所欲为，今天就算立案调查我也是这么说。"

薛磊对几个民警说："我不报案了，我们自己私了。"

民警问道："你确定要私了是吗？我们可没逼你一定要私了，你自己想清楚。"

薛磊低头说："私了，我们私了。"

几个民警也不想多事，既然决定私了，就拿出来一个类似于调解单的让我们签字，我也不想真的把自己闹到派出所里面去过夜，肯定是息事宁人比较合适。

民警走后，薛磊看着杨曼无比失望地说："我没想到你能这么对我，你这是在逼我吗？"

杨曼不带任何语气地说："我说过的话算数，现在我肚里的孩子最大，谁都威胁不了我。"

薛磊开始打苦情牌说："我对你一片真心，你……"

杨曼打断薛磊的话说："一切都等我把孩子生下来再说。"

薛磊死死地盯着杨曼数秒钟，然后又看了我一眼，说："行，我等，因为我是真的爱你，我可以给你一切，时间会证明。"

说完，薛磊离开了杨曼家，房间内再次只剩下了我们两个人，气氛在这一刻变得有些微妙，我已经听出来这两人之间似乎是有什么约定，更像是有什么我不知道的隐情。

薛磊走后，杨曼也不希望我留在这里，主动对我说："你也走吧，我想休息一会儿了。"

我看着满地狼藉的东西说："你去卧室休息吧，我帮你把这收拾一下就走。"

杨曼也没多说什么，留给我一个冷漠的背影，转身走回了卧室。

我笨手笨脚地把打架时弄乱的东西复位，又将地面散落的燕窝渣清扫了一遍，准备走的时候又觉得杨曼好像还没吃东西，于是又去厨房帮她煮了一锅粥，做完这些我才来到卧室门口轻轻地敲了门，然后推开一条缝告诉杨曼说:“我走了,厨房有煮好的粥,记得吃一点。”

躺在床上的杨曼应了一声,她没有多说一句话,更没有挽留我一起吃饭,见杨曼这态度,我关上门离开了。

chapter 64
熬一下就好了

离开杨曼家，我发现自己不饿也不知道要去哪，此时已经是接近九点钟了，街上的车流都没有之前那么多了，副驾驶的位置上还放着两盒给顾瑶买的燕窝，看到燕窝又想起了顾瑶，包括那套酒店客户管理程序。

如果真的把房间的“星球全景图”加入到这套程序里面，应该是一个挺不错的创意。

想到这些，我又开车回了公司，本以为这个时候回来做事的只有我自己，可是当我走进公司却发现陆涛的办公室、禾丰的办公室灯都在亮着。

这真是让我意外！

我先推开陆涛办公室的门，这家伙正在忙着处理摄像头软件的程序，禾丰更是秒进入工作状态，他已经开始开始去做孙浩的这笔生意了。

我没有打扰他们两个，自己默默地回到办公室打开电脑，开始尝试修改给顾瑶做的这套程序。说真的，我已经至少有两年多的时间没有亲自给别人写过程序了，至少没有独立完成一套程序，更没有如此用心地去做。

时间一分一秒地过去，差不多十点半的时候，手机上收到顾瑶发来的信息：亲爱的你在干吗呢？是不是要睡了？

我看完手机，嘴角情不自禁地上扬，然后拍了一张自己电脑屏幕的照片发给了顾瑶。

很快，顾瑶就给我回了信息：这个不是你在家用的电脑啊，你还在公司？

我：嗯，还在公司没回去呢，我把酒店客户管理程序优化一下，想到了一些好的创意，正在尝试着加到程序里面。

顾瑶:你怎么那么拼呢?你也要休息。

我:灵感来得不容易,有好的想法就努力尝试一下吧,你在干吗呢?是不是刚刚洗完澡准备睡了?

顾瑶:原本是这样的,但是我现在改变主意了。

我:改变了什么主意?

这一次,顾瑶没有很快回我信息,而我也忙着研究代码,手机放在一边也没理会。大概过了四十分钟,顾瑶竟然来到了公司,当时的我全神贯注地看着电脑屏幕,走进来的顾瑶着实吓了我一跳,我看着顾瑶惊讶地问道:“你怎么来了?”

顾瑶绕过我的写字台在椅子背后抱住了我的脖子,把脸贴在我的侧脸上温柔地说:“因为我知道你在加班帮我写程序,我心疼你,所以要过来陪你。”

我闻着顾瑶的发香,转过头在她的脸上亲了一下,这一刻我心里还是挺高兴的,哄着她说:“做IT的程序员加班不是家常便饭吗?说真的,我差不多两年没有加班写程序了。”

顾瑶听我这么说更加开心了,抱着我的脖子说:“为了我,又让你加班了,我是不是得好好感谢感谢你啊。”

“那你想怎么感谢我呢?”

顾瑶想了想问道:“你想让我怎么感谢你呢?”

“以身相许吧!”

顾瑶听后突然就松开了手,红着脸说:“你还想让我怎么以身相许?”

我竟然有点不好意思了,急忙说:“以身相许陪我吃宵夜。”

顾瑶嘟起了小嘴,轻柔地问:“隔壁两个办公室的灯都亮着,要不要叫着他们一起去吃东西,这都快十二点了,就算加班也要有时有晌啊。”

如果不是顾瑶提醒我,我还真不知道此时已经这么晚了,伸了个懒腰说:“你在这等我一下,我去叫他们两个收工,出去吃点东西早点回去休息。”

我先去叫了禾丰,禾丰说正忙着,让我先去叫陆涛,他收个尾,等我叫完陆涛他就完事了。

我又来到陆涛的办公室，这家伙直接告诉我没空吃东西，除非我把宵夜买回来，他现在也正在灵感爆棚的阶段，让我别打扰他思路。

我真是无语了，回到办公室拉着顾瑶的手下楼，直接去烧烤摊点了两百多块钱的各种烤串，还顺带买了一箱啤酒。往回走的时候，我抱着啤酒，顾瑶提着烧烤，她还担心我抱着啤酒看不到前面的路，每到台阶附近的时候，她就提醒我小心脚下的台阶。

这种关心，体现在每一个生活的细节上。

回到公司，陆涛和禾丰终于放下手里的鼠标、键盘，一起坐在我办公室的茶几边撸串喝酒。

陆涛拿着酒瓶和我碰了一下问道："咱们是不是好几年都没有加班到深夜，然后一起去撸串喝酒了？"

禾丰在一边说："可不是嘛，至少有两年的时间了，我差点忘记熬夜写代码是多么爽的一件事。"

顾瑶坐在我身边，很不理解地看着禾丰问道："程序员都喜欢晚上熬夜写代码？为什么呢？"

陆涛抢着说："因为晚上安静，没有人打扰。"

禾丰却笑了笑，他很实在地说："可能是前几年养成的习惯，逐渐喜欢了深夜写代码。"

顾瑶感叹道："真是没办法理解你们的生活。"

我放下酒瓶对身边的顾瑶说："习惯就好了，程序员的生活都是这样，早几年开第一家公司的时候，每天上午根本看不到我的人，全都在家里补觉呢。"

顾瑶很担忧地问："过着这样黑白颠倒的生活，你们的身体吃得消？"

陆涛一边撸串一边说："能有什么办法呢？不干活就赚不到钱，都是穷人家的孩子，发家致富只能靠自己了，那时候总想着熬一下，熬一下就好了……"说到这，陆涛放下了肉串，看着顾瑶说："现在我也是这么想的，真的。"

这一刻，我突然感觉到有一种莫名的压力，压得我难受，陆涛把炸鸡店都放弃了跟我一起创业，他是拿自己的未来在陪我赌，我真的输不起。

顾瑶微笑看着陆涛鼓励道：“加油啊，你们这么努力，一定会好起来的。”

这顿宵夜吃得很开心，找回了曾经在一起创业的感觉，同时，这顿宵夜吃得又很难受，吃得我压力很大。

离开公司的时候已经是一点多了，陆涛跟禾丰在我的坚持下都叫了代驾，顾瑶自然而然地成了我的“司机”。

顾瑶关切地问道：“你是不是喝多了？有哪里不舒服吗？”

我转过头看着顾瑶说：“我压力挺大的，咱们去海埂大坝吹吹风吧，好吗？”

chapter 65
多年以前

夜已深，顾瑶还是带着我去了海埂大坝，不知道从什么时候起，这里似乎成了我们宣泄情绪的“秘境”，皎洁的月光下，我趴在护栏上。顾瑶站在风吹过来的方向陪着我，滇池的水面上漂着几艘渔船，那些渔火成了这个夜的点缀。

顾瑶坐在我身边轻声问道：“你是不是最近压力很大？”

我不想把太多的负面情绪传递给顾瑶，故作轻松地说：“压力大是因为刚刚听了陆涛说的那些话，他和何静放弃了自己的炸鸡店，就是因为相信我能带他们有更好的发展，现在为了一个项目加班到深夜，以后这种生活可能都是常态。如果我不能带他们赚到钱，我觉得我会特别的自责。”

顾瑶安慰我道：“目前公司不是还有项目嘛，至少这是希望。”

我转过身把顾瑶抱在怀里说：“今晚公司的情景让我想起了很多年前以前，我们几个人从大学出来之后就一起创业，那时候也不知道怎么开公司，甚至连办公室都租到了小区里面，七八个人在三室两厅的商品房里面办公，没日没夜的！有时候累了就随便找个行军床躺在上面眯一会儿，睡醒了继续干，电脑旁边经常放着红牛、槟榔，可能是触景伤情吧。”

顾瑶一脸痴迷地看着我问：“你们创业的时候都是这样的吗？还有什么记忆深刻的讲给我听呗，也让我在你们的身上找到一点鼓励自己的动力。”

我把西装脱下来披在顾瑶身上，抱着她的腰闻着她的发香回忆道：“那个时候我们对钱似乎没什么概念，大家在一起做就是怀揣着梦想，想要干出一番大事业来，一点不夸张地说，那时候我们手里没钱，拿出一万块钱都觉得挺费劲的，但是又总觉得五六十万甚至一百万都不算什么事，还总觉得我们能成大事。”

顾瑶在我怀里安静地听着我讲那些年的事。

“事实上我们没能做成什么‘大事’，倒是小钱赚了不少，最多的一年我到手的纯收入就有五百多万，那一年我们做的一个程序被阿里收购了，也正是那一年，我们开始走下坡路。我们做的那个程序类似于携程一样，是购买打折机票的。被收购之后，也有几个开发程序的同学散了，跟着程序去了阿里工作。后来我们剩下的这些人又想做一个全新的产品，就把目光放在了旅游上……可能是之前太顺了，这一次就是不停地砸钱，再加上金融危机，一直到今年上半年，公司彻底没了。”

顾瑶轻声问道：“然后你就想着要卖服务器去换钱了？”

我自我安慰道：“那时候也是没办法了，写字楼的租金都没办法交上去了，只能暂时变卖那些东西。如果不是要卖服务器，也不会遇见你，这个服务器卖得值。”

顾瑶嘟嘴说：“你就会挑好听的说。”

我把顾瑶抱在怀里帮她挡着夜晚的冷风，闻着她的发香轻声说：“假日酒店的客户管理程序我会帮你优化到最好，程序的后台我就放在我的服务器里面，以后假日酒店的工作人员在使用程序上和之前没什么不同，就是存储地点换了，我总觉得你们酒店的机房不安全，有很大的隐患。”

顾瑶沉默了，沉默了好久才说：“方旭……这件事还是先缓一缓吧，我担心公司的高层会不同意，毕竟客户信息这么重要的东西，我没办法一个人做主。”说到这，顾瑶又急忙强调道：“我不是不信任你，而是我身处这个位置，还没有这么大的权力能决定这些，等我回去跟我叔叔商量一下吧。”

“放在我这里绝对比放在你们公司的机房要安全。”

顾瑶在我怀里点头说：“我相信你说的，但这件事真的不是我一个人能决定的，先等一等吧，我知道你是为了我好。”

话都说到这份上了，我也不好再坚持什么，一切就让顾瑶自己做决定吧。我不想给她的工作造成太多的干预，就像我也不希望顾瑶干涉我的事业一样。

深夜两点，我把顾瑶送回去，顾瑶让我开着她的车回去，明天她会让公司的人联系我去幸福广场取回她的车。

顾瑶下车后，我又开着车在二环上游荡了一圈，车里放着顾瑶喜欢的旋律，每一首都是轻柔的类型，宛如顾瑶本人。

回到家，我又习惯性地打开了电脑，这可能是一个IT人的职业习惯吧，即便是睡觉，也要让电脑开着，毕竟有很多数据是要实时监控的。

次日，我睡到了九点半才起床，眼睛望着天花板半天身体都没动一下，真想就这么一直躺着装死算了，爬起床之后又是充满焦虑的一整天，为了钱、为了生活而穿梭在各种人之间！

可是要面对的生活终究不能躺在床上就能得过且过！

我十点半来到公司，看到陆涛和禾丰的办公室门都关着，何静倒是把自己的独立办公室空了出来，自己把办公桌搬到了格子间靠近门口的位置，何静看到我来公司，主动和我打招呼说："陆涛昨天回到家又忙了两个小时，凌晨三点才睡，今天可能来迟一点。"

"嗯，我知道了，禾丰昨天也是一点多才走的，你怎么把自己从办公室搬出来了？"

何静解释道："办公室留给有需要的人吧，我在哪办公都一样，公司这几个新来的销售业务也不熟练而且有消极怠工的，我在这办公还能起到一个监督的作用。"

我发自内心地对何静说："辛苦啦，等公司有起色之后一定多给你们股份。"

何静微笑起来，对我说："一起加油吧。"

我们俩正聊着天呢，公司门口响起了敲门声，然后就是一连串高跟鞋踩在地面的声音，越来越近。

当我转过身的时候，段蓉已经走到了我面前，我惊讶地问："蓉姐，你怎么来了？"

段蓉反问道："怎么？不欢迎我来你这里？"

chapter 66
看不懂的女人

我哪敢得罪段蓉？何况我也没有得罪她的必要，她也是带着开玩笑的语气问了这么一句，我就接着她的话茬恭维道：“蓉姐看你说的，我怎么可能不欢迎你过来呢？我这也是刚刚到公司，来我办公室坐吧。”

段蓉手里提着一个纸袋，包装我没看清楚是什么，我带着她来到我的办公室之后，主动对她说：“蓉姐这边坐，我这有普洱生茶、熟茶，还有碧螺春，还有花茶，您喜欢喝什么？”

段蓉瞪了我一眼，很不满地说：“你是存心把我当外人是不是？”

“蓉姐你可冤枉我了，我要是把你当外人，就不告诉你我有这么多茶叶了，直接泡最好的，面子上先做到位，我这就是把你当成是自己人，才和你说这么多的，你自己想一想是不是这么个道理？”

段蓉撇了撇嘴，脸上浮现出一丝不屑的表情，随手把手里提着的纸袋放在了茶几边，随口说：“你怎么说都有理，你泡什么茶我就喝什么茶。”

我看出来这段蓉是主动跟我套近乎了，我也就顺着她的心意来，她不是不希望我跟她客气吗？那我就真的没客气了，拿起散装的碧螺春抓了一点放在茶壶里，嘴里还不忘“嘟囔”道：“这茶便宜就喝点这个吧，好茶叶我还得留着招待客户呢。”

段蓉“生气”地说：“哎呀，你还真不给姐喝好茶啊，枉费姐对你那么好，大老远的给你带一只弥勒的卤鸡过来。”

“卤鸡？”我的目光落在了段蓉放在茶几上的手提袋，我直接丢下了茶叶，对段蓉说，“喝什么茶你自己泡吧，我觉得现在吃卤鸡才是正事，正好我还没吃早饭呢。”

段蓉见我真的没把她当外人，在她面前都不注意形象了，脸上的笑容也随和了不少，她自己动手烧水，一边弄茶叶一边说：“这家卤鸡店的老板就是弥勒人，做得很正宗，我早上路过的时候刚好看到他的卤鸡出锅，就买了一只给你带过来。”

此时我已经打开了那个纸袋，里面是一只热乎乎的卤鸡，我带上店家送的一次性手套，熟练地把一只鸡大腿扯下来，递给段蓉说：“蓉姐先吃。”

段蓉并没有接过我递给她的鸡腿，“鄙夷”地说：“你能不能注意点形象啊，怎么说你也是一个公司的老板啊。”

我不屑地说：“我又没拿你当外人，注意什么形象？”

段蓉这次是真开心的笑了，对我说：“你快吃吧，喜欢就好。”

我拿着手里的鸡腿送到嘴边，大口地吃着，“蓉姐你不会大老远的跑过来就为了给我送一只卤鸡吧？是不是又想让我帮你在胡队长的手机上搞什么软件？”

段蓉否认道：“还真就是给你送只卤鸡，没有什么其他的事。上次你帮我推荐的那个程序还挺好用，我现在随时都能看到老胡在什么地方了，你说这是什么神奇的软件呢？太好用了，软件是如何做到的呢？”

“蓉姐你自然不了解这些，其实这就是一个很简单的小程序，只要读取到对方的GPS信息就行了，其实你手机上也有类似的软件，比如滴滴打车，你每次打开软件不就自动定位了吗？然后司机接单后，你也能看到司机的位置，这个时候就是你们之间相互共享了彼此的定位信息，我让你下的那个软件，也是利用了这个原理，没啥难的。”

段蓉恍然大悟道：“原来是这样啊，看来以后这打车软件用着都得留意一下。”

“没事，打车软件你放心用，退出程序的时候，也就关闭了GPS定位，你可以把软件授权设置为‘使用时读取定位’，退出就不能定位了。”

简单地聊了几句，段蓉也算是在我这学了点知识，半个小时左右，她背着包就走了。

段蓉走后，我看着吃掉一个鸡腿的卤鸡，总觉得这事有点不对劲，她今天来真的就是为了送一只卤鸡？我是越来越看不懂这个女人了。

俗话说，见什么人说什么话吧，只要彼此相处没有那么多矛盾，你开心、我开心就行了！

段蓉走后，禾丰来到我的办公室，看到茶几上有吃掉了一个大腿的卤鸡，他也没客气，自己走过来扯了一个鸡翅膀，边吃边问："谁送来的？"

我随口说："一个'莫名其妙'的女人，我都不知道怎么形容她……"说到这，我发现禾丰吃的是鸡翅，这种卤鸡本来就没多大，鸡翅更是没什么肉，于是我对禾丰说："吃鸡腿啊，鸡翅那么小哪有肉？"

禾丰始终是那个禾丰，任何一件小事都习惯了替别人着想，吃着鸡翅随口说："鸡腿留给陆涛吧，让陆涛拿去给何静，那对小夫妻需要这样的温馨。"

"你啊！真是让我无语到不知道说什么好，吃个卤鸡你也能想到这些，成天帮别人活着你累不累啊？"

禾丰憨厚地笑道："养成习惯了吧，如果我不是处处为别人着想，写程序的时候也没办法站在用户的角度，也就没办法写出客户满意的程序。"

"你这话说得我竟然无言以对。"

门外，何静来到我办公室门口，她先是敲了敲门，然后才把门推开了一条缝对我说："方总，有一位姓顾的女士找您……"

何静的话还没说完，办公室门就被彻底推开了，顾斓对何静说："我找方旭不用你通报，你去忙你的吧。"

禾丰一脸惊呆地看着顾斓，然后又把头扭向了我，我拿起茶几上的手提袋对禾丰说："拿走，拿走，隔壁慢慢吃。"

禾丰也没多问，拎着袋子就走了。

顾斓站在门口的位置看着拿着卤鸡走出门的禾丰，嘴角扬起了一丝不屑的讥笑，然后走向我说："旭哥，你的公司是不是有点太散漫了？这是办公室还是食堂？你这样能把公司做大才怪呢！"

chapter 67
直爽

我尴尬地笑了笑,解释道:“都是自家兄弟,也没在意这些细节。”

顾斓纠正我的想法说:“你这种想法挺可怕的,不能因为熟悉就忘记了自己身处的场所,就算是自己的兄弟又能怎么样?办公室终究不是聚餐的地方,你要是想把公司做大,就一定要立下规矩,比如上班时间在办公室吃卤鸡,这就有损公司形象了,被到访的客户看到,会认为你们很不专业。”

“是……”我点头说,“你说得对,我一定改正。”

其实我嘴上这么说,心里还是挺难接受顾斓说的话,我也挺想反驳一句的,如果不是她“硬闯”到我的办公室,怎么可能看到这一幕?换句话说就是懂礼貌、守规矩的客户,根本也不会轻易能来到我办公室的。

顾斓在我办公室绕了一圈,然后坐在了我的椅子上,又摆出一副教育我的样子说:“旭哥,不是我说你,公司真的不能像你这么开,最起码的规矩还是要有的……”

顾斓把她认为对的那一套理论和我讲了一遍,无外乎就是一定要按规矩办事,公司就是公司,不能掺杂个人的情感在里面。

我并不反感顾斓说这些,她的话反而让我想起了几年前在网上看到的一篇文章,讲的是工作态度。发文章的是一个大叔,他在一家私企工作了二十五年,本以为能在这个私企混到退休,却没想到被刚上任不久的主管给炒鱿鱼了,大叔发文感慨年轻人不懂得变通、不懂人情世故,完全不顾及他在公司多年的辛苦,他找老板理论,老板也没能让这个主管改变主意。

这篇文章当时引起了不小的轰动,网上几乎分成了对立的两派,一派就是站在大叔这一边的，认为自己的青春都奉献给公司了，现在虽然没有年轻时工作那么用功了，但也不至于被开除。

另外一派年龄普遍比较小，大家认为这个主管做得对，企业不是米缸可以养着一些米虫，企业存在的目的是赚钱，对于那些不能给公司创造价值或是创造价值太小的人来说，这里并不适合他们的存在。

今天这件事让我看到了顾斓也是属这一派的，做事态度还是比较不讲人情的。

被教育了一会儿，顾斓才说正事，把手伸向我说："我是来帮我姐拿车的。"

我指着桌面上的一把车钥匙说："车钥匙就在你面前，一会儿我送你到停车场找车。"

顾斓翻了翻白眼说："旭哥，你也太小气了吧，这都到午饭时间了，你就不说请我吃个饭再让我回去？"

我拍着脑门说："抱歉、抱歉，我这刚刚吃了个鸡腿，都忘记要吃午饭了，实在抱歉！下面就是个商业广场，有很多餐饮店，你有什么喜欢的口味吗？我带你去。"

顾斓假装生气地轻叹道："哎！终究不是我姐，这要是我姐过来，你还会问她这种问题？肯定是直接带着我姐去找美食了。"

我被顾斓说得哭笑不得，最后只能带着她去楼下一家环境不错的餐厅吃午饭，吃过饭后我还客气地邀请顾斓上来喝茶，被顾斓很直接地回绝了，她说下午公司还有会要开，关于客户信息管理的事。

我捕捉到了其中的重点，如果没猜错，应该是讨论是否把程序放在我的服务器上吧。

送走了顾斓，我决定去找丁文杰，他帮了我两次，早就说要请他吃顿饭，这事一直都没落实呢，今天下午刚好有空，上门拜访表示一下吧。

我找到丁文杰的时候，他还是和以前一样，不修边幅地把自己锁在工作室，整个工作室也只有他一个人，我们俩年龄相差不了两岁，但丁文杰看起来至少要比我老十岁。

客气地寒暄之后，我说："早就想过来看看你，一直在忙公司的事，今天难得有时间，赶紧过来。"

丁文杰客气地说："你有点太客气了。"

我笑道："算了，我也不跟你绕弯子了，反正也绕不过你。我今天过来就是想和你打听一下假日酒店的事，上次我按照你的提示，果然找到了另外两个短信平台群发的号码，所以就很不淡定了。我很确定这两串数字不是我加进去的，而是给假日酒店做信息维护的，有没有发现什么异常？"

丁文杰说："这酒店的水很深！我这么给你说吧，里面至少有三个派系的人在明争暗斗，尤其是在顾明顺被抓之后，这三股势力更是斗得激烈，虽然现在是顾家一人独大，有顾明发在这坐镇压着，表面上大家都能相安无事，实际上都在打着自己的小算盘呢。"

我问道："现在悦享酒店集团有哪些人在搞派系？"

丁文杰很严谨，他并不确定，所以他回答我这个问题的时候也很小心，滴水不漏地说："具体哪些人是哪个派系的我真不清楚，但徐凡凯父子俩绝对是个典型，徐达是公司的大股东，他儿子徐凡凯现在是人事部总监，掌管着整个公司的人事调动，徐家的人脉在悦享酒店集团内还是很强大的，徐凡凯为了拉拢那些小股东跟自己一起，把很多小股东的家人都安排在了公司的各个部门，虽然没什么太大的权力，但是这个人际关系网撒得比较大。"

我点头，这的确是一个很大的优势，看来徐家人已经开始给自己铺路了，我问道："除了徐家这父子俩还有另外一伙人呢？他们是谁？"

丁文杰看着我问道："你知道中天安防吗？"

chapter 68
中天安防

中天安防？这个名字很熟悉，我在脑海中不断地搜索，终于找到了这个中天安防的信息，中天安防的掌权人叫高峰，是顾瑶的同学，两个人的关系应该还算挺好的那种，当初我们公司的揭牌剪彩仪式，顾瑶就邀请了高峰来当个出席嘉宾，只是后来我没用而已，我看着丁文杰很不理解地问道："中天安防和悦享酒店集团有什么关系？"

丁文杰解释道："这件事说真的，我有点看不太懂。前段时间悦享酒店集团突然跟中天安防合作，整个酒店的所有监控探头都换了新的，就连之前用的程序都换了，据说这些都是免费给假日酒店做的升级更新，不仅如此，中天安防还给悦享酒店集团一大笔钱，用来购买各个股东手中的原始股，虽然中天安防具体持股多少我不知道，但这势头不对劲，所以我认为这是悦享酒店集团的第三股势力。"

我没告诉丁文杰关于顾瑶和高峰的关系，这个时候高峰进入悦享酒店集团，肯定不单纯的是投资，如果说投资，那投资的方向可太多、太广了，为什么高峰一定选择悦享酒店集团呢？

八成是看在顾瑶的面子了！

我又跟丁文杰把话题聊到了程序代码的事上，丁文杰明确地告诉我，假日酒店的机房绝对不止他一个人在操作，他现在负责的也仅仅是日常的维护。

聊到这儿，丁文杰对我说："我知道你跟顾瑶的关系非同一般，但我能帮你的也只有这么多了，我跟悦享酒店集团的服务合同十月份就到期了。"

我掏出手机看了看，现在已经是八月份了，也就是说丁文杰服务悦享酒店集团也只剩下最后的一个多月，我还想从丁文杰身上得到更多关于假日酒店的信息，不过在我看来，丁文杰知道的好像也不多。

我们聊了两个多小时，聊的话题也比较开，不单单是悦享酒店集团，还有一些大学时候的往事，聊得算比较开心的，我的半盒烟都抽完了，丁文杰从自己的茶几第二层拿出了半盒“庄园”，递给了我一根。

当我看到这烟的时候，顿时有一种很不爽的感觉，因为这烟在昆明很难买得到，而喜欢与众不同的郭少阳却只抽这种烟。

这里有半盒“庄园”说明了什么？我不得不多想了。

当然，当着丁文杰的面我并没有表现出什么，丁文杰和谁交朋友、和谁走得近，这是他的自由，我无权干涉。

但是从这一刻起，我对丁文杰也没有那么信任了，不得不给自己多留个心眼。

离开了丁文杰这里，我心里怎么琢磨都不是滋味，这应该是一种病态心理，自己讨厌郭少阳，就希望身边所有的人都不跟郭少阳玩到一起去。这种心理我相信很多人都会有！

我和“很多人”不同的是，我能清楚地意识到自己这种心理是偏激不对的，我要自己调节，把自己的状态调节到最好。

在回公司的路上，顾瑶给我发了一条信息，告诉我下午开会讨论一下把服务器放在我公司的想法，在会上几乎没有人支持她，所以这个想法应该算是彻底破产了。

我看到这条信息一点都不意外，这也是我预料之中的，悦享酒店集团的人凭什么信任我呢？尤其是上次有了“背锅事件”之后，我在那边的口碑可能更不好了。

在回信里，我安慰了顾瑶几句，让她也别太难过，我把优化好的程序再重新做一道加密，然后把程序放在假日酒店机房服务器上，这一次我不会再把源代码透露给任何人了，如果不是被人恶意破解，应该也不会出问题。

这些话只能是用来安慰顾瑶，让她不要难过而已。

遇到真正的行家还是防不住！

如果没发生第二次资料泄露事件，可能我们都不会选择冒险！

时间向后推移了差不多一周，我把假日酒店客户管理程序重新优化得差不多了，就准备在这几天拿给顾瑶去使用的时候，发生了第二次客户群体性骚扰事件，这件事的本质还是客户资料泄露。

某个周一，入住过假日酒店所有的客人手机上同时收到了一条非常奇怪的信息：××先生您好，您于××月××日入住假日酒店，同您一起入住的还有××，现在我们向您推荐一款可以打折入住酒店的小程序，点击下方链接有惊喜。

几乎是半年内入住过的所有客户都收到了这样一条信息，这瞬间就炸了。悦享酒店集团第二次客户资料泄露！事情的严重性可想而知，甚至有一些客户为了维护自己的权益，直接找律师起诉酒店。

而我，又一次被假日酒店起诉。

只不过这一次顾瑶和顾明发都没有提前给我透露一点消息，是悦享酒店集团的法务直接找的我，我肯定是不认账啊，法务也没跟我多说什么话，直接让我等法院的传票。

这些事全都在一天之内发生，这一天我拨打顾瑶的电话十几次，全都是关机状态，我有一种被逼疯的感觉。

我想到了桃子，我打电话给桃子求助，让她想办法帮我联系顾瑶，不惜任何代价的联系顾瑶。

电话里，桃子让我先别着急，她会想办法帮我找顾瑶的。

而桃子所谓的办法竟然是自己从北京买了一张机票直接飞了回来，她再次给我打电话的时候，已经是从昆明长水机场打车回家呢。

我看了看时间，此时是下午三点半，我离开公司开着车也往回赶，我在小区门口停好车，刚好看到桃子从出租车上下来，她只背着一个随身的包，行李箱都没拿一个。

见到我之后，桃子关切地问道："怎么回事？你在电话里面也没说清楚，假日酒店又出事了？"

我很无奈地说："客户资料泄露，所有客户都收到了一条短信，看似是推销某个小程序的短信，实际更像是蓄谋已久的恶性事件，我现在找不到顾瑶了，很急。"

chapter 69
被限制自由

桃子安慰我道："你先别着急，电话打不通我们可以去顾瑶家里问一问，我先上楼换一身衣服，换完衣服马上就走。"

我看着只背了一个包的桃子问道："你是不是回来得很着急？行李箱都没拿？"

桃子嗯了一声，然后说："你给我打电话的时候，我正在剧组和编剧探讨剧情，接到你的电话我马上就买了机票，我明天下午四点之前还要赶回去。"

"飞了这么点，就是为了回来帮我找顾瑶……"

桃子给了我一个微笑，却没再说什么。

回到家，桃子去卧室换衣服，我在客厅又尝试着给顾瑶打电话，电话仍旧在关机，这件事似乎比我想象得还要严重，否则怎么顾瑶能失踪呢？

客厅的那盆肉肉长得十分茂盛，我每周都会给它浇水，我盯着肉肉又想起来我拍照分享给顾瑶看的画面。明知道现在给顾瑶发信息是得不到回应的，可我还是固执地拿起手机拍了一张照片，然后在微信上发给了顾瑶。

桃子换了一身衣服从卧室出来，看到我蹲在地上看肉肉，她也凑了过来，蹲在地上摸着肉肉说："这肉肉被你养得胖乎乎的，一定废了不少心思吧？"

"每周浇水而已，它们就长得这么好了，我们的生活要是能和肉肉一样轻松该多好啊。"

桃子起身拍了拍我的肩膀说："走啦，我们去顾瑶家里看一看，你有去过顾瑶的家里吗？"

我起身跟在桃子身边往出走，一边走一边说："我送顾瑶回家过很多次，但是顾瑶从未邀请我进去坐一坐，每次都是把她送到别墅院子外，顾瑶似乎还没准备好把我介绍给她的家人。”

桃子很惊讶地问道：“你们不是都确定关系了吗？”

这话说得我也很疑惑，我对桃子说：“确定的只是恋爱关系吧，也没确定要结婚什么的，可能是顾瑶觉得还没到谈婚论嫁的时候，所以一直都没有邀请我见她家人的意思。”

桃子很会安慰人，她听出来这一刻的我是有些低落的，所以很委婉地说：“顾瑶的家教比较严格吧，听说她父母都不允许她随便谈恋爱的，你别急，给顾瑶点时间，她迟早会带你见家人的。”

“一会儿到顾瑶的家门外我就不进去了，我在车里等你，你进去看看是什么情况。”

“行！一会儿我进去你等我，不过现在你得去门口的便利店帮我买个面包，再加一瓶牛奶，我快要饿晕了。”

我真心被桃子的这句话说得愧疚了，在我有什么事的时候，桃子总是第一时间来帮我，甚至是忽略自己的那种帮我。我不知道自己何德何能，能有桃子这样的朋友，真的是上天对我的眷顾。

此时刚好是下班高峰期，昆明的各大主干道又变成了“停车场”，越是着急就越是龟速前进，原本三十分钟的车程，现在却要一个小时。来到顾瑶家别墅外的时候，已经接近六点钟了。

桃子推门下车的时候还不忘安慰我，让我稍等一下就好。

我看着桃子来到院子的铁门前，按了门铃之后，别墅里面走出来一个五十多岁的男子，如果我没记错，这个男子好像是姓“何”，算是顾瑶家的管家，跟着顾瑶父亲好多年的那个何叔……人肯定是这个人，但是姓氏我不知道有没有记错。

何叔好像认识桃子，开门之后还笑着跟桃子打招呼，热情地邀请桃子进去。

两个人的背影消失在别墅门内，我第一次坐在车里打量顾瑶家的别墅，这一片都是别墅区，有联排和独栋的，而顾瑶家就是个独栋别墅，有自己家的小院子，院子内还有几棵树，别墅是三层外加地下室的，感觉总建筑面积应该在五百平方米以上吧。

院子里还有个喝茶的凉亭，昆明这个地方四季如春，院子里的凉亭真的是一年四季都可以用，不会担心太热。以前我也买过别墅，那时候昆明的房价还在可以接受的范围内，我在郊区花了三百多万买了个联排别墅，自己家也有个小院子，只可惜后来生意不好，别墅被卖掉了。

往事历历在目，心中难免会有些惆怅。

回忆起这些年的过往，我也算是经历过大起大落的人了，我始终不认命，我认为人这一辈子要是不折腾折腾，就白来世上走一趟了。

桃子去别墅里面大概四十分钟之后出来了，看到桃子走出来的身影，我整个人都跟着紧张起来，她被管家何叔送到门口，何叔还客气地跟她说让她有空再来。

桃子关门之后，何叔透过铁栅栏往我这边看了看，他肯定是认识这辆车的，毕竟这就是顾瑶家的车。

桃子拉开副驾驶的车门上车，我都没等桃子上车坐好就急切地问道："怎么样？顾瑶在家吗？你见到顾瑶了吗？"

桃子坐在副驾驶的位置上，一边拉安全带一边说："顾瑶在家，她被悦享酒店集团董事会限制人身自由了，手机没收不让她和外界联系，顾明发也在里面呢。"

我皱眉问道："限制自由？法治社会他们凭什么限制顾瑶的自由？"

桃子解释道："董事会怀疑客户资料泄露还是跟你有关系，而顾瑶和你在一起的消息，也被董事会知道了，他们限制顾瑶的自由只是暂时的，担心顾瑶跟你串通吧。"

"究竟是谁限制了顾瑶的自由？是集团董事会？还是顾明发？"

桃子开口道："好像没什么区别，毕竟顾明发就是董事长。"

我愤怒地一巴掌拍在方向盘上，真的是替顾瑶不值，她一心一意地只想要公司好，为什么总是有人在坑她呢？这样的企业能做大做强？真是天方夜谭。

桃子在一边对我说："顾瑶让我带句话给你。"

chapter 70
诗人都是被生活逼成的

“什么?”我转过头看着桃子激动地问,“顾瑶让你给我带什么话? 她说什么了?”

桃子左右看了看,然后说:“先开车吧,边走边聊。”

我发动引擎,离开了顾瑶家的门口,桃子对我说:“顾瑶让我转告你,马上去请一个最好的律师给自己辩护,她特别嘱咐我,这件事你千万不要为了她或为了假日酒店的名誉就把责任拉到自己身上。”

我有点意外,没想到顾瑶竟然让桃子给我带这样的话,我对桃子说:“上次假日酒店的锅是我和顾瑶背的,对外是我扛着,对内是顾瑶扛着。这一次顾瑶总算是聪明了,知道不能什么事都往自己身上揽。”

“所以你别让顾瑶失望,顾瑶再三强调,这次一定要找个律师为自己辩护,如果不出意外,顾瑶明天就能恢复人身自由了,现在他们控制顾瑶,目的应该有两个,第一就是不让顾瑶跟你产生交流,方便后期起诉你。第二就是在等证据,据说今天已经有人去假日酒店找你和顾瑶出卖客户信息的证据去了。”

我想起来前段时间我和顾瑶一起去机房的事,他们要找的证据会不会是这段监控视频? 拿到这段监控视频就可以当成证据来告我? 现在他们限制顾瑶的自由,就是怕顾瑶去机房删除这些吧?

见我不说话了,桃子又开始安慰我道:“没事的,顾瑶只不过是被她叔叔关在自己家里,又没什么危险,而且明天就可以行动自如了,你还是先找个熟悉的律师,帮她把这个纠纷解决了吧。”

“饿了！”我对桃子说，“其他的事晚点再说，先把肚子填饱。”

桃子感激地看了我一眼，拿出手机说：“我以前在公证处工作的时候，和一些律师有过接触，我认识一个姓黄的律师业务能力还不错，我看看他有没有时间，约着见个面吧。”

“好的，谢谢啦，桃子。”

桃子没应我，自己拨打了这个黄律师的电话，很巧这个黄律师刚好有空，桃子就约着黄律师一起吃晚饭，为了方便黄律师，我们选了她住的附近吃东西。

见面之后桃子把黄律师介绍给我认识，三十多岁的女人，气质特别好，尤其是身上带着一股女强人的霸气。

坐在她对面吃饭，我都有一种被她气场压迫的感觉。

简单地交流之后，黄律师很冷静地帮我分析道：“这件事你不用担心。首先你已经因为程序漏洞把对方购买程序的钱全都还回去了，虽然这钱顾明发又私下转给你了，私下转给你并非购买程序，在法律上你们并没有做成这一笔交易。其次，对方在明知道程序有问题的前提下还继续使用，风险对方是知晓的，在知晓风险的前提下还继续使用，对方也有过错。另外还有一个大的前提，那就是对方没办法证明客户资料泄露就是你程序的问题，因为假日酒店能查阅客户资料的人很多，谁又能证明客户收到的短信是通过你这个程序发出来的呢？泄露资料的人只要把客户姓名、电话和入住记录抄录下来，再随便找个群发短信的平台，都能做到了。所以说对方想要落实锤说是你的责任，这还是很难的。”

我仔细一想，黄律师说得的确在理啊，客户资料泄露凭什么就说是我程序的问题？难道假日酒店工作人员就不能有内鬼了？

想到这，我心情释然了，感激地看着黄律师说：“谢谢您，我想委托您帮我打这场官司可以吗？”

桃子在一边助攻道：“黄律师你一定要答应啊，方旭是我最好的朋友，你又是我最信任的律师，拜托你啦。律师代理费不用优惠，按照正常价格收就好了。”

黄律师微笑道:“我一定尽力。”

说真的,好好过日子这官司就从天而降,虽然对于我来说可能就是有惊无险,但谁愿意没事扯上这些事呢?

我郁闷好一阵,吃过饭我和桃子送黄律师之后,两个人拖着疲惫的身躯往回走,回到家已经是十点半了,我瘫在客厅的沙发上一动不动。桃子回卧室拿了自己的浴巾去洗手间,她洗完澡出来的时候,我还保持着刚刚的姿势躺在沙发上,眼睛直勾勾地望着天花板。

桃子来到另外一侧的沙发上坐下来安慰我道:“好啦,别犯愁了。你现在最担心的事不是已经有着落了吗?顾瑶没事只是在家,官司你也是稳操胜券的,你又何必犯愁呢?有什么好愁的呢?”

我仰望着天花板说:“我愁的是生活为什么这么难啊,公司成立到现在,一共就接了两个项目,第一个项目是做螺蛳湾附近交通摄像头的,垫付了好几十万进去,现在连一毛钱收入都没看到呢。第二个项目是给饭店做小程序,收了二十五万定金才勉强维持公司运转,可是这一个单子也仅仅是维持公司运作而已。本想帮顾瑶好好写一个程序,没想到又被他们内部的人各种搞,我究竟是得罪谁了?”

桃子在一边笑道:“你最后这两句整得有点押韵啊!”

“诗人都是被生活逼出来的!”

话音刚落,我的手机就响了起来,是我妈在千里之外打过来的,我本来不想接,但电话一直响个不停,最后我只能接听了,我妈在电话那边提醒我道:“明天上午是杨曼第二次产检的日子,明天你别忘了陪杨曼去产检,她孕反挺大的,闻到了什么不好的气味都会想吐,你去接她之前把车洗干净点。”

我拍着脑门说:“行,我知道了,这么晚了你还操心这事,早点睡不好吗?”

我妈说:“年龄大了睡不着,明天接到杨曼给我拍照片,我要确定你是陪着杨曼去医院的才行。”

chapter 71
责 任

我拿着电话有气无力地问："老妈你至于吗？产检而已。"

"我不管！"我妈特别蛮横地说，"你答应我的事你得做到，我从小就这么教育你的，不管你答应谁的事都要做到，做个言而有信的男人。"

"行了，行了，我知道了，我要睡觉了。"

说完我就把手机从耳边拿开，里面传来我妈的声音："你记得现在跟杨曼联系，约一下明天去医院的时间，别……"

后面的话她没说完，我已经挂断了。

这一刻我觉得人生又灰暗了不少。

桃子坐在一边的沙发上擦着护肤品，即便是手里在忙着，嘴上也不放过我，挖苦道："看来你的生活真是一团乱啊！"

"没办法！我妈在我小的时候就一直这么教育我，让我承担责任，你说我才六七岁啥事都不懂的时候，她就教育我承担责任，班里面做值日，她都逼着我把教室每一个角落打扫干净，其他同学的家长都接自家孩子走了，我妈却还在教室里看着我干活，扫不干净不许走。"

桃子笑道："我觉得阿姨的教育方式没问题，至少这么教育出来的你能主动去承担自己应付的责任，而不是遇事就逃避。关于阿姨让你陪着杨曼去产检这件事，我也觉得阿姨做得没问题，杨曼肚里的孩子是你的，你就有这份义务，你要是找借口不去或是想要逃避，那我就真的会认为你人品有问题。"

"你也觉得我应该对这个孩子负责？"

桃子反问道："难道不是吗？你把种子种进去的时候只想着一时痛快了？"

我很不爽地问道："你就不想想离婚的时候杨曼是怎么对我的？在民政局门口，跟着薛磊走了。"

桃子假装生气道："你要是用这件事强行扯到孩子身上，那你就是个逃避责任的男人，一码归一码，杨曼做的事是有些不对，但跟你的孩子有什么关系？不能因为杨曼做错事你就让孩子跟着一起承担吧？孩子是没有责任的，他有权利享受母爱和父爱。"

我被桃子说得很无语，好像也的确是这么回事，我不能因为不愿意原谅杨曼，就连自己的孩子都嫌弃，我是个父亲，有些事我应该去做的。

桃子特别理性地安抚我道："去吧，陪杨曼产检是你对孩子在尽一个父亲的责任，你和杨曼的错不应该让一个孩子来承担。"

这一刻我又想到了杨曼，想到了她深夜去医院照顾我，又想到了她一个人在家，薛磊还时常去骚扰……我深深吸了口气，拿着手机找到杨曼的名字拨了过去。

很多时候我都在幻想，如果这一切都只是一场梦该多好，然而这些都只能是幻想。

杨曼接听了电话，问道："这么晚了，有事？"

"明天上午要去产检吧？几点出门？我过来接你。"

杨曼谢绝道："不用了，我自己能去，你忙你的吧。"

"我答应过要陪你去产检一直到孩子出生的，我说出的话就一定做得到，你别用这件事来打击我做男人的诚信，快点告诉我几点出发。"

"预约的是九点到医院，可能要七点半就出门，早高峰会很堵车。"

"好，我七点半之前到小区门口等你。"

结束通话之后，我长长地吁了口气，我也不知道自己为什么会有这样的感觉，总觉得有些疲惫，对人际关系的疲惫。

桃子已经擦完了自己的护肤品，起身对我说："明天一早你还要送杨曼去产检，你去早点休息吧，我买了上午的航班飞回去。"

“我可能来不及送你去机场了。”

桃子并不在意，对我说：“我打个车去机场就行了，你好好陪杨曼去产检，我这次回昆明就是帮你找顾瑶的，目的已经达到，我就没有什么遗憾的，你也不用太担心顾瑶。他们限制顾瑶的自由，不过是想为找证据争取时间而已，就算是对方找到了你们去机房的视频，也说明不了什么，一切都只能是他们的猜测，黄律师为你分析得很到位了，你把心放在肚子里吧。”

我从沙发上起身，伸个懒腰道：“我也去洗个澡，洗完就睡了，这一天天的真的是太累了。”

桃子给了我一个灿烂的微笑，对我说：“晚安。”

我洗完澡却怎么都睡不着，或许是心事太重吧，这夜我又失眠了，这种失眠并不是躺在床上睡不着，而是睡着了却发现自己是清醒的，断断续续的几分钟在睡梦中，几分钟又在清醒的过程中，即便是闭着眼睛，也能感觉到自己是清醒的。

顾瑶的背影、杨曼的侧脸……还有一个天真无邪的小宝宝，这些都在我的梦境中出现，一遍又一遍。

我从枕头边拿起了手机，此时已经是深夜两点。

次日清晨，我七点钟起床，早早地来到杨曼家小区门口等着，差不多七点四十的时候杨曼给我发信息问我到哪了，我这才告诉她我已经在小区门口了。

杨曼马上打电话过来问道：“你到多久了？怎么没跟我说一声？”

“我怕给你发了信息之后你着急，所以我就在这等着了。”

“我也是在等你，不敢给你发信息，怕你看了信息着急开快车。”

“嗯……下来吧，我在小区门口等你，需要我过来帮你拿什么东西吗？”

“不用了，你等我一下就好了，我很快出来。”

我推开车门，把副驾驶的位置收拾干净，今天我开的是桃子的代步车，这辆轿车底盘比较低，方便孕妇上下车。当然，还有另外一个原因，那就是我觉得用顾瑶的车送杨曼去医院产检，心里总觉得怪怪的。

chapter 72
产检 1

这一刻我才意识到，原来在我的潜意识里，我还是很在乎杨曼的感受，当然……也有可能是更在乎杨曼肚里的小宝宝。

几分钟之后，杨曼拎着一个包走了过来，包里面放的都是在医院要用到的资料，她坐在副驾驶的位置上看了看方向盘套和坐垫套，这两个套就足以证明这辆车的主人是个女孩子。

杨曼拉过安全带，假装不经意地问："这车是顾瑶的？"

"不是！"我一边倒车一边说，"是桃子借给我的。"

"那上次你开的那辆丰田呢？就是送你爸妈去机场那天开的。"

"那个是顾瑶家里的车。"

杨曼听后没有再说话，她安静地坐在椅子上，双手抚摸着自己略隆起的小腹，我看右侧后视镜的时候不经意间看到了这一幕，脑海中浮现出的竟然是一个可爱的婴儿躺在自己的摇篮里，睡得香甜。

曾经的我们是多么渴望拥有一个自己的孩子，为了能怀孕，我和杨曼在医院经历各种摧残。

她检测出左侧输卵管堵塞，有宫外孕的可能，治疗这个的时候，她忍受着巨大的疼痛，有几次甚至在治疗室一边治疗一边哭。

往事历历在目，这些都是我们一起经历过的，其中有多少辛酸和苦涩，只有我们两个人最清楚。

现在有了孩子，我们却又分道扬镳，这是不是命运给我们开了一个超级玩笑？

当我们得到了最想要的孩子时，我们却没有在一起了。

离婚这么久，我第一次全身心地投入去思考这件事，也正是因为这一刻的全身心投入的考虑，才让我第一次有了去想要了解杨曼的冲动，我看了她一眼问道：“你和薛磊是认真的吗？”

杨曼愣了一下，她似乎没想到这个时候我会问她这个，眼里带着一丝惊喜，但是这一丝惊喜很快就黯淡了下去，她转过头看着窗外问道：“是不是认真的又有什么不同？”

我心里惦记着身边的杨曼，给自己找了个刨根问底的理由，即便是在这一刻，我还是很顾及自己的面子，随口说：“咱俩在车里不聊点什么，你不觉得有些尴尬吗？”

杨曼转过头瞪了我一眼，然后把头靠在了椅子上说：“是不是认真的，又有什么关系呢？”

“我就是想知道我跟薛磊比，究竟输在哪了？凭什么这么多年的感情，竟然输得这么莫名其妙。”

“现在说这些没什么意义，你都有了自己的新生活，我也在走自己的人生轨迹，我曾经想过用宝宝来要挟你跟我复婚，我们好好过日子。但现在你已经有了顾瑶，你有足够的理由拒绝复婚，毕竟当初全都是我的错，我已经不奢求你能原谅我了，我们就彼此过自己的生活，不要去探究对方的秘密好吗？”

说到最后，杨曼的语气几乎是带着一丝祈求的。

我把车窗按下了一条缝，让外面的空气吹进来，吹散这里的压抑，然而清凉的晨风似乎并没有将心中的阴霾吹散，更像是出来了一丝忧伤。我目视前方对杨曼说：“你爸找过我一次，我们在一起吃了顿饭，这顿饭吃得也算是不欢而散吧，我承认在饭桌上没给他好脸色，把心中所有的气都用暴力的语言撒在了他身上，他没有骂我，也没有说什么过激的话，就是一直在告诉我，我们离婚是他的错，他希望我们能复婚。”

杨曼听我说到这，她猛地转过头问道：“我爸跟你说什么了？”

“没有了，他就说咱们离婚的事不要怪你，他似乎有什么难言之隐，而我也不知道这是不是你们父女又一次演戏来坑我。”

杨曼突然就怒了，愤恨地看着我说：“方旭，你给我听清楚了，别总想着我们杨家人合伙坑你，你看看你现在还有什么值得我坑的？我已经不奢求你回来跟我复婚，一起养孩子，等我把孩子生下来我随便给他找个爸都行，我的人生里不缺一个你。”

我叫道：“你翻脸怎么比翻书还快呢？我说什么让你不高兴的话了？你那么激动干什么？”

杨曼厉声说：“停车，我要下车，我不用你送我。”

“你疯了？这是二环，我停车把你丢在二环上？”

“我用不着你管……”

我用更大的声音吼道：“闭嘴！你闹够了没有？好端端的发什么神经？我大早上来接你去医院不是要跟你吵架的，有什么话不能好好说？”

杨曼沉默了，她转过头一直看着车窗外，我感觉她好像是哭了，但是在我这个角度又看不到那边。

我们彼此就这么沉默着一路来到了医院，到停车场之后，杨曼推开车门就下车，拎着自己的包走得很快。

我是下车后小跑了几步才追了上去，从杨曼的手里把她拎着的包拿了过来，走在她身边说：“多大的人了？还喜欢耍小孩子脾气。”

杨曼没理我，但是也没拒绝我帮她拎着包，我们俩就这么穿梭在医院的人潮中，她是提前预约好了今天来产检的，所以也没挂号什么的，直接来到医生办公室来找医生。在医院，我又遇见了老熟人——孙淼。

孙淼看到我陪着杨曼来产检，也是吃了一惊，她误以为我和杨曼又重新在一起了。

chapter 73
产 检 2

杨曼并不知道我跟孙森认识，所以她也没在意孙森的眼神，我从包里拿出来杨曼的病历本交给孙森。她给我一个回应的眼神，就通知我和杨曼出去等。

等待的人不多，有五六个孕妇，等待室也是有沙发和热水随时供应的，我和杨曼各自坐在一个单人沙发上，在我们的面前是一个茶几。杨曼自己带了热水出门，似乎这已经是她怀孕之后养成的习惯了。

自从下车之后杨曼就没搭理我，一直到现在都没跟我说一句话。我也不知道自己究竟哪里说错了，反正感觉挺冤的。

等了没多久，孙森就出来通知杨曼进去就诊了，我一个人无聊，和我一样无聊的还有另外两个男子，他们都在玩手机，索性我也拿起了手机摆弄着。

我看到桃子发了一个朋友圈，画面是一个行李箱摆在地上，通过图片的判断，她应该已经到了机场，因为画面对焦模糊的地方，就是登机口蓝白相间的牌子。这一刻我才意识到，桃子匆匆忙忙地赶回来，真的就是为了帮我寻找顾瑶。

我找到了桃子的电话拨打过去，电话那边传来机场广播，通知某个航班旅客尽快登机的消息。

“桃子……这广播不是你的航班要催你登机了吧？”

桃子温柔地说：“没有啊，我的航班还有一小时起飞，登机最快也是半个小时以后了。”

我拿着手机沉默了几秒钟，心里想了很多话，但最后还是凝结出一句特别简单的“桃子，谢谢你。”

桃子很奇怪地说：“你干吗？突然这么客气，搞得我怪怪的。”

“我知道你北京的事业很忙，却还在我最需要你的时候义无反顾地赶回来，我真的是感动在心里。”

“在我的记忆中，你好像不是一个很会倾诉的人，记得以前你觉得有什么事要感谢我的时候，都是问我多少钱。”

“那不一样啊，以前是公司业务上的事，只能开口谈钱啊。”

“那现在呢？”

“现在是私事，要是再谈钱就显得有些过分了，可是我又不知道如何表达自己对你的感谢，所以，只能说一句谢谢了。”

“我可不习惯你这样，还是等我下次回来请我吃顿饭吧。”

我这才意识到，桃子这次回来，我都没能好好地请桃子吃顿饭，昨天晚上虽然在一起吃饭，但主角还是那个黄律师，并非桃子。我们俩在饭桌上也吃得挺累，毕竟有外人在，不如朋友之间那么轻松。

听了桃子说请她吃饭这么小的要求，我再次难受了，拿着电话认真地说：“我记住了，是记在心里了，下次你回来，我一定请你去吃街边的美食。”

桃子听我说这些也终于开心了，对我说：“这就对了，你在这陪杨曼产检吧，好好照顾她，顾瑶有消息了你也告诉我一声。”

“好，祝你一路平安。”

“嗯，拜拜。”

挂断电话，我陷入了反思与自责中，感觉自己欠桃子的人情真是越来越多了，而我也似乎从未关心过桃子的近况。

她上次说自己在北京被骗，我听后很震惊，然而除了震惊，我竟然没能做些什么。

于是我决定，从这一刻起开始关心桃子，包括把桃子之前和马晓爽拍的那部网剧看一遍。

大概过了半个小时，杨曼从医生的办公室出来了，被孙淼带去了隔壁，整个产检持续了差不多四个小时,一直到中午才算完事。

而杨曼也被折腾得有气无力,她把一大堆病历资料放在了自己包里,拎着来到我身边说:“可以走了。”

我本能地问了一句:“胎儿怎么样?”

杨曼心情似乎不错,得意地微笑道:“发育得很好,各项指标都在正常值内。”

我听后也特别开心,对杨曼说:“中午想吃什么?以前你爱吃的鱼捞怎么样?我带你去吃吧。”

杨曼犹豫了几秒钟,然后对我说:“是很想吃,但还是算了吧,外面的东西也不知道干净不干净,我还是回家自己做饭吧。”

“那我送你回去,你好好休息一下,我去给你做饭。”

杨曼很意外地问道:“你真的愿意给我做饭?”

“做顿饭而已,谈得上‘愿意’与‘不愿意’吗?”

我们正要走的时候,孙淼从医生办公室走了过来,提醒杨曼下次的产检时间,以及注意事项。

我跟杨曼离开医院的时候已经是中午了,我主动提出来送杨曼回家并且给她做顿饭,我也做到了,虽然只是煮粥和煎蛋这种“简单食物”,但杨曼是真的很开心。

吃午饭的时候我还想追问杨曼跟薛磊之间发展到哪一步了,但是被顾瑶的电话打乱了思路。当时我看到手机上出现“顾瑶”两个字的时候,本能地忘记了一切,只想快点接起来电话,事实上我也这么做了。在接起来电话的时候我就走向了阳台,把杨曼一个人留在了餐桌边。

杨曼也看到了“顾瑶”的名字,也知道我是在接顾瑶的电话。

顾瑶在电话那边解释道:“昨天我被我叔叔和董事会的高层控制了,他们把我关在家里,不允许我出门,也不允许我和你通电话。”

“我听桃子跟我说了,我也找了律师,他们囚禁你一天是想要搜集证据把假日酒店客户信息泄露的事算在我头上吧?”

顾瑶应声道:“他们的确是这么认为的,事实上他们也去这么做了,但是你不用担心,这件事你不会受到任何牵连的,律师都不用请了。”

“嗯?”我很疑惑地问道,“昨天不是你让我请律师的吗? 现在连律师不用请了? 什么意思?”

“电话里面说不清楚,你今天晚上有时间吗? 我晚上带个朋友过来找你,顺便一起吃个饭,你安排一下吧。”

“行,那我下午就把吃饭的地点预定了,一共几个人?”

“算你三个人,找个环境好点的地方,主要以聊天为主,我等你消息吧。”

“我订好了告诉你。”

“……”

挂断电话之后,我已经没有继续追问杨曼和薛磊之间的事了,拿着手机走向门口,在经过饭桌的时候我对杨曼说:“我走了,你慢慢吃,有事给我打电话。”

chapter 74
顾瑶的朋友

杨曼在餐桌边叫住我问道:“你的粥还没喝完,你不吃了?”

“不吃了。”我一边换鞋一边说:“公司有事要忙,我先走了。”

她看着我似乎有话要说,但最终也没说出口,任由我推门离开,我相信杨曼是看到了顾瑶给我打电话,而我临走时说的那句话竟然是“公司有事”,这明显就是对她的应付,杨曼那么聪明,又怎么会看不出来呢?

离开杨曼家,我先回到自己住的地方,把桃子的车放在了地下停车场,然后又开着顾瑶的车出门去公司,毕竟晚上要接待她的朋友,面子上还是要装一下。

来到公司意外遇见了郑吉宏,这家伙是负责安装监控摄像头的,我没想到他会在我的公司,而陆涛正在跟郑吉宏对接。

郑吉宏看到我很客气地起身跟我打招呼,还掏出自己的烟递给我,我也主动拿出自己打火机帮他点燃,大家是合作关系,也没有谁要高谁一等的说法,你敬我一尺我敬你一丈,彼此面子上都好看,这是我为人处世之道。

陆涛在一边介绍道:“郑老板是过来跟我们对接的,目前有一个路口的几套监控装备已经安装完成,邀请我们过去验收。”

在郑吉宏面前,我把面子给足了陆涛,对陆涛说:“这个项目你盯着就行了,我全权交给你负责。”

陆涛很明白我的意思,对我说:“好的方总,我会负责到底。”

我点头,然后对郑吉宏说:“郑总你们先聊,我下午还有个会要开,改天咱们聚一聚,一起喝个酒。”

“好的,好的!”郑吉宏回答得爽快,“方总你先忙,咱回头联系。”

回到自己的办公室,我先打开电脑,这似乎养成了一种习惯,在开电脑的时候,我又在美团上看附近的美食。主要是看餐厅的环境,意外地看到了一家名叫“醉云南”的餐厅,图片上的装修不错,网友评价也挺好,我就预定了这里的一个包间。

对于要谈事情而言,吃什么真的不重要,重要的是在一起吃饭的环境和气氛,当然……有时候还要看喝的酒是什么。

郑吉宏在隔壁跟陆涛聊了一个多小时,临走的时候还过来跟我打了个招呼,我也尽到了地主之谊,亲自把郑吉宏送到了电梯口。

从电梯口回办公室的路上,陆涛在我身边愤恨地说:“这人又想忽悠我的钱,推荐我用更好的摄像头。”

我笑道:“无事不登三宝殿啊! 你怎么回应的?”

陆涛也是个鬼小子,得意地对我说:“我跟郑吉宏说可以试试,但是厂家至少提供两套免费的,让我先试用几个月,如果没问题我们下批设备就采购他推荐的,你猜怎么着?”

我转过头看着陆涛问道:“怎么着?”

“他竟然同意了,看来他是跟以前的供应商闹别扭了,或者是新产品的供应商给他的回扣更多了。”

“嗯,你分析得应该很有道理,这种事嘛,肯定是利益为先。”

“不管了,既然给我免费用,我就先让他安装着试试,反正节省钱的事我很愿意做。”

我随着陆涛走进了他的办公室,闲聊了几句又去禾丰那边看了一眼,禾丰的办公室竟然没有人,我问何静,她也不知道禾丰去什么地方了。

下午五点,顾瑶给我发信息告诉我她准备出发去“醉云南”了,问我什么时候到。

我肯定要比顾瑶先到,这样才符合礼数,于是我关掉电脑拿着烟和手机出门,在顾瑶之前来到了“醉云南”等着。

我到了预定的包间看后还真的很满意,装修得很有民族特色。这个老板一看就是个有品位的人,吃的都是云南菜,价格还很实惠。既然菜上面花不了多少钱,我就让服务员给我拿了一瓶梦之蓝,要是这顿饭花的钱太少,难免会让人看不起吧。

差不多二十分钟之后顾瑶到了,我怎么都没想到,顾瑶口中的朋友竟然是高峰!

高峰啊! 高峰!

在包间见面的时候我愣了一下,想到上一次在假日酒店门口的言语挖苦,不免有些尴尬。不过碍于顾瑶的面子,我还是主动向高峰伸出了手,"你好,又见面了。"

当着顾瑶的面,高峰对我也是很客气,和我握手说:"实在不好意思,路上有点堵车,让你久等了。"

顾瑶坐在了我身边,问道:"点菜了吗?"

"嗯,点过了。"说完,我招呼服务员告诉她可以开始上菜了。安排完上菜之后,我问道:"公司那边的情况怎么样?"

顾瑶将头发别在了耳后,对我说:"我正要跟你说这件事呢,客户收到了垃圾短信,短信上附带假日酒店的入住信息,这件事看起来就像是客户资料泄露,但实际上并不是这么简单。公司第一时间限制我的自由,也是为了不让我们联系,他们就怀疑是客户管理程序的软件出了问题,经过昨天一天的排查,已经确定软件没有问题了。"

我看着顾瑶问道:"谁排查的?"

"丁文杰和高峰。"顾瑶说出来之后又补充道,"就是你那个老同学,他一直在负责假日酒店系统维护,高峰在十月份就要接管酒店的安防及系统维护了,他们双方一起检查的,最后确定不是软件上出了问题,现在怀疑是有人恶意将客户入住信息抄写后,找短信发布平台去发布恶意短信。"

我提醒顾瑶道:"前几天我们去机房拷贝程序,被几个保安看到了,他们会不会以此来当成把柄,把责任强加在我们身上?"

坐在我们对面的高峰轻松地说:"这一点你放心,你和顾瑶去机房的视频,已经被我删除了。"

我很疑惑地看着高峰问:“你的公司不是十月份才介入假日酒店的工作吗?现在的你怎么能随意进出公司的机房呢?”

高峰脸上扬起了自豪说:“我的公司是10月份才接手假日酒店的工作,但是我个人已经提前进入了工作状态。”

我很不理解高峰这话,把头转向身边的顾瑶问道:“什么意思?我没听懂。”

chapter 75
占股比例

顾瑶解释道："高峰手里有悦享酒店集团的股份，他现在是悦享酒店集团的一个股东，董事会决定高峰接管公司的安防这一块，虽然中天集团还没完全介入，但高峰已经是董事会的人了，并且着手参与酒店的管理。"

我这才明白原来是这么回事，其实我更想多问一句，高峰持股的比例，但话到嘴边又收回去了，毕竟有些事不太适合问得太细，主要是我的身份不适合问得太细。

服务员送菜上来，暂时打断了我们的聊天，当一桌子菜都摆满之后，我主动端了杯酒，对高峰说："预祝你和瑶瑶合作愉快。"

高峰和我碰了下杯子，客气地说："谢谢。"

顾瑶又对我说："这次客户资料泄露的事情集团内部已经开始调查了，但是我觉得这件事最后可能也会不了了之，毕竟能访问程序的人太多了，以前我只想着把客户程序做好，可以更好地服务客户，没想到最后反而成了隐患。"

高峰毫不客气地说："这事要怪就怪文杰工作室，他们既然负责了假日酒店的系统维护，就应该做好万全。算了，现在说这些已经没有意义了，既然发生了，就想着如何补救吧。"

顾瑶轻叹道："坚持到九月底就好了，现在公司网络安防这一块做得太差了。"

高峰安慰顾瑶道："你放心，等中天安防彻底接管酒店之后，一切都会好起来的。"

顾瑶端起自己面前的果汁对高峰说:“我敬你一杯,谢谢你在这个时候肯过来帮我。”说完之后,顾瑶又把头转向我道:“咱们一起敬高峰吧。”

在我端起酒杯的时候,高峰也端起了酒杯对我和顾瑶说:“你们太客气了,预祝我们未来样样好。”

“样样好”这真是云南酒桌上必不可少的三个字,一起喝酒必说的就是“样样好”,意思是大家什么都好。

今天晚上只是在一起单纯地吃顿饭,为了向高峰表示感谢,吃过饭之后,高峰先走了。剩下我和顾瑶两个人,顾瑶来的时候没开自己的那辆车,刚好开着陆巡离开。上车之后,我坐在副驾驶轻声问道:“这两天你还好吧?”

顾瑶长长地舒了口气说:“幸亏我早就预见到会有这么一天了,提前让高峰进来帮忙,否则后果还挺严重的。”

“高峰进来帮忙?他帮到什么了?就是删除了我们去机房的视频吗?”

顾瑶解释道:“这都是小事,高峰帮我最大的忙是他以中天安防的名义跟假日酒店的股东搞了一次投资。”

“投资?”我惊讶地问道,“难道在这个时候,高峰带着中天安防的资本加入你们悦享酒店集团?直接出钱投资悦享酒店集团?”

顾瑶点头说:“大概就是这么回事吧,其中还有一部分是股权交换,中天安防的一部分股权也拿出来给了悦享酒店集团的股东们,这次悦享酒店集团的股东占股比例改变很大。”

我关心地问道:“最大的股东还是你吗?”

“是的。”顾瑶坚定地说,“目前我持股33%,高峰持股9%,顾斓持股9%,我叔叔顾明发持股20%,徐达持股10%,徐凡凯持股11%,我们总共就持股92%了,剩下的一些在另外几个小股东的手里。”

我心里无比震惊,在处理公司事务这一块,顾瑶远没有她表现出来得那么傻白甜,她表面看起来似乎很柔弱,但是她的手段估计让顾明发、徐达都防不胜防吧。我看着顾瑶由衷地赞叹道:“所有股东的股份都变少了,而你却增加了!”

“是的，其中有一部分是高峰先收购到自己手里，然后又转给了我，实际上就是走个过场而已，他的入场就是帮我收割这一批股份。”

“这次损失最大的是你叔叔了，他是不是特别不高兴？”

“其实我叔叔也没损失多少，他只不过是把自己手里的股份划到了顾斓的名下，相比之前她们家的持股比例反而增加了一点，这次资料泄露事件之后，高峰给我出主意，他提出召开董事会，然后在会议室提出关我一天，其实也是为了避嫌，这一点他考虑得挺周到的。”

我带着无尽的醋意说：“他处处为你着想，对你可真好啊！”

顾瑶听出来我这话带着酸酸的味道了，她转过头看着我得意地微笑道：“怎么？你吃醋啦？”

“有点！”

“哎呀，其实你不用担心啦，我和高峰只是认识多年的朋友了，从同学到朋友关系很好而已，何况我和高峰也不可能有什么。他都结婚好几年了，女儿都四岁了。”

我特别认真地对顾瑶说：“不知道为什么，听你说高峰结婚的消息，我这一刻竟然很高兴。”

顾瑶翻了翻眼睛对我说：“亲爱的，你有些太紧张了，是因为太在乎我了吗？怕失去？”

我转过头看着开车的顾瑶，欣赏着这一刻她绝美的侧脸，沉醉在这种沾沾自喜中，我没有任何隐瞒地对顾瑶说：“你那么美，我担心全天下的男人都在惦记你。”

顾瑶突然就笑了，脸上泛起了一抹绯红，说：“这算是你说的情话？为什么在我的记忆中都找不到你说的几句情话呢？”

“这是我说的真心话。”我突然觉得不对劲，又追问道，“我没有跟你说过喜欢你？”

顾瑶想了想说：“说过，但是这么温柔的情话却是第一次说，在我意识里，你似乎不怎么会说情话呢。”

我轻叹道：“一个被生活折磨得疲惫不堪的中年男人，还能把情话说得出口吗？好像都忘记了怎么说吧。”

“没关系，以后我教你，只要你能哄我开心，在我这通通都算情话。”

我很享受这一刻的小甜蜜，仔细回想我和顾瑶的过往，这样温馨的画面似乎并不多，正如我说的，我已经是被生活折磨到没有温度的老男人，早就不会说那些小情话了，而顾瑶虽然年龄只比我小一岁，但她却有一颗少女心。

我看着顾瑶开车，轻轻地说：“瑶瑶，对不起，我做得不够好。”

顾瑶很疑惑地问道：“怎么了？为什么突然这么说？你哪里做得不够好了？”

chapter 76
安全感？

我很诚恳地对顾瑶说："其实……我一直都不是一个合格的男朋友对不对？我没有那些未婚大男孩的浪漫，也没有主动去取悦你让你开心，在感情方面，我是理科男的典型代表了吧？很木讷，你会不会羡慕别人的男朋友，又年轻又帅气，既浪漫还多金？"

"嗯！"顾瑶点头说，"这个'自我检讨'做得不错，继续……还有什么要说的吗？"

"我可能还有很多不足的地方，你要是发现了也告诉我吧。"

顾瑶微笑道："我不是小女孩，浪漫和哄我开心固然重要，但相比于浪漫，我更想要的是安全感。"

"安全感？"我很不自信地问道，"你看我现在这样，公司都整倒闭一个了，新开起来的也没什么业务，身后还有一大堆乱七八糟的事，你确定我能给你安全感？"

顾瑶仰起头说："确实，一个经历过大起大落的男人，才更懂得珍惜所拥有的一切。"

我不反对顾瑶这句话，真的是经历了大起大落，才更懂得珍惜。就像现在的我很后悔当初为什么在公司业绩不好的时候没有及时收手，那时候的我还能留下一套别墅、一辆车，甚至还有几百万的存款。

现在想这些都晚了！

这个世界上如果真的能有后悔药，那一定是最畅销的药，没有之一！

顾瑶送我回到家，把车停在了路边的车位上，这个车我一直都是停放在这里，地下停车场的那个位置放着桃子的代步车。下车之后，顾瑶挽着我的胳膊陪我一起上楼。

回到楼上，顾瑶进门就溜去了洗手间，而我来到阳台边把窗子打开，站在阳台上。没几分钟，顾瑶从洗手间出来也走到了阳台上，她趴在护栏上往远处眺望，开心地说："这里的风景不错。"

我从身后抱着她问道："我们要不要去试试你买的东西？"

顾瑶转过身面对着我问道："你真想要？"

这一句话问得我有些"惊慌失措"，突然就不知道要怎么回答了。说想要？好像自己就是个下半身思考的动物，实际上我也并不是那么想得到顾瑶的身体。

毕竟顾瑶这么漂亮的女孩，又有哪个正常的男人能抵挡住她的魅力？我可以毫不夸张地说！没有！

见我沉默着没说话，顾瑶主动踮起脚尖在我的唇上留下轻轻的浅吻，然后小声对我说："这几天不方便，再等等好吗？我迟早都是你的。"

我把双手环抱住顾瑶的腰，在她耳边闻着她的发香，就这么紧紧地抱了很久。

要不是顾瑶的手机铃声打断了这美好的一刻，我可能会抱得更久。

电话是高峰打过来的，其实也没什么事，就是告诉顾瑶他已经到家了，顺便礼貌性地问顾瑶我有没有喝多。

顾瑶告诉他我没事之后，又闲聊了几句才把电话挂断。

挂断电话之后，顾瑶对我说："高峰见你今晚没少喝，担心你喝醉了，所以他打个电话来问一问。"

我心里觉得可笑，高峰会关心我是否喝没喝多？这有点牵强了！我看着顾瑶问道："九月底中天安防就要彻底接管了假日酒店的安防工作了？"

"嗯，差不多九月中旬就要开始交接工作了。"

"中天安防主要负责什么？网络安全？监控？还是保安都用他们的？"

顾瑶低声说："全部。"

"全部？全部是什么意思？难道网络安全也要交给中天安防的人

来做?”

顾瑶低下了头,然后对我说:“最近公司出现了两次客户资料泄露的事,两次事件追责都很难,所以董事会决定,悦享酒店集团的所有安防工作全部交给中天安防来负责,以后再有类似的事情发生,也就好追责了。”

我问道:“那客户管理程序……安全性也要中天安防验证吗?是不是又要把源代码交出去?”

chapter 77
郑吉宏邀约

通过上次的事，顾瑶也知道交出源代码对于我来说意味着什么，而我问她是不是要交出源代码的时候，语气也是带着无奈，顾瑶不会听不出来。

她在我面前沉默了几秒钟，然后才小心翼翼地说："关于这件事我和高峰也讨论过，高峰的意思是，如果你愿意，最好还是把源代码拿给他，方便他们公司的程序员接手。当然，如果你对高峰不信任，或者是不愿意交出源代码，我也能理解你，至于怎么选择，看你自己的了。"

这一刻我真的挺难，在选择上好像怎么做都不对，如果再次选择把程序的源代码交出来，那禾丰几个月的努力等于又要报废了。如果我选择不交，势必要和顾瑶产生一点不愉快。

终于明白了那句话，人生最痛苦的选择不是无法选择，而是怎么选择都是错的！

这道题就没有一个正确的选项！

顾瑶见我半天都没有说话，也看出来我有些为难，她轻声安抚我道："其实高峰也想到你会很为难，他也给我出了另外一个方案，中天安防的程序员会额外帮我写一个客户管理程序，模仿着你的程序来。"

我深深吸了口气，这一刻心里很乱。

有了上一次的教训，我真的不能再把源代码拿出来了，而顾瑶这边也算是委婉的表态，如果我不愿意拿出源代码，她就要用高峰给他找人写程序了，我转过身趴在阳台的护栏上，背对着顾瑶说："让我安静地考虑一下吧，明天给你答复行吗？"

"好!"顾瑶回答得很干脆利落,这也的确是她的性格,果断、干脆!

顾瑶离开时的关门声在我听来来格外地沉重,虽然这只是一次普普通通的关门,甚至顾瑶还特意轻手轻脚尽量让关门声没有那么大,可是在我听来……

这是一种负面情绪的映射吧!

空旷的房间内,我把自己关在了阳台上,手里的烟陪我一起吹风。

我不想因为这件事伤害到我和顾瑶之间的感情,也不想因为这件事再次把禾丰的辛苦成果出卖。我努力地想要找到一个权衡的点,但是挺难的。

晚上十点半左右,我突然接到了郑吉宏打来的电话约我出去喝酒,他在某个酒吧等我。这让我十分意外,因为在我的印象中,我和郑吉宏还没有好到"一起喝酒"的地步,我们之间的交往都是建立在利益之上的,甚至在合作做监控这件事上,还发生了不愉快的事。

面对郑吉宏的邀请,我还是赴约了。

酒吧内,郑吉宏包下了前台的卡座,这种卡座最低消费都应该是两千左右的,我到的时候,郑吉宏已经和另外一个男子在这里喝着酒了,陪同的还有三个女孩。

看到我过来,郑吉宏急忙收起什么,另外一个男子也跟着起身了,郑吉宏把男子介绍给我道:"周树旺——周总!我跟陆涛提到过的,我们下一个路口安装监控设备就是周总提供的。"

我这才明白郑吉宏叫我过来是干什么的。

周树旺恭敬地把名片递给我,说:"方总您好,老郑跟我提起过您,说您年少有为,我一直不太相信,见面后才知道老郑没骗我,方总真是年纪轻轻、一表人才。"

面对这些恭维的话,我早就习惯了一笑而过,如果不是对方有事求你,他又怎么会说这些好听的?

我客气地回应道:"您客气了,能陪郑老板在一起喝酒的,绝对不是什么普通人。"我这一句话也算是把他们两个人都捧了一遍。

郑吉宏听后果然很高兴,招呼我坐下来说:"周总今晚给我下了任务,一定要请方总过来喝酒。”说到这，郑吉宏给周树旺使了个眼色。

周树旺对旁边那个穿着白色紧身裙的女孩说：“过去给方总倒酒，今晚你一定要陪好方总。”

女孩绕过卡座来到了我身边，第一个动作就是用一只胳膊抱住了我的右手。

久经沙场的我很明白这个女孩今晚扮演的是什么角色，但是现在真没这个兴趣，我转过头看了看这女孩，二十多岁脸上却涂了厚厚的一层粉，女孩见我看她，还主动微笑。

我略带无奈地说：“姑娘，你这样抱着我的手，我怎么喝酒呢？”

她用另外一只手拿起我面前的杯子说：“我可以喂你喝啊。”

我笑了笑说：“我还是喜欢自己拿杯子。”

周树旺见状，对女孩说：“你就负责方总的酒杯不能空就好，喝酒的事我们自己来。”

女孩听后松开了我的胳膊，郑吉宏拿起酒杯说：“方总我敬您一杯，合作这么久了，都没有主动请您吃顿饭，这杯酒，我先干为敬。”

周树旺也拿起酒杯说：“我陪一口，我也干了，方总您随意。”

为了面子上好过，我也干了杯中酒。闲聊了差不多十分钟，郑吉宏开始把话题扯到了主题上，对我说：“方总，不瞒你说，我在安装上一批监控设备的时候，发现厂家给我们以次充好，我担心以后会出问题。”

我意识到今晚的重点要开始了，他说这话是什么意思？我暂时没琢磨透彻，是想威胁、暗示？还是想为接下来的话做铺垫？

我故作淡定地看着郑吉宏问道：“郑总的意思是？”说完之后，我还暗示了郑吉宏说，“当初我们合同上可是明确签过的，设备有问题，供货商要承担责任的。”

郑吉宏立即附和道：“没错，我们的确是签过合同的，这我不否认，但是监控设备的质量不好，也会对后期的收益造成影响……”说到这，郑吉宏又停顿了强调道：“方总，我不和你聊虚的……咱就谈最直接的，拍不到违规这东西就等于是摆设了对不对？您公司垫的钱回来得也就慢，我说得没错吧！”

chapter 78
周树旺

我拿起了酒杯，晃动着杯中的酒，眼睛始终没有离开郑吉宏的脸，然后问道："那郑总您的意思是？"

郑吉宏这时把周树旺推了出来，对我说："周总的监控设备质量信得过，我凭借十多年的安装经验跟你说，我安装过的监控设备种类就有上百种，从做工、用料我就看得出这个东西是否可靠。"

周树旺在一边附和道："我们的产品，你们尽管放心，在质量这一块做的肯定是最好的。"

郑吉宏意味深长地说："这也是今天我和周总一定要约您见面的原因，我相信周总的产品一定能满足您的需求。"

我现在已经明白郑吉宏想要干什么了，和我刚刚猜测得差不多，我看着郑吉宏问道："之前我们签合同的那家供货商的产品，你也是跟我吹嘘得如何如何好，现在又和我说这些……郑总啊，生意可以这么做吗？"

郑吉宏正要开口，我打断了他继续说："我觉得咱们可以把话敞开了聊，你和之前的供货商有什么矛盾或隔阂，我倒是不想牵扯进来，我只想安安稳稳地赚钱，你要是需要我的手帮你做点什么，那你就坦诚一些，咱们心里都有个底。"

郑吉宏见状讪笑了两声，竖起大拇指说："方总洞察秋毫，思维敏捷……"

我都不想说他什么，成语这么用合适吗？郑吉宏说了一堆恭维我的话，然后端起酒杯说："方总爽快，我先喝杯酒，然后我就跟你掏心窝子说了吧，反正这也是咱们共赢的事。”

我示意了一下，然后看着郑吉宏把杯中酒喝光，郑吉宏像是下了很大决心一样对我说：“方总，实话跟你说了吧，我跟之前的供货商闹掰了，当然，这是我们之间的事和你无关，他把一批有问题的货丢给了我，现在客户找我的麻烦，我找他，他也不给我解决售后问题，这人交不成，你的这批货现在已经安装了几套，我实话跟你说，安装的时候我的确动了手脚，这批监控设备很快就会出问题，到时候你起诉我就行了，直接走法律程序，我再起诉供货商，到时候我认赔，然后我再找他去算账。”

我琢磨着问道：“你的意思是，尾款我都可以不付款了？但是你有没有想过，我之前已经付了50%的货款……”

话还没说完，郑吉宏就对我说：“方总你放心，我已经帮你想好了，你的50%货款的确是已经付过的，这货款我会转交给周总，周总负责提供这个项目你需要的全部监控设备。我还是负责安装，软件部分你们负责，之前你跟我签署的合同整体不变，只是尾款你不需要再付了。你直接起诉我的公司就行了，到时候走法律程序，法院也会依据我们的合同来做判决。”

“这听起来的确不错，我似乎是没什么损失，但是这对你又有什么好处呢？”

郑吉宏愤恨地说：“我就是想要让他知道，坑我郑吉宏，我会让他加倍付出代价的。另外我也希望通过这个事让我们三个人走得更近一些，周总做监控设备已经很多年了，他这里货很齐全，你需要什么以后可以直接跟周总说，我们三个人强强联手，你负责软件，周总负责硬件，我负责安装，一套下来我们三个人都能搞定了。”

周树旺在一边表态说：“方总，咱们第一次打交道，彼此可能都不熟，我周树旺做事你放心，老郑这边也跟我说了，他要打官司赔款可能很慢，你这个项目我先出设备，尽快让老郑在第一时间把几个路口的监控都安装上，不耽误你这里。老郑什么时候打官司把钱拿到了，我再什么时候找他要就行了。”

我没想到周树旺竟然这么支持郑吉宏，要知道这几个路口的监控设备并不便宜，他的确是拿出了足够诚意在支持郑吉宏，而我和郑吉宏之前也没什么过节，彼此还算是生意场上的“朋友”，权衡利弊之后，我发现这件事对于我来说并没有什么损失。反之，如果我要是不配合郑吉宏，到时候监控设备三天两头地出问题，我也头痛。

我端起酒杯说：“这件事我全力配合郑总，有什么需要直接说就行了，在此我也感谢周总对我们的大力支持，以后大家合作的机会还很多，今天这场算我的。”

“不行不行！”周树旺拿着酒杯说，“今天必须是我做东，以后咱们聚的机会多多，这杯酒咱一起喝吧，几个姑娘也别闲着，祝大家样样好。”

又是几瓶酒喝下去，郑吉宏有点喝高了，絮絮叨叨地聊起来他和之前的那个供货商的一些事，我全当听相声了，一直玩到一点多才离开酒吧。

我打了个车正准备走的时候，在酒吧门口意外地遇见了薛磊，薛磊和几个男的勾肩搭背地走出门，也是要准备打车。

我直勾勾地盯着薛磊，眼神里带着愤怒。

周树旺看到好像有点要发火，他也顺着我的目光看了过去，问道：“怎么了？那人你认识？”

我当时也没多想，随口就对周树旺说：“他勾引我老婆，破坏我家庭。”

在我没反应过来咋回事的时候，周树旺弯腰从地上抓起一个砖头，直勾勾地就向薛磊几个人走去。

薛磊个头本来就不高，当周树旺走到他面前的时候，他竟然仰起头看周树旺，迷迷糊糊地问道：“你谁啊？挡路了……”

chapter 79
性情中人

周围的几个人见状每个人的反应都不一样，旁边的两个人直接撒腿就跑，根本不管这里发生了什么，距离薛磊近的一个人还算仗义，用两只手抓住了周树旺的右手，不让周树旺的板砖再次招呼到薛磊。

我也没想到周树旺会打薛磊，看到这一幕我都惊呆了。

酒吧门口的保安也上前拉架，几个人把周树旺围住，不给他再次打人的机会。薛磊也是趁机转身就跑，跑了没两步就摔倒了，爬起来继续跑。

周树旺手里的砖头最终被保安抢了下来，没过多久警察也来了。

周树旺被警车带走，发生这样的事我和郑吉宏也不能一走了之，打了个车跟着去了派出所，一个小时之后派出所的人说薛磊住院了……

这事整得有点大了。

周树旺在派出所一脸淡定地对我和郑吉宏说："你俩回去休息吧，因为打架进来，我也不是第一次了，治安处罚条例最多也就是罚两千块钱，拘留十五天，不管我在看守所还是在外面，我答应出的设备都会如期而至。"

我感激地看着周树旺说："兄弟，今天的事我记住了，我欠你一个人情。"

周树旺笑道："别这么说，都是自己兄弟，打个架而已，这些年我收敛了不少，再年轻五岁，我让这整条街都知道我周树旺的大名。"

一个年长的警察从一边走过来，对我们几个说："你们这事说大不大，说小不小，做完笔录就走吧。"

周树旺对我和郑吉宏摆手说："你们先去忙吧，我过几天就出来了，这都小事。"

我们俩在民警的催促下离开了派出所，出门之后郑吉宏也没多说什么，在门口上了出租车，我总觉得这事做得太对不起周树旺了，为了我的事，竟然要让他在派出所过夜了，甚至还要去看守所……

想到这些我就特别过意不去，去隔壁的便利店买了几桶泡面、几根火腿肠折返了回来，说点好听的让他们照顾一下周树旺。

民警也没为难我，把泡面、火腿肠都收下了，周树旺还跟我说没必要准备这些，让我不用担心。

客气的话说了一些，我这才离开派出所，在回去的路上我在想一个很现实的事，我和周树旺换位思考，我会帮周树旺出头吗？肯定不会！第一次见面我请吃饭、唱歌，这些都是能接受的，但是让我帮他出头打架还进派出所……这事我是不会做的。

通过这件事我也看出来了，周树旺绝对是个性情中人。

我回到家已经是凌晨一点半了，洗个澡躺在床上又睡不着了，担心周树旺，也在纠结顾瑶这边的事，尤其是顾瑶想要源代码，但是我又不想给，如何做到两全其美呢？

最后我决定还是把源代码给顾瑶，因为我心里还是挺在乎顾瑶的，但我给出的源代码并不是最新版的源代码，而是当初给出的那一套。

那套源代码上关于密保程序，用的还是最初的那些，并没有把禾丰写的第二套加密程序用上去，简单地来说，那套密保程序已经是被我们淘汰掉的。

把这些交给高峰，让高峰去慢慢玩吧，他愿意怎么折腾就怎么折腾。

第二天早上我起床之后想去医院看看薛磊，让他不要太追究周树旺的责任，甚至我都做好了赔钱放人的准备，这也是最理想的状态。然而我到医院的时候，薛磊已经离开了，他也就是个皮外伤而已。

周树旺因为滋事打架被拘留七天，罚了两千块钱，还额外赔偿薛磊五千块钱的医药费，这七千块钱我记在心里了，等周树旺出来的时候，我一定把这钱拿给他，再给他接风洗尘。

中午，我来到假日酒店找顾瑶，并且是带着这套程序最初的源代码过来的，来到顾瑶的办公室门口，我轻轻敲了两下门然后就将门推开了，似乎已经习惯了这样，并没有觉得有什么不礼貌或有什么不对的。

没想到的是我进门就看到了高峰在顾瑶的写字台前面坐着，而顾瑶正坐在自己的椅子上和高峰谈些什么。

看到我进来，高峰的眉头皱了皱，明显是对于我“闯入”的行为有些不太满意，但他并没有多说什么，主要因为这是顾瑶的办公室，他应该没什么资格当地主吧。

我来到顾瑶的办公桌边，坐在了另外一把椅子上，将U盘递给顾瑶说：“客户管理程序的源代码都在这里了，其实你电脑里面应该也有一份的。”

顾瑶拿过U盘问道：“不是你完善过的最新版?”

我如实说：“最新版的程序是想加入全景影像在里面，但这个做起来有点慢，一时半会儿也没有办法完成，另外不同的就是两套加密程序，反正也是要给中天安防这边，他们应该有自己的加密程序，对吧？高总。”

高峰自信地说：“那是肯定的，我们公司也是有网络安全建设的，关于这套客户管理程序我觉得还有很多不足的地方，刚刚我也在和顾瑶说这个事，基本上已经谈好了，我会重新让公司的程序员为假日酒店量身定做一套客户管理程序，你这套就不用了吧，也省得你担心源代码被泄露，好意心领了，但是我们公司真的有这个实力。”

高峰这是和我叫板?

我目光投向了顾瑶，想要在顾瑶的脸上找到我想要的答案。

chapter 80
原来是这样

顾瑶向我解释道:“高峰今天一早就在研究你写的这套客户管理程序,还提出了一些更好的创意,考虑到你似乎也不太想把程序的源代码拿出来,所以我们就决定重新由中天安防再写出一套客户管理程序。”

这一刻我突然觉得有点可笑,自己辛辛苦苦努力做的事,在人家看来似乎是没什么必要的,这算不算是一种讽刺?

高峰在一边对我客气地说:“其实这套程序写起来也不复杂,主要是有好的想法,你之前写的这套程序还有一些不人性化的地方,我会在这个基础上加以修改。”

“行啊!”我起身,“那你们慢慢研究吧。”

说完,我转身就走向门口的方向走,顾瑶在身后叫我的名字,我听到了却不想回头,我觉得在这件事上顾瑶是真的伤害到了我。

在我走出办公室门的时候,顾瑶也追了上来,她拉着我的手解释道:“方旭你听我说,我们做这个决定没有任何针对你的意思,完全是以大局为重,既然中天安防入股悦享,他们总归是要做些事的,以后再出现资料泄露的情况,也容易定责,你再也不用被怀疑了。”

“行,你怎么说都对,需要我的时候,我就得费尽心思地处处为你着想,不需要的时候,就一句为我着想,不用担心我被怀疑就完事了。”

“方旭你别多想好吗?事实并不是你想得这样。”

“现在我所看到的就是我想的这样。”

“真的不是……”

“别说了！”我打断顾瑶的话说，“从此悦享酒店集团的事跟我没任何关系，我也不会再接你们集团的单子，你愿意怎么折腾就怎么折腾。”

顾瑶的眼里噙满了眼泪，她很难过地看着我，咬着下唇一句话都没说。

这时高峰从办公室出来，站在顾瑶身边问道：“你没告诉他当初你找他写程序，是为了弥补他损失那几台服务器的赔偿？”

这一刻我彻底震惊了，我看着高峰问道：“你说什么？”

高峰轻叹道：“顾瑶说你们在去西藏的路上，你损失了几台二手服务器，差不多有几十万，顾瑶要赔偿你，你却婉拒了。她只能想办法以写程序的名义将这笔钱还给你，毕竟写程序这种事除了花点时间之外，也没什么成本。”

“高峰——”顾瑶叫住高峰说，“你别说了，这事和你无关，让我和方旭单独聊聊吧。”

我感觉自己的自尊心受到了前所未有的打击，我后退了两步说：“这笔钱我会尽快还给你，还有这个车！”

说罢，我的左手拉起顾瑶的右手，将陆巡的车钥匙放在了顾瑶的掌心，转身离开，留下的全都是寂寞。

身后，顾瑶还在喊我的名字，似乎是想要追上来，但她被高峰拉住了，而我也走到了电梯口，走进电梯的时候我甚至都没往顾瑶的方向看上一眼，不知道是不想看还是不忍心看。

电梯将我带到了一楼，开门遇见了顾斓，她欢快地和我打招呼问道：“这个时间来，应该不是给我姐送早餐吧？”

我笑了笑说：“你姐还需要我送早餐？”

“咦？”顾斓听出来我说话的语气有点不对，好奇地问道：“吵架了？”

“没什么！”我没有那种把自己的悲伤渲染给其他人的习惯，更多的时候是独自承受，这一次也不例外，我对顾斓说：“日常而已。”

顾斓明显不信，对我说：“到午饭时间了，你请我吃午饭吧，我可以帮你解决一切你解决不了的问题。”

“嗯？你是把自己比喻成小仙女了？”

顾斓十分自信地说：“差不多吧，反正帮你哄一哄我姐，让她开心的本事我还是有的。”

“我中午……”

顾斓直接打断我的话说:“不许找借口,请我吃饭去,对面就有一家不错的日料店,就去那里。”

说完也不管我同不同意,拉着我就往外走。

在日料店内,顾斓逼着我把事情说了一遍,我这完全是被动在陈述,其实我在表达的时候已经很努力地不把自己说得那么委屈了。但是顾斓的情商是真的高,她听后很同情地对我说:“旭哥,我挺同情你的,真的!我姐这么做有点过分了,她完全没考虑你的感受,你别生她的气。她工作起来完全是一种疯狂的状态,说点不好听的就是‘六亲不认’的那种感觉。”

顾斓能用“六亲不认”来形容顾瑶,这倒是出乎了我的预料。要知道以前的顾瑶可是宁愿自己受委屈,也不愿意跟顾明发撕破脸的,怎么在顾明发的女儿嘴里,顾瑶就成了“六亲不认”了呢?

见我没说话,顾斓继续说:“我姐这次把她的朋友高峰弄到了悦享集团搞事情,实际上还是为了公司的股权划分,现在她是公司最大的股东,想要把权力都握在自己手里,我爸说高峰也只不过是她利用的对象而已,她和我大伯真的是父女啊!”

我苦笑着说:“女孩子精明点挺好,至少不被欺负。”

顾斓撇嘴说:“你是有多喜欢我姐?我姐都这么对你了,你还是夸她好,为什么我姐就能遇见对她这么好的男孩子呢?还不止一个!凭什么我就遇不见呢?”

我问道:“你怎么看出来我对你姐好了?”

“言谈举止的一些细节上表现出来的,这种关心才是真的关心,不刻意也不做作。”

“我倒是没发现这些。”

“你没发现就对了,因为这是你发自内心的一种维护,突然好羡慕我姐,真的!”

chapter 81
桃子的第一桶金

我有点无语，跟顾斓这种“小女孩”性格的姑娘真是没办法讲道理，不想说话，我就开始安静地吃着乌冬面。

顾斓吃着寿司，一边吃一边说：“你也别太难过，慢慢你就习惯了，我姐无论做什么事都有自己的想法，想让她吃亏太难了。”

正巧这时，桃子的电话打了过来，我的手机就放在桌面上，看到“桃子”两个字之后，我拿起来就接听了。

顾斓见我接电话，她就安静地吃东西，也不嚷嚷了。

桃子在电话那边兴奋地对我说：“方旭，我要告诉你个好消息，我人生中的第一桶金赚到手啦。”

“嗯？”我问道，“第一桶金？五十万？赚到手了？”

“是的！你没听错，五十万已经到账，所以我兴奋地赶紧给你打了个电话。”

“片酬？”

桃子犹豫了一下说：“这笔钱倒不是片酬，我又卖掉了一个帖子的改编影视版权。”

“我说你点什么好呢？把自己定位成演员，却成天靠卖剧本赚钱，麻烦你能务正业吗？”

桃子得意地说：“我也想靠演戏赚钱，但我注定是个跑龙套的，不管怎么说吧，反正在北京混机会总是多一点，逐渐融入这个圈子里面，以后怎么好发展就怎么来吧。”

"借点钱!"

"什么?"桃子以为自己听错了,追问道,"你刚刚说什么?"

"借点钱,四十万!"

"好。"桃子没有任何犹豫地问道,"还是打你之前的那张工商银行的卡上?"

"是的,还是那张卡。"

"那我挂了电话就转给你。"

"桃子……"我很认真地问道,"你为什么不问我为什么要找你借钱啊?"

桃子慢条斯理地说:"肯定是你公司资金周转出了问题,还能干吗?你又不是那种拿钱肆意挥霍的人,既不吸毒也不赌博,你还能用钱干啥?"

我信誓旦旦地说:"我用钱买尊严!"

"随便你,我先挂电话给你转钱啦,拜拜。"

我没想到自己能在电话里突然找桃子借钱,这完全是心头一热的冲动,其实刚刚在说出借钱的时候,我都做好了被桃子搪塞的准备,比如她会告诉我"我的钱还没到账"或"我要用这笔钱在北京给自己买个车"等类似的借口。而桃子竟然什么都不问就把钱借给我,这真的是让我既感动又骄傲。

见我挂断电话,顾斓猜测着问道:"你是要借钱还给我姐?买回你自认为丢掉的尊严?"

"我只不过不想让别人拿这件事来点我。"

顾斓十分聪明,笑嘻嘻地说:"你口中的'别人'就是高峰吧?其实你不用在意,我姐在上学的时候就跟高峰关系很好,两个人要是能发生点什么,也根本不会等到今天了。"

手机上收到了四十万的转账短信,我想都没想,直接把钱转到了顾瑶的账户上,这一系列动作行云流水,做得干脆利落。

转完账,我倍感轻松。

顾斓问道:"借来的钱还给我姐了?"

"嘘嘘!"我对顾斓说,"保密好不好?别和你姐说我这钱是借的。"

"你放心,我不是那种嘴巴特别碎的八婆,如果我没猜错的话,我姐很快就会给你打电话问你是什么意思。”

不得不说，顾斓还是挺了解顾瑶的，顾瑶的电话打了过来，不过我并没有接听，一直到电话自动挂断。

顾斓见状继续说：“你不接电话也不是办法，她迟早还是要找你的，有什么话一次说清楚吧。”

“谢谢，受教了，我吃饱了，你还要吃多久？”

顾斓眼睛一瞪，很不满地问道：“哪有你这样的？请人吃饭还不让人吃饱？你是不是想快点溜走去给我姐打电话？你要是这想法你就快去吧。”

“多谢理解！”

说完，我起身拿着自己的手机和包就闪人了，因为顾瑶的电话再一次打了过来。

我还是没有习惯在别人面前接听顾瑶的电话，尤其是这种彼此都不太愉快的电话，有点“家丑不可外扬”的那种感觉。

在我出日料店的时候，顾瑶的电话再次打了过来，现在身边没有人了，我可以从容不迫地接这个电话，电话那边的顾瑶第一句话就是问道：“你转给我四十万是什么意思？”

“我说过了坏掉的服务器不需要你承担，我也不想你用这种类似于施舍的态度来可怜我。”

顾瑶可能是被我的话气到了，她很无奈地问道：“方旭，你几岁了？你能别这么幼稚吗？现在公司刚刚起步，你自己资金周转都是个问题呢，你从哪弄来四十万给我？咱们之间……你至于算得这么清楚？”

chapter 82
孙浩追加

顾瑶的一句话差点没把我说得背过气去！我甚至不知道要怎么回应她，在她眼里我这是幼稚？我这是孩子气？我沉默了好一会儿才解释道：“我不是幼稚也不是孩子气，我只是想挽留一点自己的尊严。”

“还给我四十万就是找回了你的尊严？”

“至少让我心里觉得自己没有欠你什么。”

顾瑶沉默了片刻，换了一副语气问道：“你这话是什么意思？算是宣告分手？”

我没有回答顾瑶的问题，总觉得“分手”两个字说出来挺难受的，我说得难受，她听得也难受吧。

挂断电话，我打了个车直奔幸福广场的写字楼，在路上我都在思考一个问题，那就是我之前的坚持是对的，恋人之间千万不能插手对方的事业，否则后患无穷。

我和顾瑶就是典型的例子，如果只是单纯地相互喜欢、恋爱，所有的画面都是唯美的，但涉及彼此工作的事，那所有的画面都是灰暗的。

顾瑶帮我筹备剪彩揭牌仪式，找了高峰当代表发言，发生了一些小矛盾。

我帮顾瑶写程序，最后发生了资料泄露还帮着背锅……

如果没有涉足对方的工作，是不是也没这些烦心事了？

事实证明，我的想法是对的！

回到公司，已经是下午一点了，进门就看到何静在格子间办公区给几个新来的销售做培训，看到我进门，何静告诉我孙浩来了，正在禾丰的办公室交流。

孙浩就是那个饭店的老板，找我们写程序的，我来到禾丰的办公室和孙浩打招呼，孙浩起身道歉："方总不好意思，有点事过来要跟你们交流一下，是我的疏忽。"

禾丰在一边笑着说："孙总你客气了，这都不是事。"

只有我一脸懵地问道："怎么了？发生什么事了？"

禾丰向我解释道："孙总开的店全都换了名字，我们在订餐小程序上也要做一下修改，现在的名字叫'醉云南'。"

"醉云南？"我想起请高峰吃饭的不就是这个店吗？"我前天晚上还在附近的那家醉云南吃了饭，味道真不错，当时我还感叹这装修很有云南味道，没想到就是你的店，我点了八个菜才两百多块钱，分量还足，真是良心餐馆。"

孙浩讪笑着说："都是十几年的老牌子了，这次更换名字也是迫不得已。"

我顺着孙浩的话问道："餐饮这行业不是牌子越老越好吗？为什么突然要换名字？"

孙浩轻叹一声，无奈地说："家家有本难念的经！"

话都说到这份上了，我也不好再多问什么，接下来的话题也就是闲聊，我回到自己的办公室又开始为钱犯愁了，这无缘无故的又多了四十万的外债……

我现在的愿望丰满而又真实，只有两个字可以概括：赚钱。多么朴实无华的心愿啊！

我靠在椅子上闭着眼睛，脑海中浮现了很多曾经的画面，在大学校园里意气风发的自己，毕业就能带着同学一起创业成为老师口中的骄傲，付全款买别墅那一瞬间的豪爽……想着想着，我就怀疑这些画面是否真的存在过？

下午三点半左右，禾丰送走了孙浩来到了我的办公室，当时我正在椅子上闭目养神，禾丰说："跟孙浩聊了几个小时，他又要求在小程序里面加入一些功能，并且要我们帮他管理采集到的客户信息，在我们这里建立一个自己的客户信息资料库。”

我说：“这个倒是不难做，关键是我们把他的客户资料放在什么地方？是网上租一个服务器作为存储空间？还是我们要自己买服务器？”

禾丰一向都是做事谨慎的人，他很确定地说：“这个一定要用本地服务器储存，这样安全性更高，孙浩又给加了三十万的预算，并且直接在财务那付的款。”

我听到这三十万的预算瞬间就来了精神，从椅子上挺直了腰板问道：“这么说，孙浩这边一共是八十万了？”

禾丰点头，对我说：“算是一个不小的单子了，我争取一个月内搞定。”

我向禾丰竖起了大拇指，对禾丰说：“老规矩，这个单子你个人提成百分之三十，剩下的是公司的盈利。”

禾丰说：“算了，别人不知道难道我还不清楚？现在的你穷得跟鬼一样，这个单子我只拿五万，剩下的钱算公司的，就这么决定了。你要是说得太多就没意思了，对了，我爹这周日过六十大寿，我也没跟其他人说，也不想弄得太复杂。我跟刘洁说了，周末在家里炒几个菜，你和小涛还有何静一起来家里吃顿饭就行了。”

“行，周日中午我们就过来，看有什么能帮忙的一起搭把手。”

“就这么决定了，我跟小涛打个招呼去。”

禾丰走后，我又开始盘算起自己手里这点钱了，有那么一瞬间我甚至想过要把公司收入的这笔钱拿过来还给桃子，但是想想还是算了，这么做不合适，公司并不是我一个人的，账面上钱还是要用得透明一些。

想到桃子，我又是感慨万千，拿起手机给桃子发了一条信息：今天找你借钱纯属是突然性行为，我跟顾瑶发生了一些不愉快的事，借你的钱还给了顾瑶，给我个把月的时间，我会尽快把这笔钱还给你。

信息发出去之后桃子并没有马上回我，应该是在忙吧。其实这一刻我特别希望桃子能回我的信息，跟我随意地聊上几句，哪怕是几句我都会觉得很开心。

然而等了好久都没有桃子的回应，窗外，下起了暴雨，雨点打在玻璃上发出“噼里啪啦”的声音。

而我的手机铃声也响了起来，我以为是桃子给我打电话了，迫不及待地拿起来才发现不是桃子，心中不免有点点失落。

屏幕上显示着“顾瑶”两个字……

（未完，待续）